JOSEF ŚNOBL
NACHTFAHRT

Herausgegeben von Reinhard Matz

JOSEF ŚNOBL

NACHTFAHRT

21.2. – 9.3.
1988   2013

EIN TAXI BLUES

emons:

INHALT/PLAYLIST

Davor — 7

Der Anfang
Good Evening Everybody, Sonny Boy Williamson — 10

Die Stadt
Back Door Man, Harmonica Slim & Hosea Leavy — 24

Der Scheinesammler — 44

Zigeuner
Balada Conducatorolui, Taraf De Haïdouks — 54

Vater
Mr. Charlie, Lightnin' Hopkins — 66

Die Asozialen
Murder, Albert King — 74

Drogen
Me and the Devil Blues, Eric Clapton — 82

Die Heiligen
Sanctuary, Charlie Musselwhite — 92

Frauen
Have You Ever Loved A Woman, Freddie King — 108

Tiere
Seamus, Pink Floyd — 124

Männer
Another Fool in Town, Lightnin' Hopkins — 129

Kollegen
A Million Miles Away, Rory Gallagher — 140

Stimmungen
The Sky is Crying, Elmore James — 155

Schicht
So Tired, Albert Collins — 206

Aufräumen
Fly Tomorrow, John Mayall & The Bluesbreakers — 222

The Bluest Blues
Alvin Lee — 226

Nachwort des Herausgebers — 228

Bilderverzeichnis — 234

Beim Scannen der QR-Codes gelangen Sie zum jeweiligen Song auf Spotify.

Die Großstadt ist zwischen vier und sechs Uhr morgens am schönsten;
gesetzlos und wild, die Zeit ist aufgehoben.
Jeder Nachtfahrer kann davon einen Blues singen.

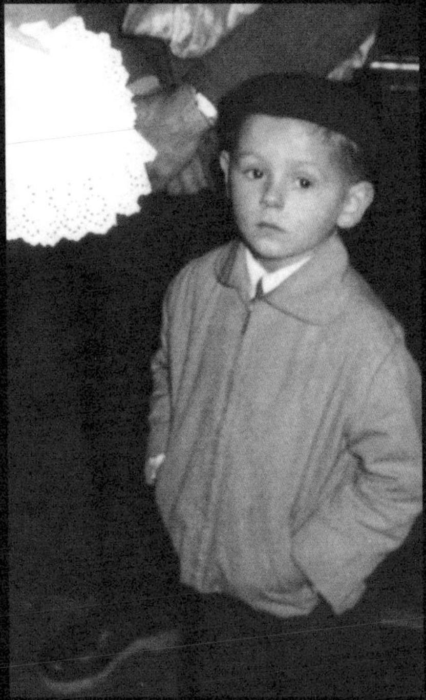

DAVOR

Ich war vier Jahre alt. Der Vater weckte mich, und kaum angezogen eilten wir die Treppe hinunter. Vor dem Haus wartete eine große, schwarze Limousine mit gelben Streifen, ein Taxi, in das mein Vater mich hastig hineinschob. Ich saß allein auf der breiten Rückbank, und der alte Taxifahrer redete beschwichtigend auf mich ein, wodurch sich meine Unruhe nur vergrößerte. Ich war zum ersten Mal ohne Eltern und hatte Angst. Die Fahrt dauerte lange, und die Furcht, verlassen zu sein, mischte sich mit der Bewunderung für den Mann, der mich entführte. Vor dem Krankenhaus, in dem meine Schwester zur Welt kam, nahm mein Vater mich wieder in Empfang. Der Geruch der ledernen Sitze hat sich in mein Gehirn gebrannt. Auch die Furcht und das Gefühl der Einsamkeit, die mich gelegentlich heimsuchen, sind mir seitdem bekannt.

In meiner Prager Kindheit habe ich Taxifahrer bewundert. Die wild gestikulierenden, kettenrauchenden Männer faszinierten mich, wie sie an den Halteplätzen vor ihren großen Karossen standen und warteten; mit ihren dicken Bäuchen und dem lauten, dreckigen Lachen. Diese joviale Art, die Passanten zu verachten, gepaart mit der Hingabe, ihnen zu dienen, verstand ich schon damals nicht. Eine verruchte Aura von vulgärem Geheimnis umgab sie.
Taxifahrer wurde einer meiner ersten Berufswünsche. Ich verdamme mich bis heute dafür…

Pubertät. Die väterliche Sperrstunde war längst überzogen. Von einem nächtlichen Besuch bei einem Freund am anderen Ende der Stadt wankte ich heim. Die paar Heller in meiner Tasche reichten nicht mal für die Straßenbahn, aber die fuhr ohnehin nicht mehr. Ich winkte eine leere Taxe heran, stieg ein und erlebte meine erste Nachtfahrt. Durch die ganze Stadt. Der gutmütige, redselige, alte Taxifahrer brachte mich bis vor die Tür, ich bedankte mich, stieg ohne zu bezahlen aus und rannte ins Haus. Hinter mir hallte das Geschimpfe des Taxifahrers durch die breite Straße. Dann hörte ich die Wagentür zuknallen, und schon brauste der erzürnte Fahrer in die frostige Nacht.

Eins, zwei, drei, vier...
wie Perlen am Rosenkranz
stehen die Taxen
auf der leeren Strasse
und warten auf das neue
Gebet...

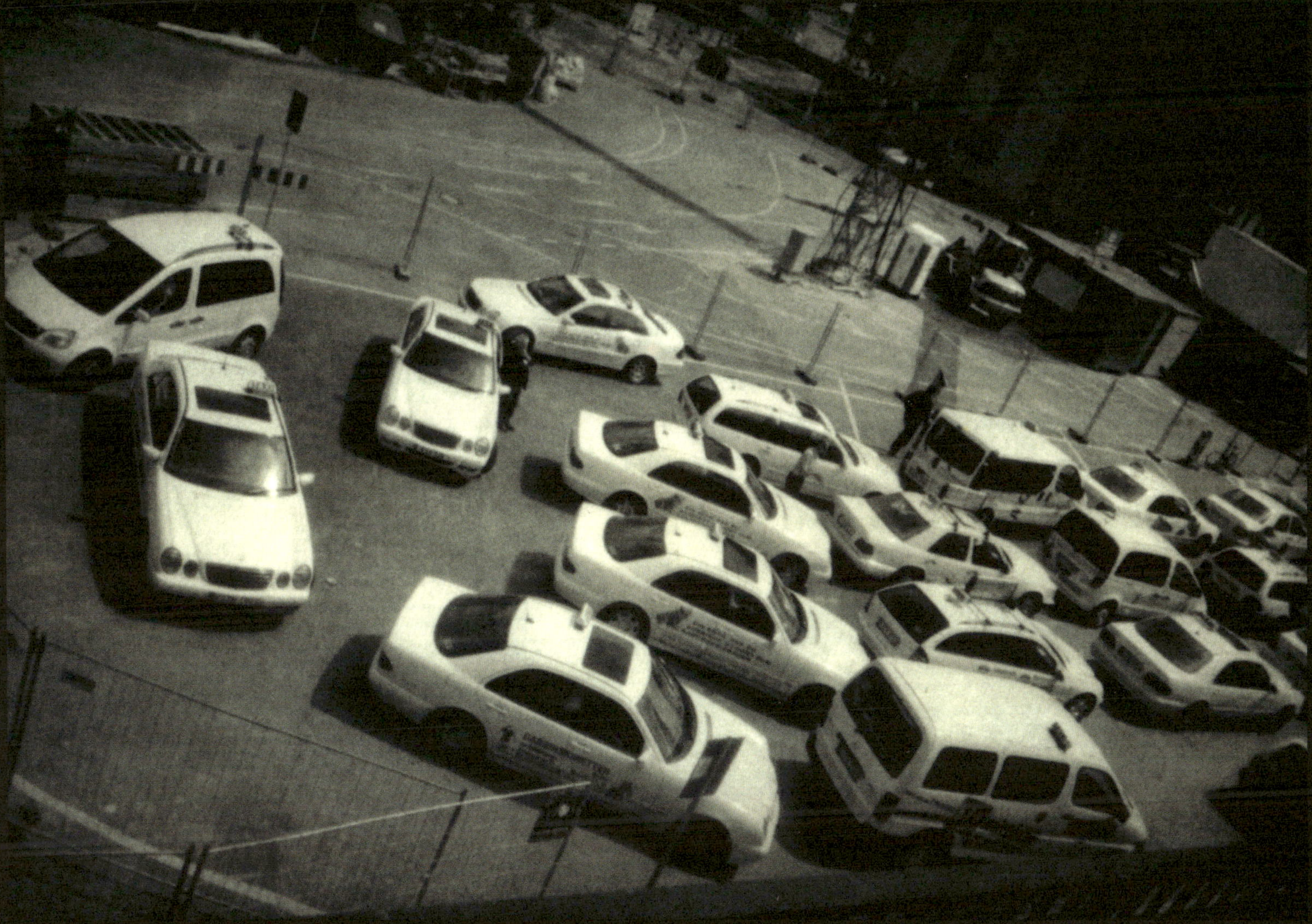

DER ANFANG
GOOD EVENING EVERYBODY SONNY BOY WILLIAMSON

Langsam wache ich auf. Das Licht ist gedämpft. Ich sammle mich. In weiter Ferne tickt die Uhr. Es ist Abend, kurz vor sechs. Ich stehe auf, ziehe eine spezielle Hose und spezielle Schuhe an, setze mir einen speziellen Kopf auf und prüfe mit einem Blick in den Spiegel, ob er sitzt. Die Schicht beginnt. Der Blues der Nacht, die Nachtfahrt …

»Die Identität der Nacht ist die, die du ihr gibst; sonst hat sie keine«, sagt die Perserin Roxana zu mir. Sie war einer meiner ersten Fahrgäste, und es klang wie eine Prophezeiung. 25 Jahren habe ich gegen diesen Job gekämpft. Und mit jeder Schicht habe ich versucht, der Nacht einen Sinn zu geben. Oft vergebens. Aber ich bezahlte mit dieser Arbeit meine Miete, meine Reisen und meine Kunst. Ich war Nachtfahrer geworden, weil es Dinge gibt, die nur in der Nacht wahr sind.

Schichtwechsel. Der Geruch der Fahrgäste vom Tag steigt mir unangenehm in die Nase. Der sehr präsente Altersgeruch, der Geruch der Kranken, der im Sitz konservierte Schweiß des Tagfahrers. Die Spuren von all dem, was mir nachts erspart bleibt, sind noch da. Ich lüfte schnell das Auto, mache den Klütten an, und in mich versunken suche ich auf dem Fahrersitz die Position, in der ich die ganze Nacht verharre. Wie ein Hund vor dem Hinlegen drehe ich mich ein paarmal, bevor ich zufrieden bin. Zum Schluss grinse ich mich im Rückspiegel an; wie einer, der einen kurzen, flüchtigen Blick auf sich wirft, bevor er ausgeht. Das sind die Rituale vor der langen Nacht.

Arbeitsbeginn. Die ersten Kurven, dann auf einer Geraden mal ordentlich Gas geben; damit das Pferdchen weiß, wer es jetzt reitet. Dann fädele ich mich geschmeidig in den dichten Vorabendverkehr ein. Die Stadt scheint sich in alle Richtungen auszudehnen. Hupende, stinkende

11

Rushhour. Prompt nennt mich ein vorbeifahrender Mofafahrer »Arschloch«, der erste Fahrgast will abhauen, und der zweite ist gegen neunzehn Uhr schon so besoffen, dass er beim Einsteigen meine Hilfe benötigt. Kein guter Anfang, aber ich versuche den Rhythmus des Abends zu finden. Wie tickt die Stadt heute, welche Stimmung strahlt sie aus, was liegt in der Luft? Ist heute Vollmond? Sind irgendwelche Killer oder Spinner unterwegs? Welcher Guru ist zu Besuch? Gibt es eine Messe? Wer wohnt in welchem Hotel?
Jede Nacht definierst du die Schicht neu, und wenn es dir gelingt, mit der Nacht in Einklang zu sein, bleibst du ruhig, die Nacht verläuft gut, und nichts kann dich von deinem kleinen Verdienst trennen. Andernfalls wäre es besser, ins Kino oder ins Bett zu gehen, selbst wenn die Miete gezahlt werden muss und die Rechnungen sich stapeln.

Eine alte Frau klopft ans Beifahrerfenster, ich muss ihr beim Einsteigen helfen. »So, zuerst ein Bein, und, sehen Sie, jetzt ist der zweite Fuß auch schon drin.« Sie nimmt ihren Stock an sich, und ich verstaue die Einkaufstüten im Kofferraum. Dann fahren wir ein paar Ecken weiter. Ich öffne ihr die Tür, stütze sie, während sie langsam aussteigt. Ich reiche ihr den Stock und hole die Tüten. Die Frau ist über 90. Ihre Bewegungen sind konzentriert, wenn auch schwerfällig. Im Weggehen dreht sie sich noch einmal kurz um. »Sie fahren gern, so wie Sie die Kurven nehmen, schwungvoll, aber sanft, schnell und zugleich vorsichtig …«, kommentiert sie die kurze Fahrt mit Schalk im Auge.
Die Nacht war noch jung und unreif hell. Das Lob der Seniorin tut so gut wie ein zärtliches Streicheln. Ich nehme es mit in meine erste Pause.

Ein guter Nachtfahrer ist wie eine Ratte. Er muss scharfe Augen haben, einen guten Riecher, Konzentration, Intuition, Orientierungssinn, Instinkt, Beobachtungsgabe und eine schnelle Reaktionsfähigkeit. Auch einen Sinn für ungewöhnliche Situationen und Atmosphären muss er besitzen. Menschenkenntnis setzt man bei ihm voraus. Jede dieser Eigenschaften kann sich als lebensrettend erweisen. Für die Leute und ihre Launen braucht man Geduld, aber auch für die Selbsterhaltung und die langen Stunden des Wartens.

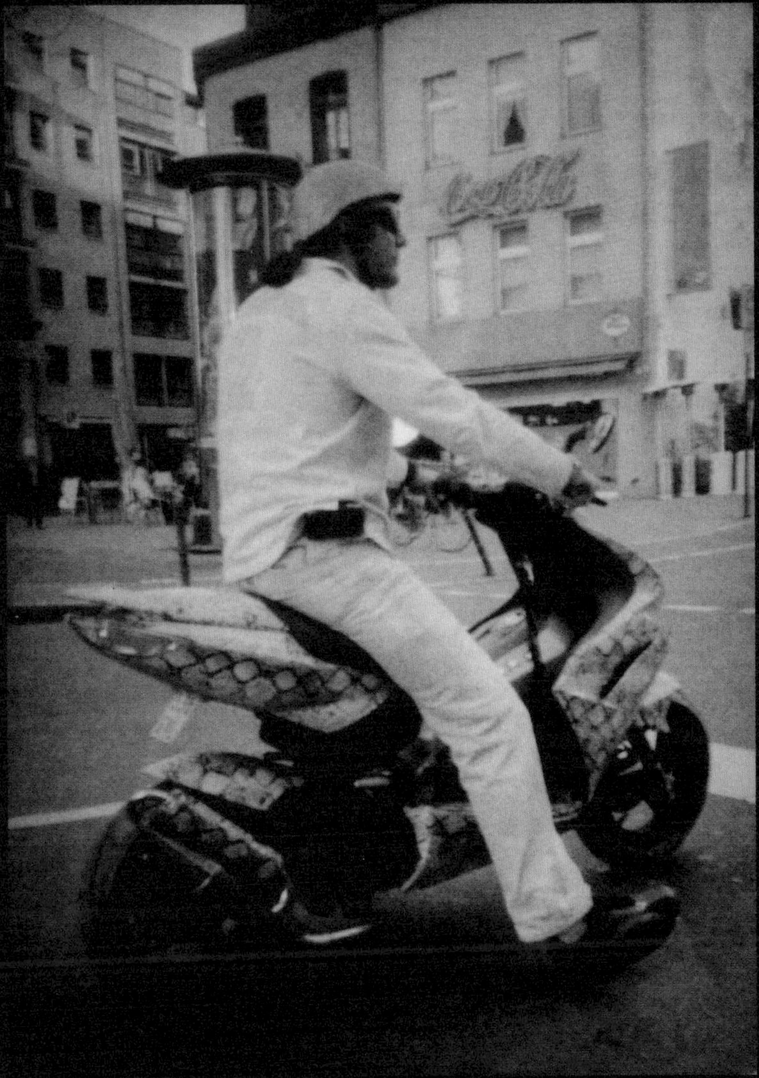

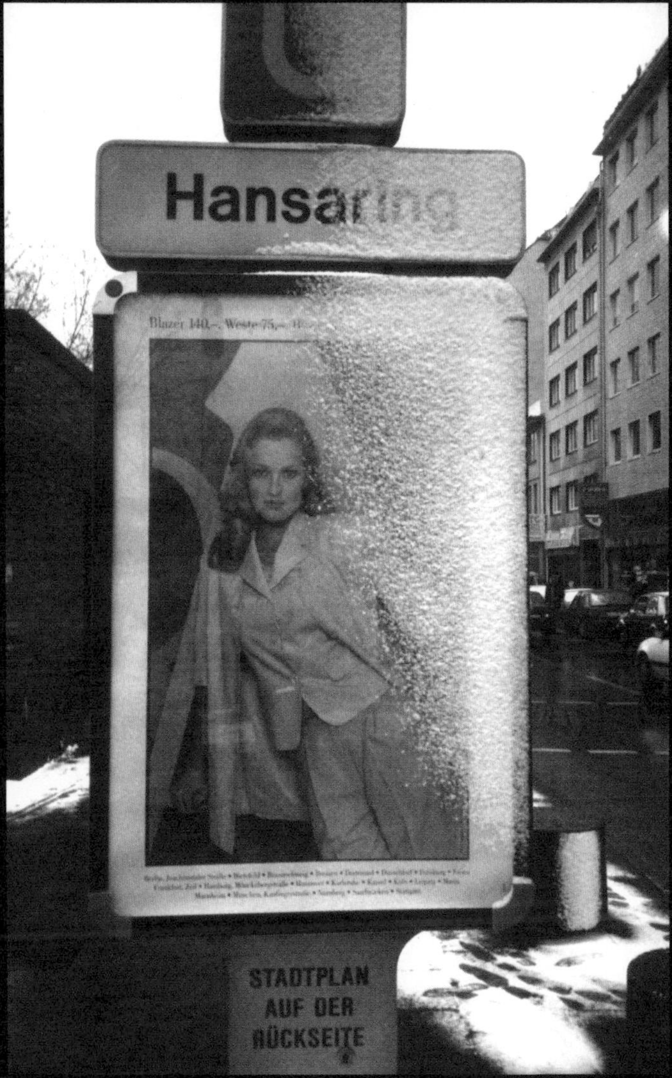
Hansaring
Blazer 140,–, Weste 75,–
STADTPLAN
AUF DER
RÜCKSEITE

Die Regeln des Jobs gegenüber den Fahrgästen: Schweige, so lange es geht. Antworte erst, wenn die Frage wiederholt wird. Reagiere nicht auf blöde Witze. In jedem Fall die Ruhe bewahren. Einige meinen auch, Beleidigungen wären im Preis inbegriffen.
Der Taxifahrer muss selbst die kleinste Gasse in der Stadt kennen, er muss über jeden Partyraum und jede Kneipe Bescheid wissen, egal wo sie ist, wie lange sie aufhat und wie sie aussieht; er muss auch den Namen des Wirts kennen. Er muss jede schwule Sauna finden und wissen, wer da heute gerade fickt. Er muss jederzeit wissen, wie spät es ist und »warum, mein Gott, es heute so spät geworden ist«.

Das Taxigeschäft lebt von Schadenfreude, Missgeschick und anderen Unebenheiten des Alltags. Ein niederer Luxus, den sich die meisten nicht so schnell leisten. Es hat wohl etwas Majestätisches, im Fond des Wagens zu sitzen und das Gefühl zu haben, den Fahrer dirigieren zu dürfen. Von diesem Luxus abgesehen wird eine Taxe nur dann gebraucht, wenn es regnet und donnert, wenn die Straßenbahn streikt und der letzte Bus frecherweise wenige Minuten früher abgefahren ist.
In der Taxe wird geboren und gestorben. Viele erleben ihre Taxifahrten nur in betrunkenem oder einem anderen Rauschzustand. Und für mich, den Fahrer, ist es immer ein Spiel des Zufalls, was die Fahrt bringt. Am Anfang der Nacht steht das Vorhaben, mit etwas Glück so viel Geld wie möglich zu verdienen. Aber wen du fährst und wohin die Reise geht, erfährst du erst, wenn es zu spät ist. Und du weißt nie, wie eine Fahrt endet. Man möchte viel Vertrauen in die Leute haben, um gegen halb vier in der Frühe in Ruhe mit den verschiedensten Typen in den unterschiedlichsten Gemütszuständen durch die Stadt zu gondeln. Selbstbewusst und entscheidungsfreudig zu sein, kann nicht schaden. Nur den Idioten bist du schutzlos ausgeliefert.

Mein Blick streift im Auto herum. Ich gucke mir mein Arbeitsgerät genauer an. Es hat nichts Schönes oder Angenehmes. Alles praktisch, karg, clean und abwaschbar. Schwarzes Plastik, nichts, woran das Auge hängen bliebe. Eigentlich eine temporäre Gefängniszelle. Trotzdem meine Welt. Die Zelle schützt mich vor der Außenwelt; oft auch vor eigenen Gedanken, die draußen bleiben…

Das Warten auf den Passagier ist der philosophische Teil des Taxifahrens. Durchschnittlich wartet man eine halbe Stunde auf die nächste Fahrt, die in der Regel etwa zehn Minuten dauert. Dann wartet man wieder. Ich erinnere mich an Männer in Russland oder auf dem Balkan, die ohne erkennbaren Zweck an den unmöglichsten Stellen herumstanden und warteten. Das Warten als ein aktiver Teil des Alltags, sogar Lebensinhalt, eine grausame Vorstellung, der ich jede Nacht näher komme. Ich erstarre oft beim Warten. Physisch bin ich quasi tot, aber meine Gedanken treiben gleichzeitig in verschiedene Richtungen: Ich warte aktiv.
Die Länge des Wartens und die Kürze der Fahrstrecke stehen in keinem Verhältnis zueinander; auf nicht enden wollendes Warten folgt häufig eine Steinwurf entfernte Fahrt. »Ja, bloß weg von hier…«, denke ich dann.

Ich bin der Letzte in der Schlange. Ich steige aus und setze mich auf die leere Bank vor der Grünanlage eines Hotels. Eine schöne Sommernacht kurz vor dem Gewitter. Für einen Augenblick steige ich in das andere Leben um, und es gelingt mir, die Reihe der leeren Taxen mit dem Blick des Fremden zu sehen. In jedem Auto sitzt ein Fahrer, leuchtet eine Leselampe. Sie schlagen die Zeit tot. Nur in der letzten Taxe ist keiner. Ich bleibe auf der Bank sitzen, auch als der Regen einsetzt. Leute gehen an mir vorbei, Halbschatten in der Dunkelheit … Die Maulwürfe folgen den Ameisen.

Eine bestellte Fahrt, meinen Fahrgast soll ich in einer Bar abholen. Ich stelle das Auto ab und gehe in das Lokal, rufe laut »TAXI!« und gehe zurück. Mein Fahrgast sitzt schon gemütlich im Wagen. Ein elegant angezogener, dicklicher Mann mit rundem Gesicht. Um den Kopf herum ein Kranz von dünnem Haar, in der Mitte leuchtet die Glatze. Der Rest der Haare ist hinten zusammengebunden und hängt in einer dünnen Linie müde herunter. Ich setze mich zu ihm, er nennt das Ziel, und wir fahren los. Nur so nebenbei fragt er, wie das Geschäft laufe. »Könnte besser werden…«, antworte ich mit der Floskel aller Taxifahrer.
Als ob er drauf gewartet hätte, fängt er einen Monolog an. Offensichtlich kennt er sich im Taxigeschäft gut aus. Er beginnt mit einer schnellen, aber treffenden Analyse, breitet mir alle geschäftlichen Möglichkeiten aus und gibt mir Beispiele von Kollegen, die auch in

schlechten Tagen 300 Euro pro Tag verdienen. Wie sie das machen, verrät er nicht. Er spricht von der Pflege der Kunden, von sauberen Autos und gepflegtem Erscheinen … und alles klingt erschreckend einfach und logisch. Er spricht über Kontakte und Stammkundschaft, und jeder Satz, den er sagt, klingt in meinen Ohren wie ein Schuldbeweis gegen mich. Er ist eine Erscheinung, ein Menschenfänger, der mich auf den richtigen Weg bringen sollte. Ein Prophet. Er spricht allgemein, trifft bei mir aber genau den richtigen Nerv. Die Quintessenz des Taxifahrens klingt auf einmal so selbstverständlich, dass ich denke: Wenn das so einfach ist, muss ich es ja nun auch schaffen. – Nie bin ich nur annähend da rangekommen.

Dieser Führerschein gilt nur in Verbindung mit dem Führerschein der Klasse B und verliert seine Geltung mit Ablauf des 23.08.2004
Er ist beim Fahren mit Fahrgästen mitzuführen und zuständigen Personen auf Verlangen zur Prüfung auszuhändigen.

Stempel 1067

Nr. F/01631/99

Stadt Köln
Amt für öffentliche Ordnung
Im Auftrag

Name der Fahrerlaubnisbehörde

Unterschrift

Verlängerung der Geltungsdauer und sonstige Eintragungen

gültig bis 04.10.2004

Köln den, 23.08.04

Stempel

Stadt Köln
Der Oberbürgermeister
Bürgeramt Ehrenfeld
Im Auftrag

Name der Fahrerlaubnisbehörde

Unterschrift

gültig bis 13.10.2009

Köln den, 13.10.04

Stempel

Stadt Köln
Der Oberbürgermeister
Bürgeramt Ehrenfeld
Im Auftrag

Name der Fahrerlaubnisbehörde

Unterschrift

JOSEF SNOBL
- 9. März 2013
FOTOGRAF

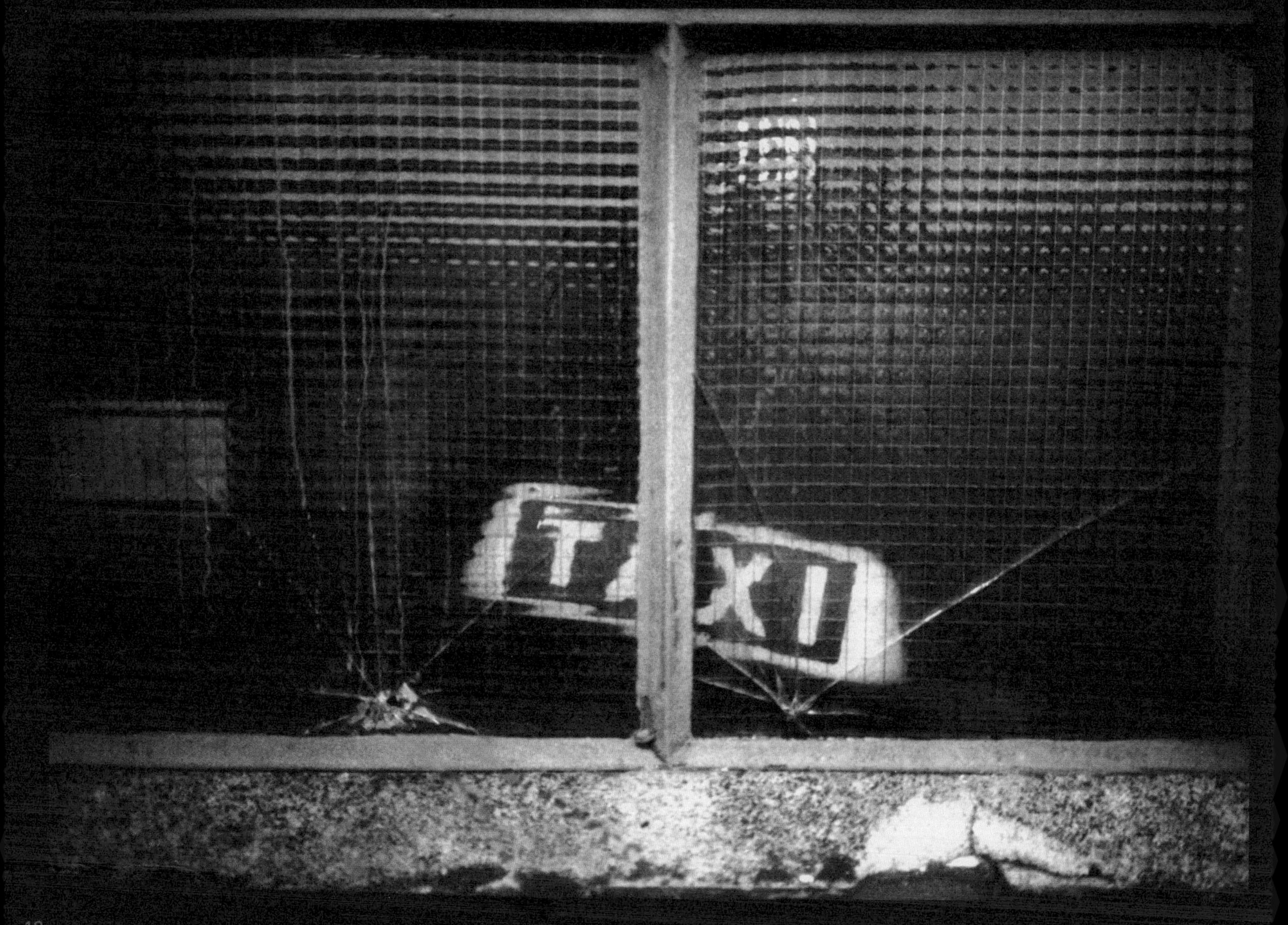

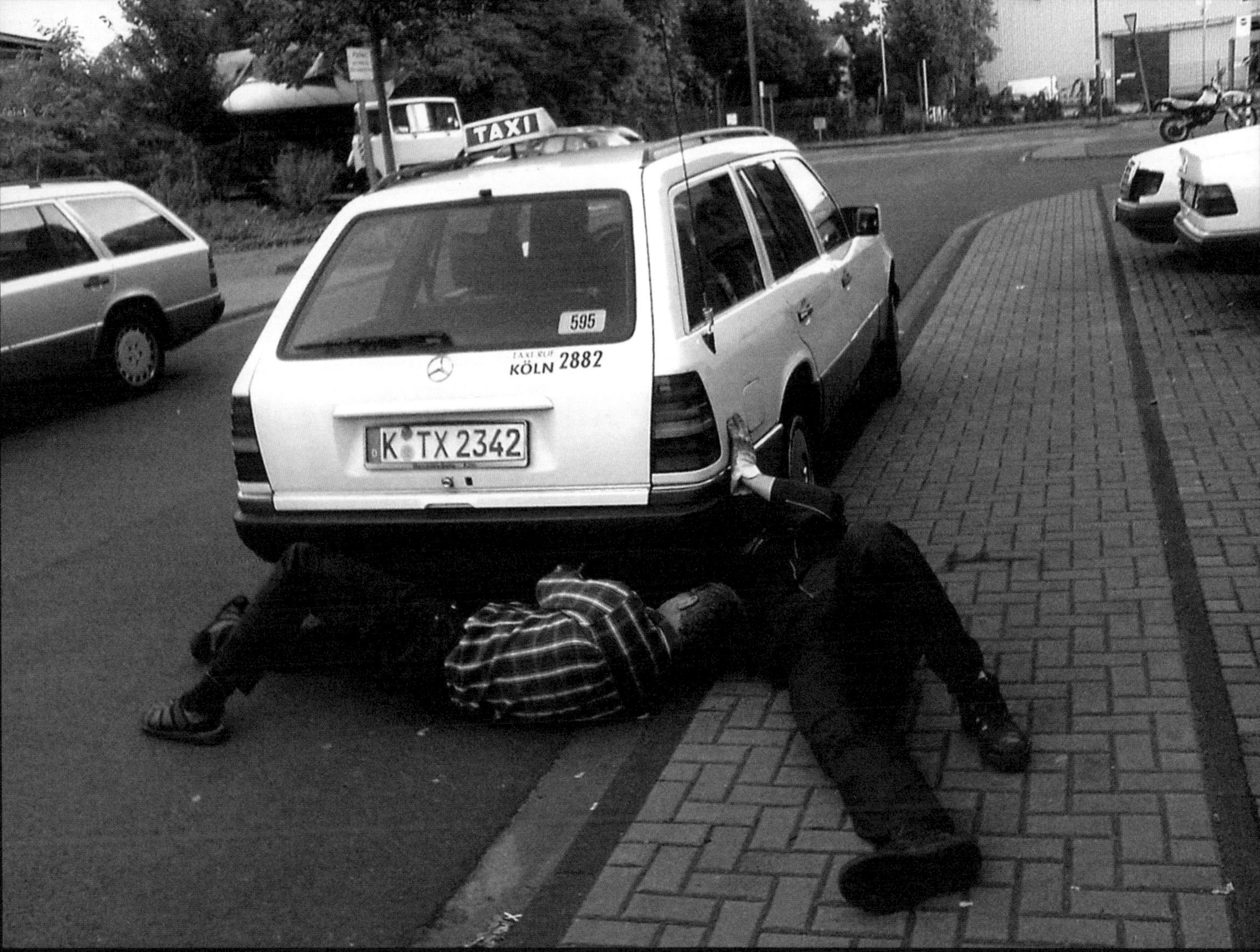
TAXI
595
TAXI RUF
KÖLN 2882
K TX 2342

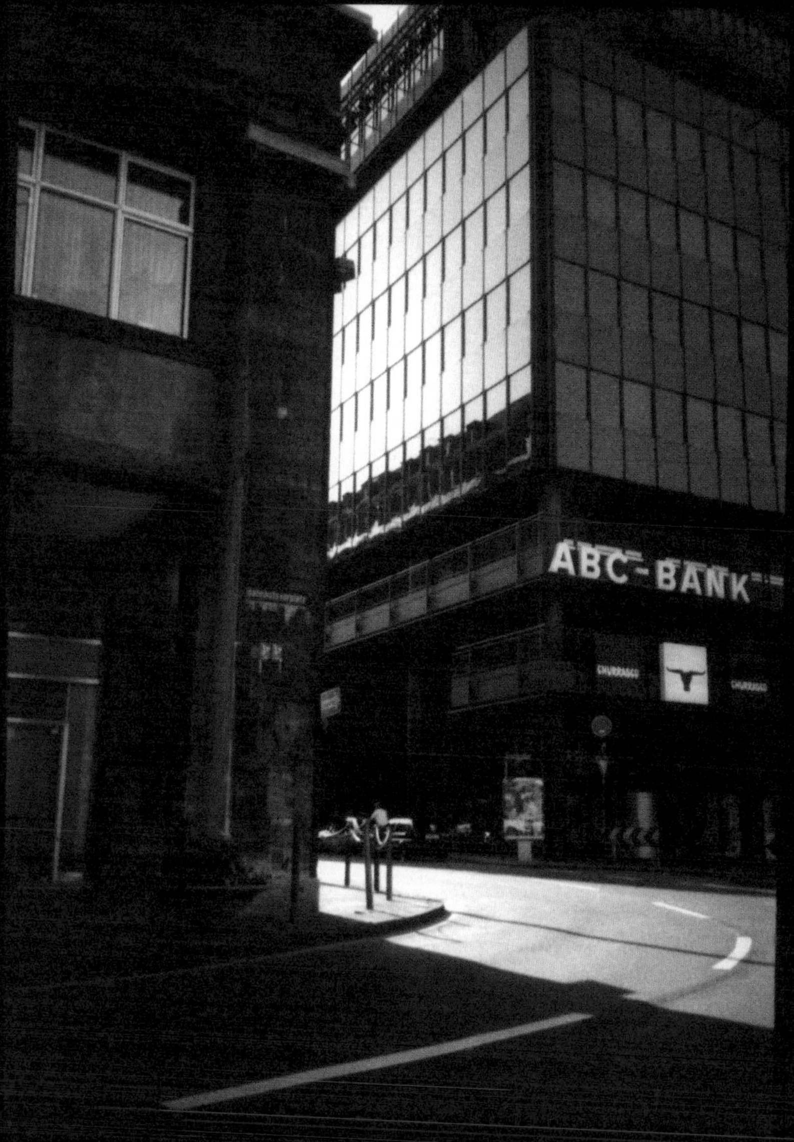
ABC-BANK

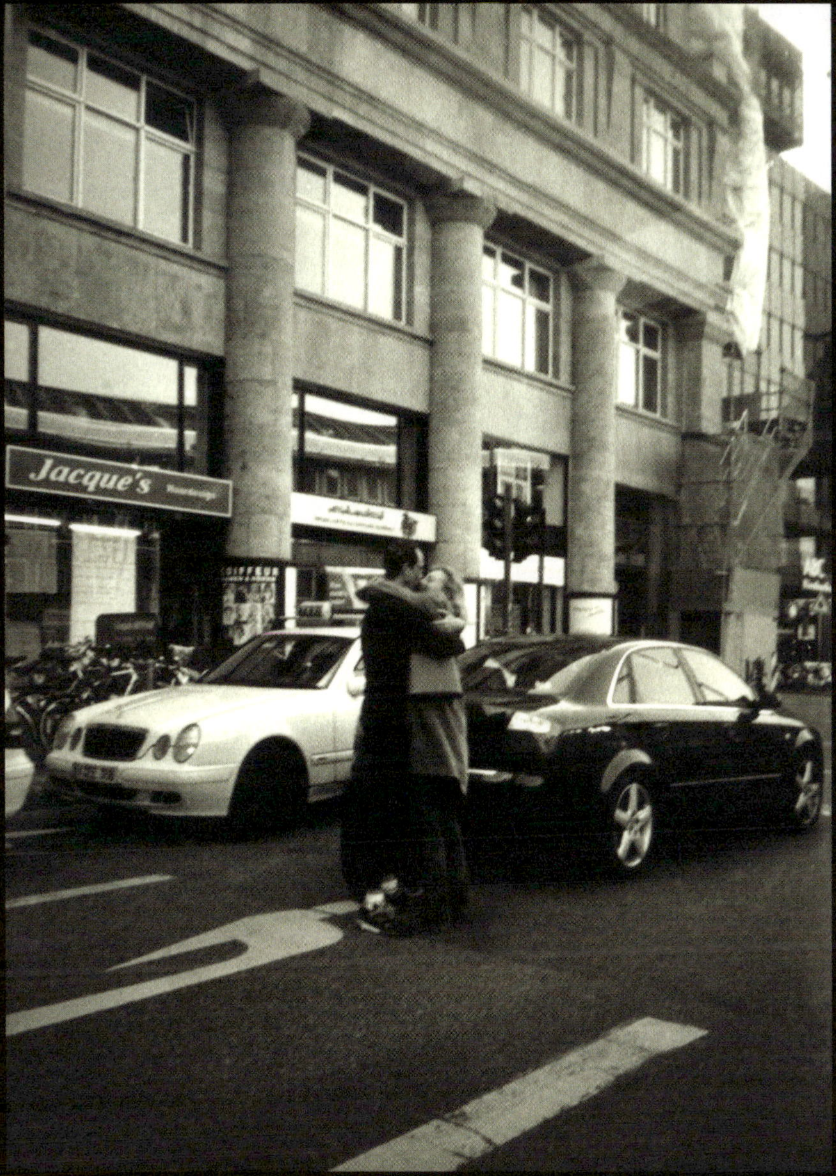
Jacque's

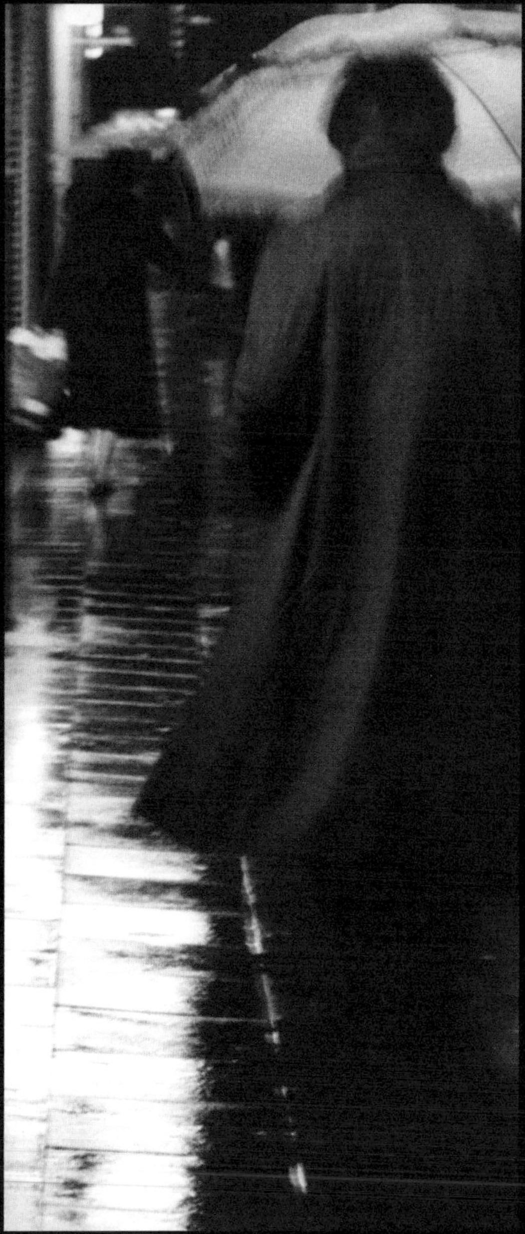

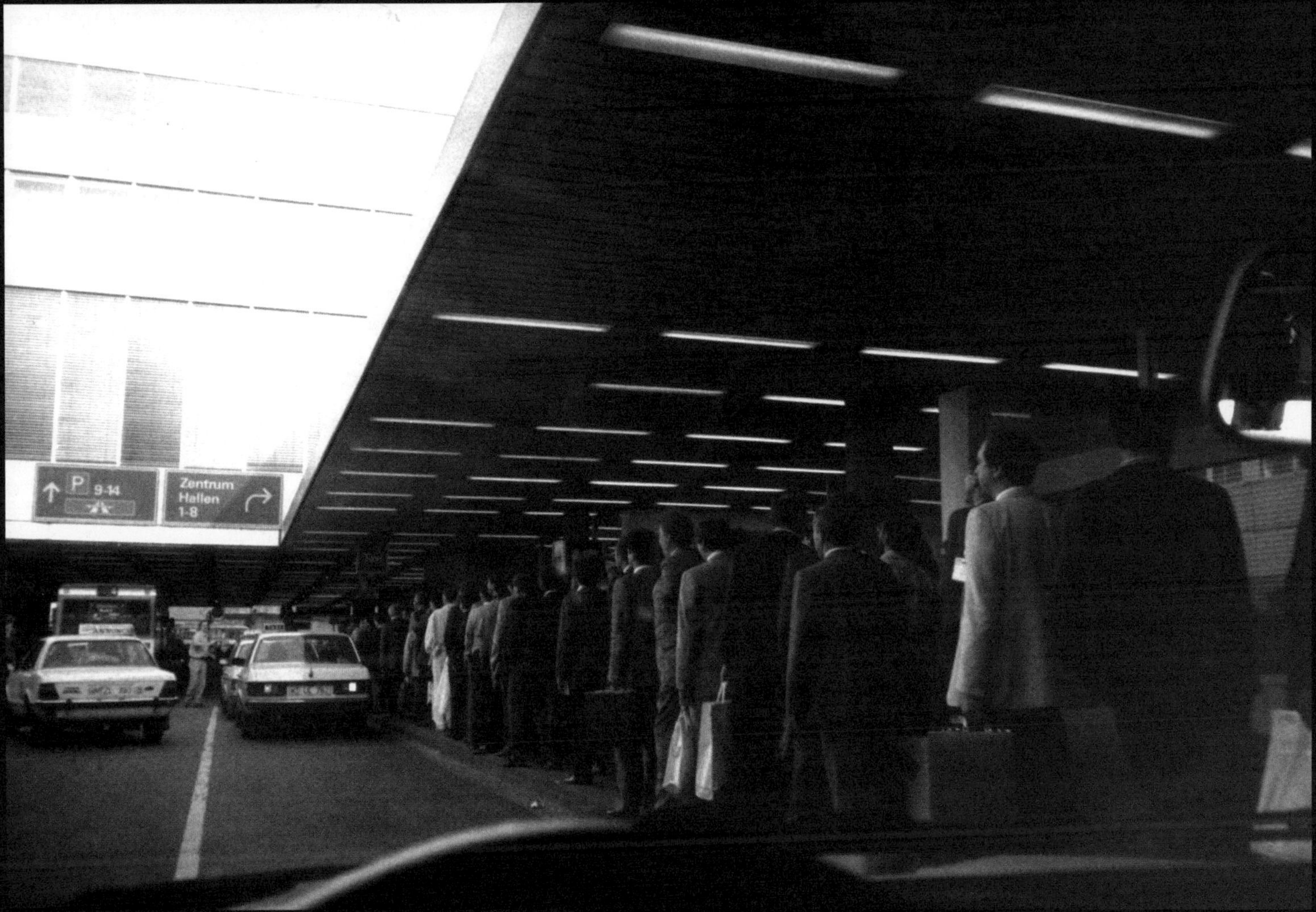
P 9-14
Zentrum
Hallen
1-8

DIE STADT
BACK DOOR MAN HARMONICA SLIM & HOSEA LEAVY

Ich habe nie in einer Kleinstadt oder in einem Dorf gelebt; immer nur in der Großstadt. Ich liebe die Individualität der Bewohner, ihren Stolz, und ich schätze die Anonymität. Große Städte haben eine große Geschichte, und man wird ein Teil davon. Die Großstadt ist verrucht, vielfältig und immer in Bewegung. In einer Metropole Taxi zu fahren, hat etwas Erhabenes. In bestimmten Stunden wird sie von einer subtilen Gesetzlosigkeit beherrscht, in anderen liegt eine unschuldige, gespenstische Ruhe über den großen Häusern.
Bei heruntergelassenen Seitenfenstern koste ich die Nacht aus. Geräusche und Gerüche. Regen, Schnee, Frost, Hitze, Wind verändern die Akustik der nächtlichen Straßen. Manchmal entsteht eine sakrale Stille, ein andermal, wenn die Luft verbraucht ist, die Stille der Erschöpfung.

Köln, die Stadt von provisorischen Bauten, billigem Zeug aus den 1950er Jahren, war mir am Anfang fremd. Ich bin in Prag geboren, wo sich Gotik, Barock und Jugendstil noch vermischen. Und dieses ruinöse Provisorium, in dem ich damals anfing Taxi zu fahren, war mir ungeheuer. Eine Stadt braucht nach einer fast totalen Zerstörung rund 100 Jahre, bis sie wieder Gestalt annimmt. Köln wird nur langsam besser und schöner, aber vor allem durch die Nächte, die ich der Stadt gewidmet habe, ist sie mir zutraulich und intim geworden. Durch das Stöbern und Entdecken in ihr und ihrer Geschichte bin ich hier inzwischen mehr zu Hause als in Prag. Ehrenfeld, Bickendorf, Nippes, Sülz, Zollstock, schon diese Namen, die so viel versprechen…

Seit meiner Kindheit hab ich eine Schwäche für Peripherien und Fabrikhallen, für solitäre, phallusartige Schornsteine, Brachen aller Art, Gleise, die abrupt enden. Ich interessiere mich für Sackgassen und Wendehämmer an Enden der Straßen, für verfallene Hinterhöfe und vergessene, verwachsene Friedhöfe, für eine urbane, langsam verschwindende oder sich stark verändernde industrielle Welt. Gleich hinter unserem Haus im Prager Industrieviertel Karlín war ein Güterbahnhof. Die andere Seite vom Güterbahnhof grenzte an den blinden Arm

25

der Moldau. Ein stilles Wasser mit kleinen Werften und einem putzigen Hafen. »Maniny« hieß das Stück Erde zwischen dem Fluss und unserem Haus in der Pobřežní ulice. Es lagen da etliche Schotterfußballplätze der vorstädtischen Fußballvereine, viele benutzte oder unbenutzte Fabrikhallen in allen Größen, manche Schrottplätze und ein Friedhof für Dampflokomotiven. Da lagen mindestens drei dieser Dampfungetüme, eine war auf die Seite gekippt, und eine andere stand tatsächlich auf dem Kopf. Bis heute habe ich den Geruch in der Nase. Kaum zu glauben, wie intensiv in der Erinnerung verrostetes Eisen an einem heißen Sommertag duftet.

Sich auf Unverlässlichkeit verlassen,
in der Unruhe Ruhe finden,
das Chaos als eine Art Ordnung begreifen.

In den Momenten, wenn das Fahren zum Automatismus wird, verlassen meine Gedanken die Zelle meiner Taxiwelt und gehen auf Wanderschaft. Mein Unbewusstes steuert mich durch tausendmal gefahrene Straßen und Gassen; es kennt jedes Schlagloch und jede Ampelschaltung. Umso überraschter bin ich, wenn ich plötzlich merke, dass ich von der gewohnten Strecke in eine unbekannte Straße abbiege. Ich sehe mich erstaunt um, und es kommt mir einen Augenblick lang so vor, als wäre ich aus einem Traum erwacht, in einer fremden Stadt.

Meine Dimension der Stadt wird mit Nachtaugen vermessen. Wenn ich tagsüber durch die Stadt schlendere, kommt sie mir bühnenhaft vor. Sie erscheint mir wie eine Kulisse mit vielen Statisten, vor der sich ein paar Schauspieler bewegen; sie ist mir fremd. Es fällt mir schwer, mich zu orientieren, und ich muss über alles nachdenken, was in der Nacht automatisch funktioniert. Die Proportionen und Entfernungen scheinen andere zu sein, die Leute sind es definitiv. Genau wie die Tagfahrer andere Menschen sind als die Nachtfahrer: ruhiger, gelassener, dicker. Meistens sind es die Taxiunternehmer selbst, die tagsüber hinter dem Lenkrad sitzen. Viele von ihnen rauchen Pfeife, was ich bei den Fahrern nachts noch nie gesehen habe. Nachtfahrer sind Kettenraucher. Die Spieler der Nacht benehmen sich anders und sehen auch anders aus, nicht wie die Lackpuppen des Tages.

Bonner Straße, kurz nach Mitternacht. Auf dem Gehsteig steht ein nackter Mann umgeben von Schaulustigen. Aus dem dritten Stock regnen Klamotten auf ihn herab. Ab und zu auch andere Gegenstände, begleitet von der Wut einer Frau oben im Fenster und dem Lachen der Menge. Im Vorbeifahren wirkt es wie ein Theaterstück!

Ein betrunkener Zahnarzt, der nachts um halb fünf eine Untersuchung meines Gebisses vornimmt. Eine Frau aus Kenia, die um fünf Uhr morgens ihre drei Kinder aus dem Bett holt, nur um sie mir zu zeigen.
Ein fünfzigjähriger, geistig obdachloser Mann mit verknoteter Zunge spricht mich ständig auf Englisch an, obwohl er es nicht kann … bevor plötzlich und unerwartet auf Deutsch, der Satz aus ihm herausbricht: »Ich schlaf bei meine Mama.« Danach sagt er nichts mehr, schweigend bezahlt er und geht zu Mama.
Ein Blinder, in Alkohol getränkt; zur Begrüßung ein Schlag mit seinem Blindenstock mir über den Kopf, es folgt ein Weinkrampf. Am Ziel schleppe ich ihn in seine Wohnung im dritten Stock. Er bekommt wieder einen Weinkrampf; ich vertrage seine Dankbarkeit nicht und haue ab.
Zwei Männer, die enttäuscht ohne Frauen um halb sechs zurück ins Hotel fahren und mir bei einem Joint auf dem Hotelzimmer ihre Erlebnisse der Nacht erzählen …

Vor dem gleichen Hotel im Zentrum steht der große Maler Sigmar Polke und ist sehr betrunken. In einem Anfall innerer und für die Außenwelt unergründlicher Inspiration winkt er jedem Geräusch entgegen, das er vernimmt. Und es sind viele Geräusche. Die Bewegungen seiner Hände und die Motorik seines Körpers wirken von Weitem so, als ob er wild tanzen würde. Es ist der innerliche Tanz eines Schamanen, um überflüssige Spannungen abzuwerfen. Plötzlich ist alles vorbei, der Maler dreht sich um und verschwindet torkelnd in der Tiefgarage des Hotels. Später sah ich seine Retrospektive im Museum Ludwig. Sigmar Polke war ein schlechter Maler, aber sehr originel-

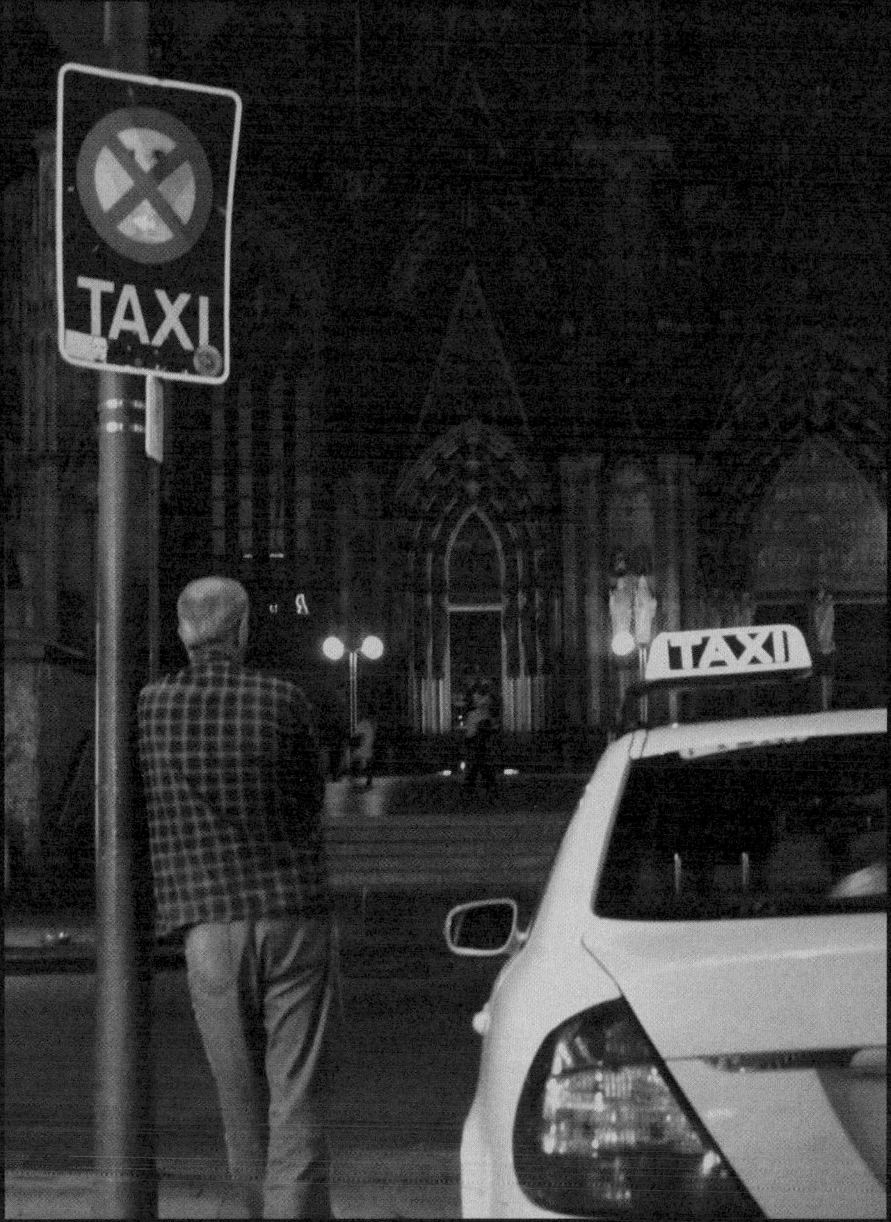
TAXI
TAXI

29

ler Künstler mit unglaublich vielen Ideen. Als ich durch die Ausstellung ging und seine verschiedenen Phasen sah, entstand in mir erneut ein Erinnerungsbild, wie ich ihn als Taxifahrer oft zu seinem Atelier nach Zollstock fuhr. Ich war sein Lieblingstaxifahrer. Und wie ich ein Nachtfahrer bin, war er ein Nachtmaler.

Gewöhnlich ist es gegen zehn Uhr abends, dass er auf dem Habsburgerring erscheint. Manchmal ist er schon angetrunken, meistens aber nüchtern. Er geht die Reihe der wartenden Taxen entlang und schaut sich die Fahrer einen nach dem anderen genau an, bis er mich findet. Dann steigt er erleichtert ein und sagt nur kurz: »Wie immer.« Er wirkt sehr schroff, und ich weiß nicht, warum er sich gerade mich ausgesucht hat. Vielleicht, weil er am Anfang per Zufall zweimal hintereinander bei mir eingestiegen ist. Bei unserer ersten Fahrt kenne ich die Straße nicht, in der er sein Atelier hat. »Wissen Sie wenigstens, wo Zollstock ist?«, fragt er unwirsch. Ich nicke stumm und fahre hin. Den Rest lotst er mich versöhnlich. Bei der zweiten Fahrt ist er betrunken, und spricht mehr mit mir als üblich. Er ist provokant, aber ich kann ihm Paroli bieten – und das gefällt ihm. Es ist nur ein Moment, er hält inne und guckt mich längere Zeit mit ironisch blitzenden Augen und einem Lächeln an. An den Inhalt des Gesprächs kann ich mich nicht mehr erinnern.

Jedes Mal achte ich darauf, mich nicht als »Künstlerkollege« zu outen. Dann wäre es vorbei mit unserer zarten Taxifreundschaft. Polke ist ein scheues Reh, und schon bei einem kleinen Versuch, ein bisschen mehr zu erfahren oder sich ihm zu nähern, hätte er unsere »Beziehung« abgebrochen. Ich darf nicht zeigen, dass ich weiß, wer er ist. Und ich darf auch nicht zeigen, wer ich bin. Ein Taxifahrer bin ich …

Ich verbringe den Nachmittag mit Martina K., einer Regisseurin aus Wien. Kurz vor sechs verabschiede ich mich. Zu Hause ziehe ich meine feinen Lederschuhe, mein Hemd und meine Weste aus und ersetze sie durch die Taxiklamotten. Das Notizbuch und die Geldbörse in die Tasche gepackt, das Taxi wartet schon.

Es ist kurz vor Mitternacht, und ich stehe als Spitze am Rudolfplatz. Mein Freund, der Regisseur Ivan F. aus Frankfurt, kommt auf meine Taxe zu. Er kommt immer näher, gleich öffnet er die Tür. Ich lache ihm entgegen, aber er sieht mich nicht, er nimmt mich als Person nicht

wahr, sieht nur den Taxifahrer. Ivan F. greift nach meiner Tür, zögert aber, wechselt noch ein paar Worte mit seiner Partnerin. Dann lässt er die Tür los und geht zu Fuß weiter. Zu einer Begegnung kommt es nicht.
Drei Uhr morgens. Ich habe die Spitze am Chlodwigplatz. Da kommen sie. Martina K. mit ihrem Freund, sie wollen ein Taxi, Martina berührt die Tür, schaut mich an, schaut durch mich hindurch und sieht mich nicht. Dann entscheidet sich auch Martina gegen das Taxi und geht zu Fuß. Ich habe heute die beiden Regisseure getroffen, die ich kenne. Beide haben mein Auto berührt, aber sind im letzten Moment nicht eingestiegen. Beide haben mich nicht gesehen, weil sie mich nicht erwartet haben, obwohl beide wissen, dass ich Taxi fahre. Beide haben sich im entscheidenden Moment anders orientiert …

Mich haben schon immer die verborgenen Alternativen des Erlebten interessiert. Das Taxifahren ist ein fruchtbares Feld für solche Spinnereien. Es entscheiden nur ein paar Schritte darüber, ob der eine oder die andere bei dir oder dem Kollegen einsteigt. Und noch bevor mir mein Fahrgast das Ziel nennt, frage ich mich im Stillen, wo führt die andere Fahrt hin? – Zuerst wartest du eine Stunde, bis du Zweiter bist. Dann beobachtest du, wie in das Auto vor dir eine wunderschöne Frau einsteigt, fast gleichzeitig geht die Tür bei dir auf, und hinein fällt ein stinkender, dicker, verpisster und total besoffener Sack, der nicht weiß, wo er wohnt, und wenn du es aus ihm herausbekommst, ist es um die Ecke.
Dass alle anderen Fahrten, ob den Kollegen vor oder nach mir zugeteilt, besser sind als meine, entspringt bloß meiner kruden Vorstellung. Es gibt Fahrten, die kein anderer machen könnte als ich, so sehr sind wir füreinander bestimmt. Es gibt aber auch solche, die ich lieber gelassen hätte, so beschissen ist die Erinnerung. Natürlich, nicht ich suche mir die Fahrten aus … die Fahrten finden mich. Ich habe keine Wahl.
Oft kommt es am Halteplatz nach langer Ruhe zu einem plötzlichen Tumult. Aus drei Richtungen kommen drei Fahrgäste gleichzeitig, die Taxizentrale hat zwei Fahraufträge zu verteilen, und in diesem einen Moment kulminiert alles. Die Fahrten sind vergeben, hinten sitzt mein Fahrgast, ich kenne sein Ziel, aber ein Gedanke verfolgt mich…
WO FAHREN DIE ANDEREN BEIDEN HIN?

Eine Fahrt durch den Regen. Im Radio läuft eine Sendung über Dostojewski. Der junge, grimmige Mann neben mir hört die ganze Fahrt über konzentriert zu.
Als wir ankommen und er zahlt, bricht über dem Kleingeld sein ganzer Zorn aus ihm heraus.
»Dostojewski, Dostojewski!«, schreit er mich an. »Dostojewski, Dostojewski!« Er ist nicht zu stoppen.
»Sind Sie Russe?«, frage ich dazwischen.
»Nein... Gott sei Dank nicht mehr... du... du Dostojewski!« Er knallt die Tür zu und verschwindet im dichten Regen, ohne seinen Schirm aufzuspannen.

Es hört nicht auf zu gießen. Im strömenden Regen steht ein Troubadour am Straßenrand und sieht recht erbärmlich aus. Seine mittelalterlichen Schuhe mit den langen Spitzen, die normalerweise nach oben ragen, sind vollgesogen mit Wasser, sodass sie nach unten hängen. Sie sehen aus wie gekenterte venezianische Gondeln.
Der Troubadour mit den Gondeln an den Füßen streckt müde seine Hand in die Luft, als er meine leere Taxe vorbeifahren sieht. Erst als er drinsitzt, hellt sich seine Miene ein bisschen auf.
»Ich bin François Villon«, stellt er sich vor, »und wohne gleich um die Ecke, etwa fünf Euro von hier entfernt.« Bei der Ankunft zahlt er die fünf Euro. Jede Münze legt er einzeln in meine Hand, und als Trinkgeld trägt er ein Gedicht vor. In dem Gedicht geht es darum, dass Villon

morgens um fünf betrunken von einer Kneipe nach Hause kommt und zu müde ist, um weiter François Villon zu sein. Verprügelt, besoffen und ein anderer zu sein, macht ihm zu schaffen. Wir stehen noch eine halbe Stunde vor seinem Haus, bis er den Weg zurück zu sich findet.

> *Ich, Armer, kann auch was erzähln:*
> *Man hat mich bis aufs Blut verdroschen,*
> *Ganz nackt dazu, kann's nicht verhehln.*
> *Ihr fragt euch, wer die Suppe brockte?*
> *Katherine war's, die ich heiß begehrt!*
> *Mein Freund Noël schlug hart und fest*
> *Bei diesem schönen Hochzeitsfest.*
> *Das Glück kennt nur, wen gar nichts stört!*
>
> (François Villon: aus der Ballade »Von den guten Absichten«, übersetzt von Eric Boerner)

Ich lese in Wittgensteins Tagebüchern, als ich eine Fahrt bekomme. Das Mädchen steht in der Wittgensteinstraße.
»Woher kommst du?«
»Ich komme aus Böhmen.«
»Böhmen und Mähren – das kenne ich, das ist doch in Ostdeutschland«, meint sie.
»Es ist nicht in Deutschland, und es war auch nie deutsch«, antworte ich gereizt.
Mein Ton gefällt ihr nicht, meine geografische Belehrung interpretiert sie falsch. Sie verliert die Fassung und fängt an, mit der roten Rose, die sie in der Hand hält, auf mich einzuschlagen. Sie schlägt so lange mit der Rose gegen meinen Kopf, bis sie zu weinen beginnt. Zwischen ihren Schluchzern vernehme ich die Worte: »Ich bin kein Nazi, ich bin kein Nazi ...«
Manchmal reicht ein Wort, und aus jemandem wird eine Bestie, die Feuer und Schwefel spuckt, ein Engel mit hervorgezauberter Pralinenschachtel oder ein Melancholiker, der zu weinen anfängt.

Das Erkennen, Erfassen eines Menschen geschieht im Bruchteil einer Sekunde. Das spätere und bessere Kennenlernen korrigiert nur ein bisschen den ersten Eindruck. In der Taxe wird ohne spätere Korrekturen erfasst.
Die gewöhnlichen Unterhaltungen unterscheiden sich, je nachdem wie intelligent oder betrunken der Fahrgast ist. Die Stinkbesoffenen haben ihre Intelligenz oft im Laufe des Abends eingebüßt, sind am Anfang melancholisch und schlafen meistens am Ende der Fahrt. Da, wo noch Denken vorhanden ist, sind die Klugen geschwätzig und die Dummen asozial. Die ganz jungen Mädchen neigen zu Hysterie, auch wenn sie untereinander sind. Alle Jungs sprechen gern über Fußball, auch die Schwulen.

Vor und hinter mir strahlen die einsamen Lichter der Fahrerkabinen in die Nacht. Der Körper hängt apathisch im Sitz. Die brennenden Augen werden blind, der ganze Organismus schläft ein. Dornröschenschlaf … um geweckt zu werden, wenn es drauf ankommt.
Die Kollegen haben Pakete mit Essen und Thermoskannen mit Tee oder Kaffee dabei, sehr dicke Romane oder Computerspiele, sehen fern auf portablen Geräten oder schlafen. Sie sind Fatalisten und Stoiker geworden. Von Weitem sehen sie aus wie Philosophen, unter dem dünnen Lichtstrahl vertieft in eine Lektüre, ein dickes, abgegriffenes Buch, Brille auf der Nase, Stift in der Hand. Die meisten der Nachtphilosophen lösen Kreuzworträtsel.

Leere Straße durchweht vom ersten Frühlingswind. Zwei Zeitungsfetzen tanzen miteinander durch das Viertel. Sie umarmen sich, liegen aufeinander, schießen hoch in die Luft, wo sie einen Augenblick ruhig verharren. Der Wind macht Musik dazu. Ein Teil endet in einer großen Pfütze, der andere wird vom Wind weitergetragen und tanzt jetzt ein Solo.
In drei Tagen kommt die Sommerzeit wieder…

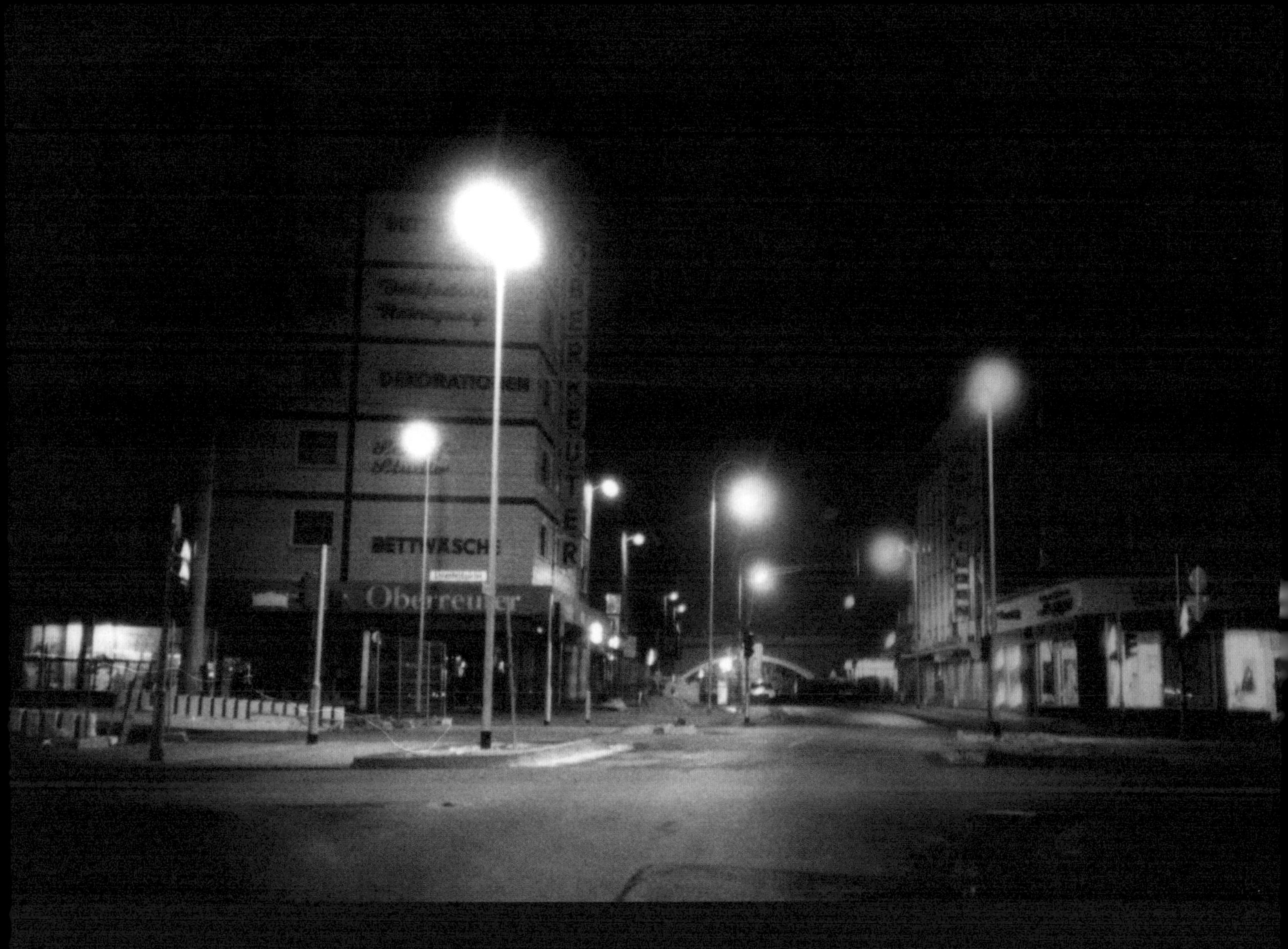
DEKORATIONEN
BETTWÄSCHE
Oberreuter

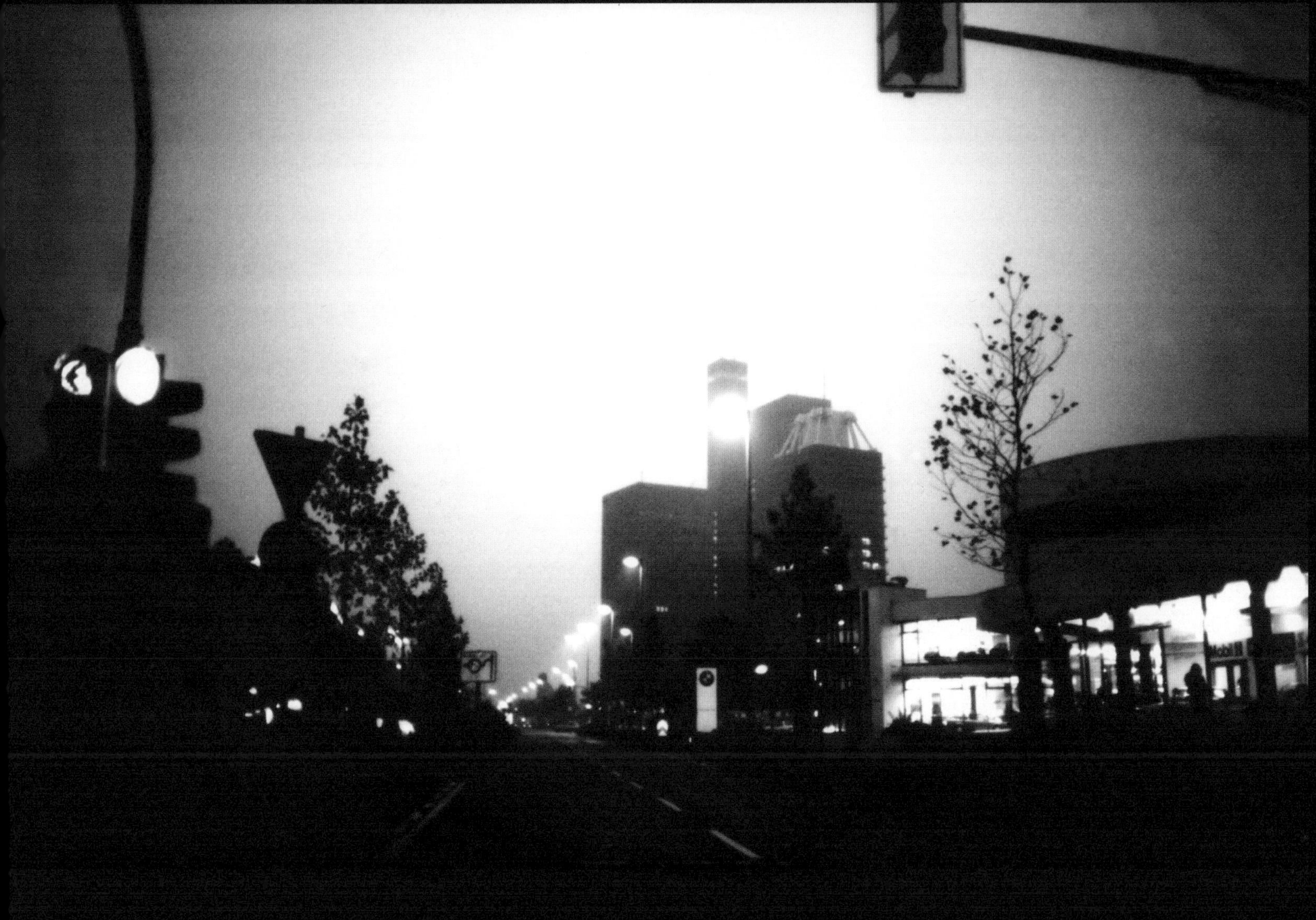

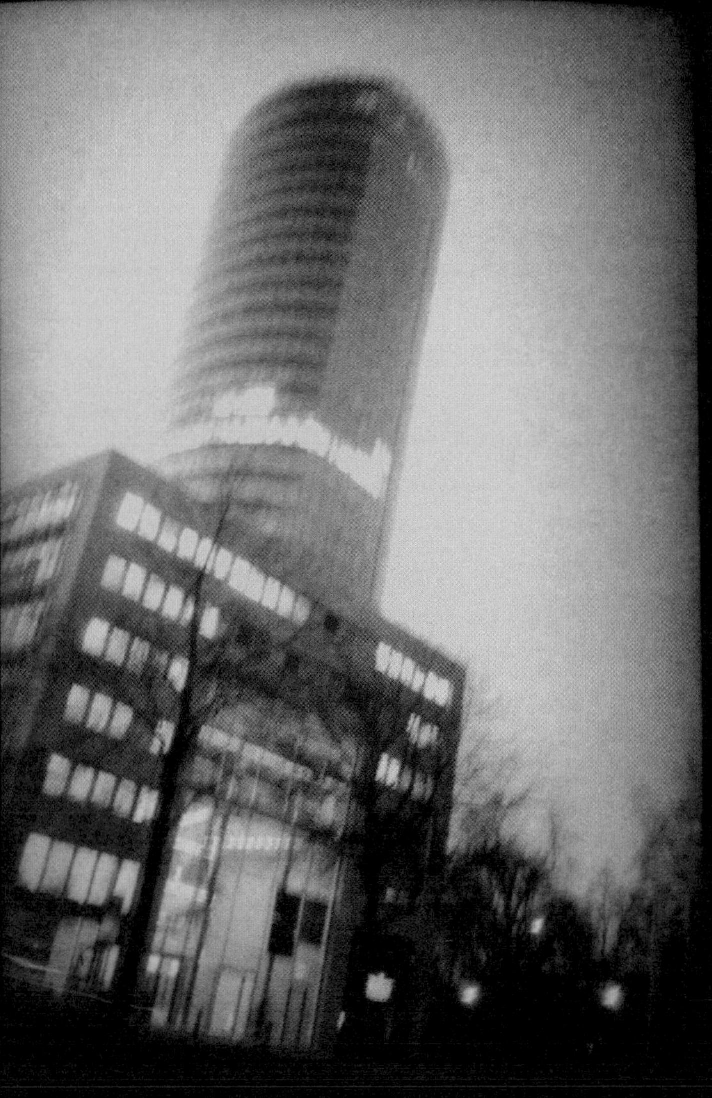

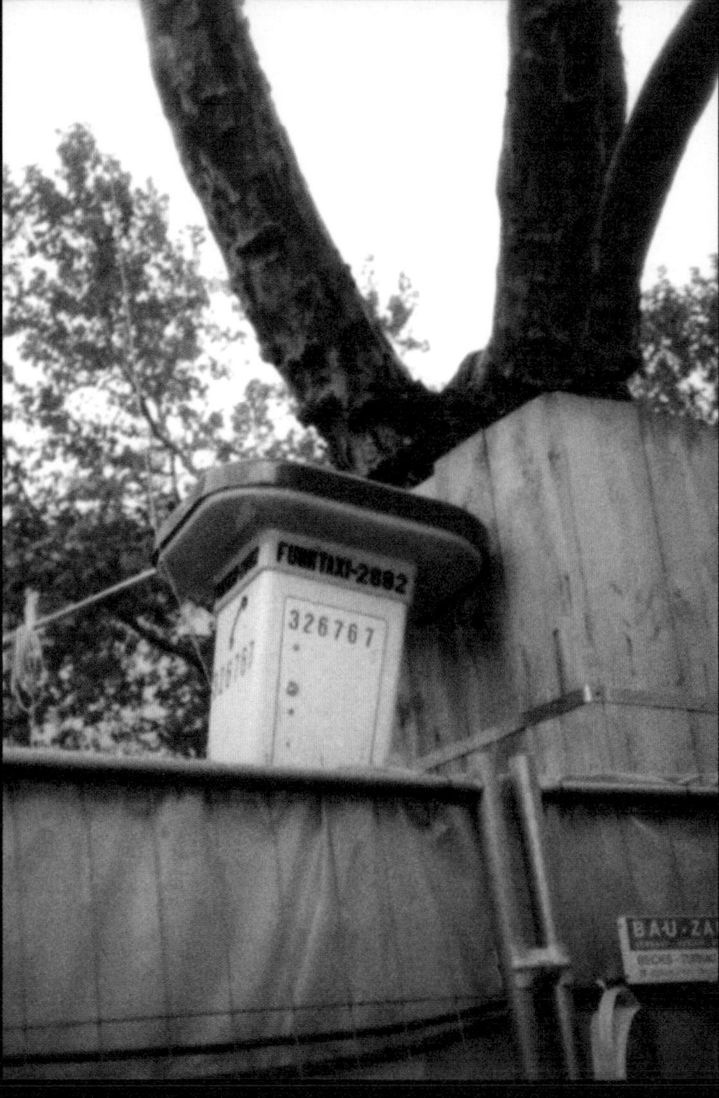
326767

39

40

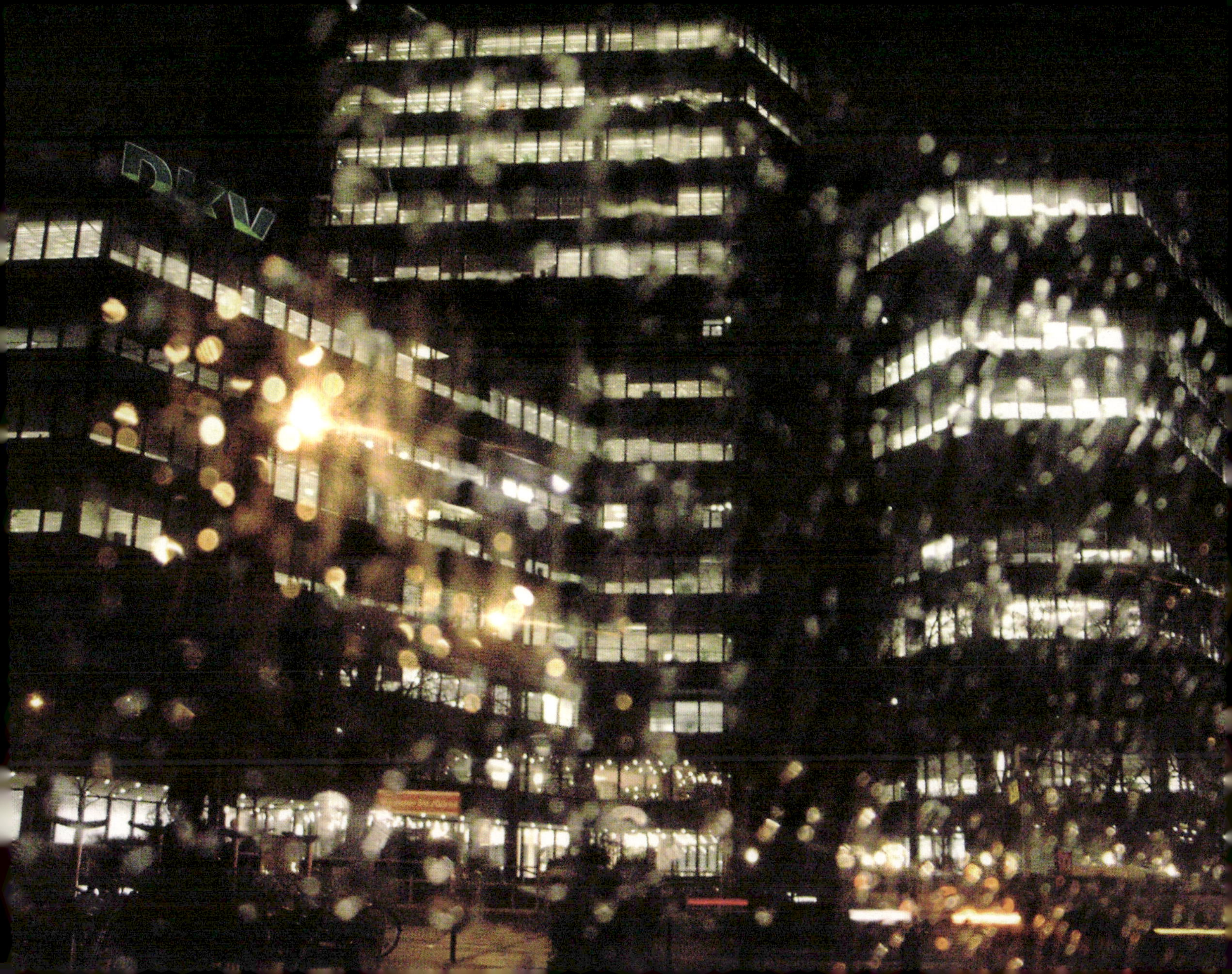
DKV

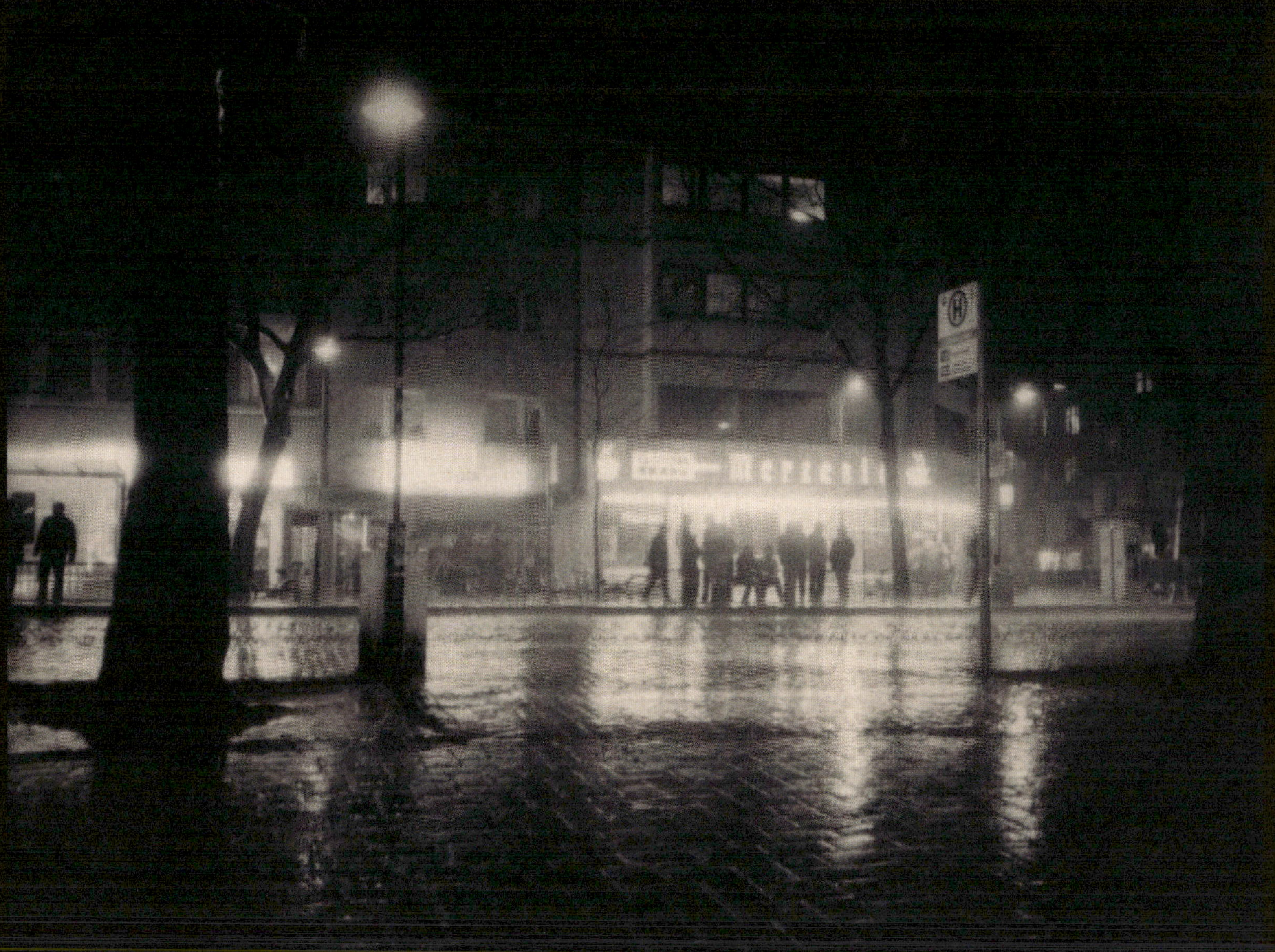

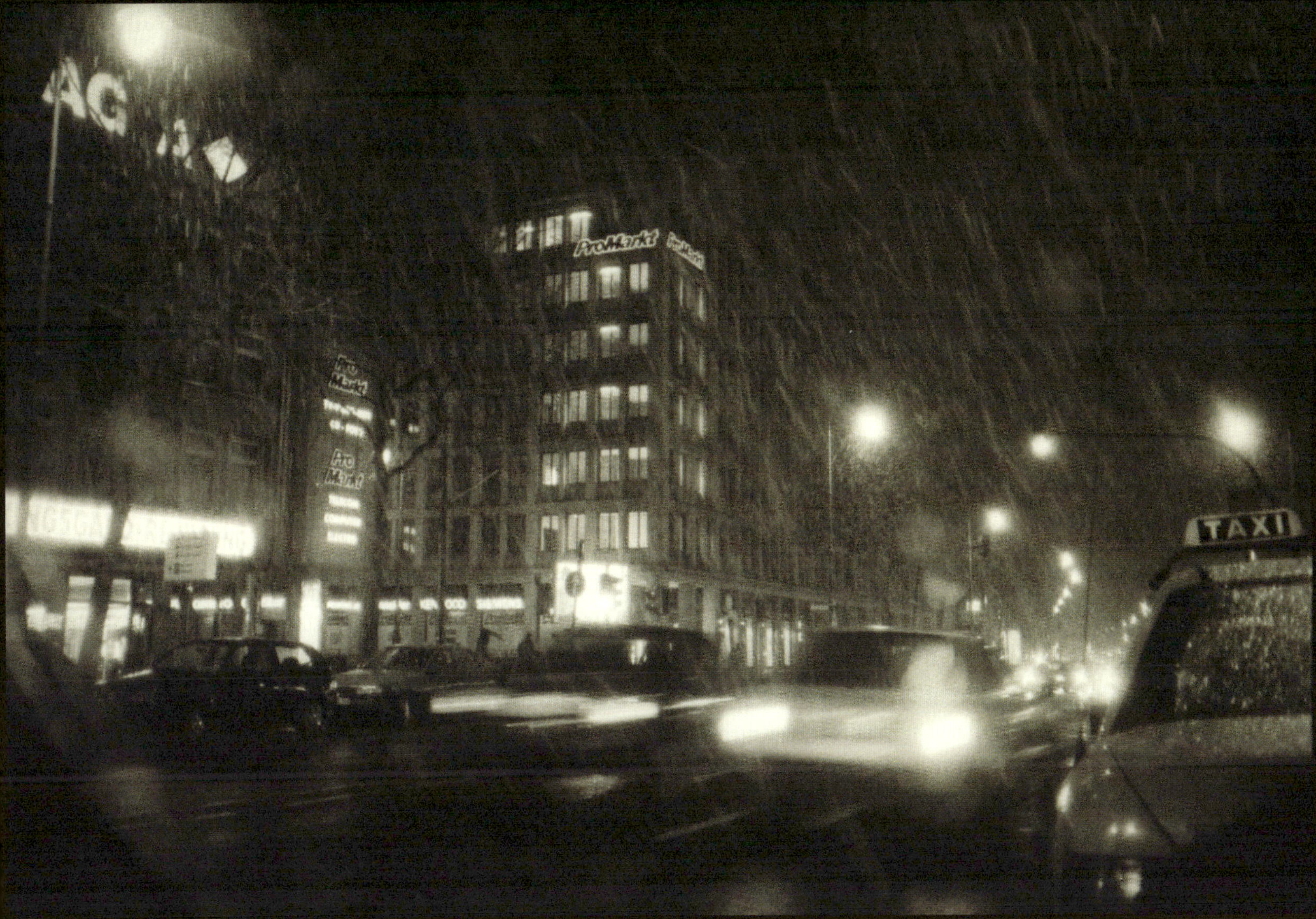
ProMarkt
TAXI

DER SCHEINESAMMLER

Mein Kollege Michal ist Sammler. Erinnerungen sind seine Leidenschaft. Er suchte lange nach einem Sammelgebiet, in dem er die wichtigsten, skurrilsten oder banalsten Erinnerungen materialisieren konnte. Originell und wertvoll sollte seine neue Sammlung sein.
Anfang der 90er Jahre fährt Michal mit einem Freund nach Prag. Die Goldgräberära, noch Bolschewismus, aber schon mit aggressiv kapitalistischer Fresse. Der Freund muss Geld tauschen und am einfachsten und günstigsten ist es, das Geld auf der Straße bei einem der vielen dubiosen Geldwechsler zu tauschen. Wenn man zufällig nur einen kleinen Gauner trifft, kann man Glück haben.
Michal wartet in einem Café, während sein Freund Geld tauschen geht. Schon bald ist er zurück, mit einem Lachen im Gesicht, in der Hand ein ganzes Bündel von tschechischen Kronen. Hastig setzt er sich neben Michal, beim vorbeilaufenden Kellner großzügig zwei Cognac bestellend. Michal schaut beiläufig auf das Geld und staunt nicht schlecht. Die Scheine sind größer und farbiger, das Papier dünner, und die Motive kommen ihm entfernt bekannt vor. Es sind Scheine aus dem Jahr 1918, aus der ersten tschechischen Republik. Der Kellner serviert die zwei Cognacs, und Michal bekommt einen Lachkrampf. Unter Tränen erzählt er dem Freund, was er für ein Geschäft gemacht hat. Aber die Idee gefällt ihm; es ist ein mieser, jedoch gewitzter Betrug. Nach kurzem Überlegen kauft Michal dem Freund die ungültigen Scheine für ein Drittel des Preises ab. Dem Freund ist es ein Trost, und Michal freut sich, das Geld in jene Sammlung authentischer Erinnerungen zu investieren, nach der er so lange gesucht hat.
Das Geld ist ein absurder Maßstab der Existenz, der die Menschen in ungewollte Situationen bringt und die Charaktere deformiert.
So werden die ungültigen Hundert-Kronen-Scheine die ersten Objekte von Michals neuer Sammlung. Zu Hause datiert er die Geldscheine und beschreibt mit seiner krakeligen Schrift seine Geschichte mit ihnen. »Jede Situation muss so beschrieben werden, dass sie auf den jeweiligen Geldschein passt, egal wie groß er ist«, notiert er die erste Regel der Sammlung in sein Tagebuch.

Michal ist Nachtfahrer, wie ich. Schon der nächste Schein seiner Sammlung ist eine gültige Währung. In einer tristen, verregneten Nacht steigt ein heruntergekommener Herr mit einer Lady in sein Auto ein. Sie lassen sich ans Ende der Stadt fahren. Triumphierend zieht der Herr einen Tausend-Mark-Schein aus seiner Socke, glättet ihn an seiner speckigen Hose und reicht ihn dem Fahrer. Der ist verzweifelt. Wo zum Teufel soll er an einem toten Tag um vier Uhr nachts einen Tausend-Mark-Schein wechseln, wenn er schon Schwierigkeiten mit Fünfzigern hatte? Er guckt den Mann an und fragt, ob er nicht etwas Kleineres hätte. Der Mann lacht giftig und entgegnet, dass es nicht sein Problem sei, und wenn er kein Wechselgeld habe, müsse er ihn und seine Freundin laufen lassen. In der Art, in der er das sagt, erkennt Michal das System. Der Penner benutzt den großen Schein auf seinen nächtlichen Fahrten nach Hause als Masche und beeindruckt damit noch seine Flittchen. Der Nachtfahrer fährt in weitem Umkreis zu sämtlichen Tankstellen mit Nachtbetrieb, besucht alle Bordelle, aber nirgendwo wollen sie den Schein klein machen. Erst nach zwei Stunden Rumfahren – der Mann genießt es immer mehr und feiert die Freude auf seine widerliche Art – fällt Michal ein, dass er bei seiner Freundin doch Geld hat; für jemanden aufbewahrt und versteckt. Nach einer weiteren halben Stunde hält er dem verdutzten Mann sein Wechselgeld vor die Nase und schmeißt ihn und seine Begleitung aus dem Auto. Noch immer wütend setzt er sich später zu Hause hin und notiert penibel die komplette Geschichte auf dem Tausender. Ein wunderbares Exemplar, denkt er und schläft ein.

Seine Sammlung wächst langsam, aber stetig: ein Fünfzig-Euro-Schein, Wechselgeld von seinem ersten Besuch im Bordell, mit Freude liest er immer wieder die drauf notierte Geschichte. Ein Hundert-Euro-Schein, mit dem er sich seine erste Linie Koks reingezogen hat. Vorsichtig entrollt versucht Michal mit Haarspray die feinen, haften gebliebenen Kristalle zu fixieren, bevor er die Banknote beschreibt.

Ein bis zu einem Drittel verbrannter Hundert-Dollar-Schein erinnert an die Anmache eines dicken amerikanischen Schwulen in einer Berliner Bar. Mit dem brennenden Schein gab er Michal um vier Uhr morgens Feuer für einen Joint, den sie dann friedlich zusammen rauchten. Es hatte lange gedauert und verlangte ihm viel Redekunst ab, bis der schwule Ami, der sich als sehr geizig entpuppte, den angebrannten Schein herausgab. Es gibt in seiner Sammlung Schmerzensgeld von einer Fahrt mit einem anderen Schwulen; ein angetrunkener polnischer Jüngling, der sei-

ne Aggression in der Muttersprache auf ihn rauskotzte. Obwohl Michal Polnisch verstand, ließ er sich nichts anmerken, und als der Junge ausgestiegen war, fand er an dem Rücksitz ein Portemonnaie mit Hundert-Euro-Schein; ein ganz besonderes Exemplar, denn so belohnt wurden die Spuck-Attacken der Fahrgäste üblicherweise nicht. Ein anderer Fünfzig-Euro-Schein war der Lohn für eine fast vollständige Demontage des Innenraumes der Taxe, nachdem eine Besoffene ihr Geld in Michals Auto verloren hatte. Am Ziel, vor ihrem Haus um halb fünf Uhr morgens, mussten sie das Geld erst suchen. Letztendlich musste Michal den Sitz abmontieren, damit der Schein wieder auftauchte.
In seiner Sammlung befinden sich viele Scheine, die er auf Straßen oder Gasen verschiedener Städte gefunden hat. Bei seinen langen urbanen Spaziergängen findet er Dollars, Francs, Kronen oder andere Geldfetzen, über die er stolpert.
In Bayern, nach einer versoffenen Nacht mit einem afghanischen Flüchtling, bekam er ein ganzes Packet authentisch erhaltener Afghani-Scheine von ihm, schätzungsweise ein Pfund schwer; dank der Nacht, die Geste der Verbrüderung, in Leinen verpackt und mit grober Kordel verschnürt. Der Typ hatte das Geld über seinen gesamten Fluchtweg von Kundus nach Murnau geschleppt.
Geld ist fleckig, fettig, schmutzig patiniert, stinkt oft nach Schweiß und Pisse, weil es in körpernahen Verstecken getragen wird. Für Michal ohne größere Bedeutung. Nachdem er es zum Sammelobjekt erkoren hat, ist es allerdings in seiner Achtung gestiegen. Es ist seine Art, das Geld als Sinn des Lebens zu betrachten …

Wenn ich in der Taxe sitze und den Geschichten lausche, die mir die Leute erzählen, bezweifele ich kein einziges Wort; ich glaube alles, was mir gesagt wird. Mir ist egal, ob es wahr, verzerrt oder erfunden ist. Es sind Geschichten, an denen ich nichts ändern kann und die ich auch nicht überprüfen will, denn bei dem kleinsten Zweifel meinerseits würden sie verloren gehen. Auch wenn einer offensichtlich lügt, höre ich aufmerksam zu, stelle ergänzende Fragen und freue mich gemeinsam mit dem Lügenbaron über seinen gelungenen Streich. Manchmal sitzen unvorstellbare Spinner neben mir, deren Geschichten durch ihr erzählerisches Talent und mein bedächtiges Zuhören zu kostbaren Perlen gedeihen. Jede Geschichte ein Geschenk.

47

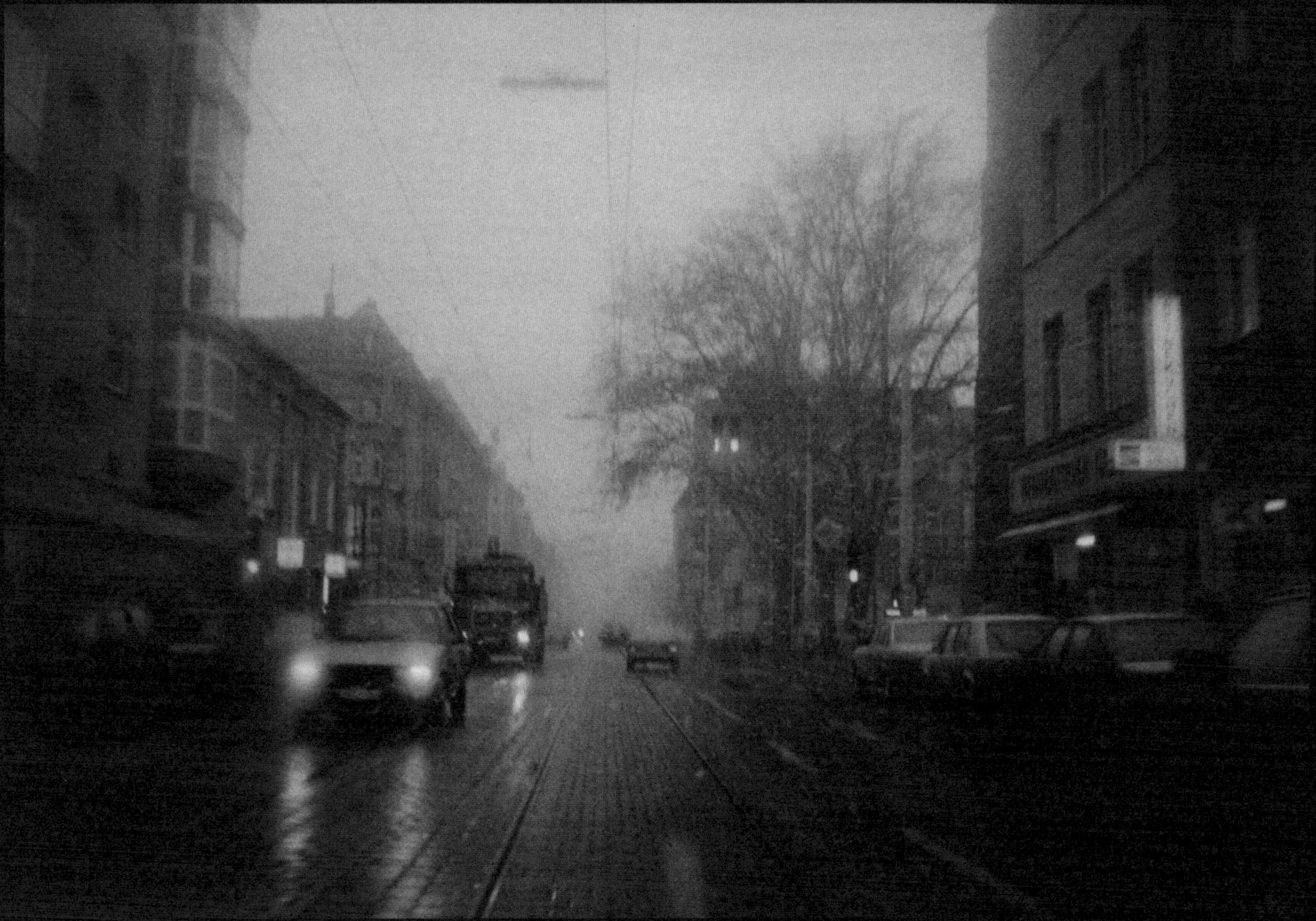

49

50

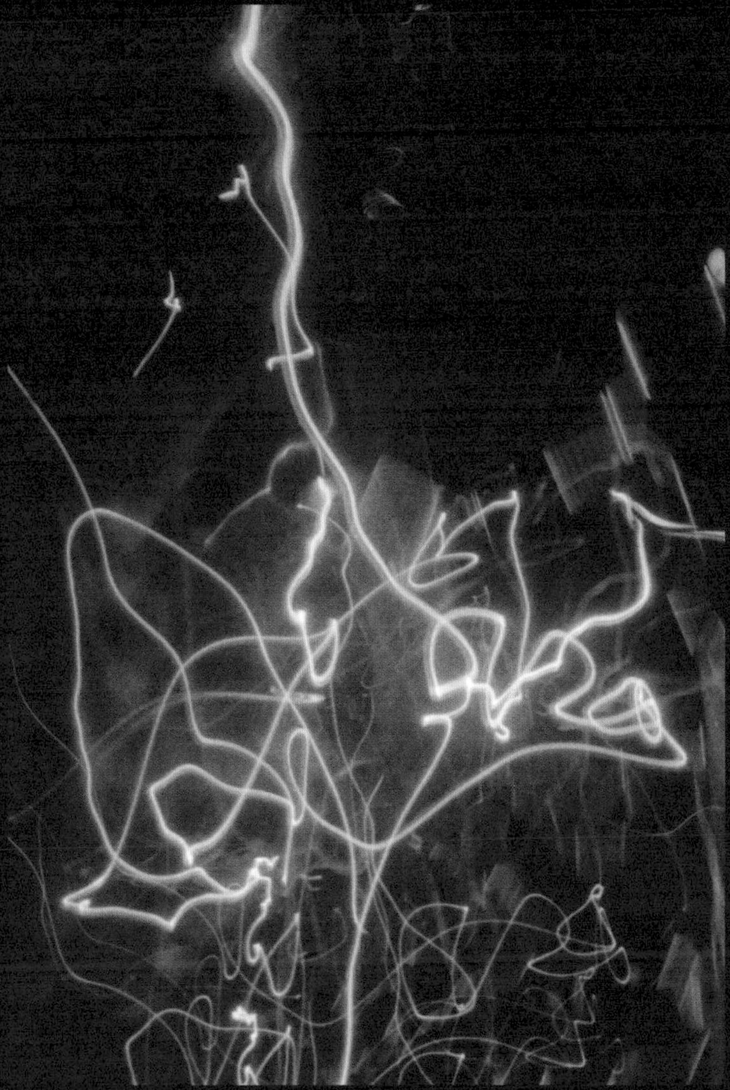

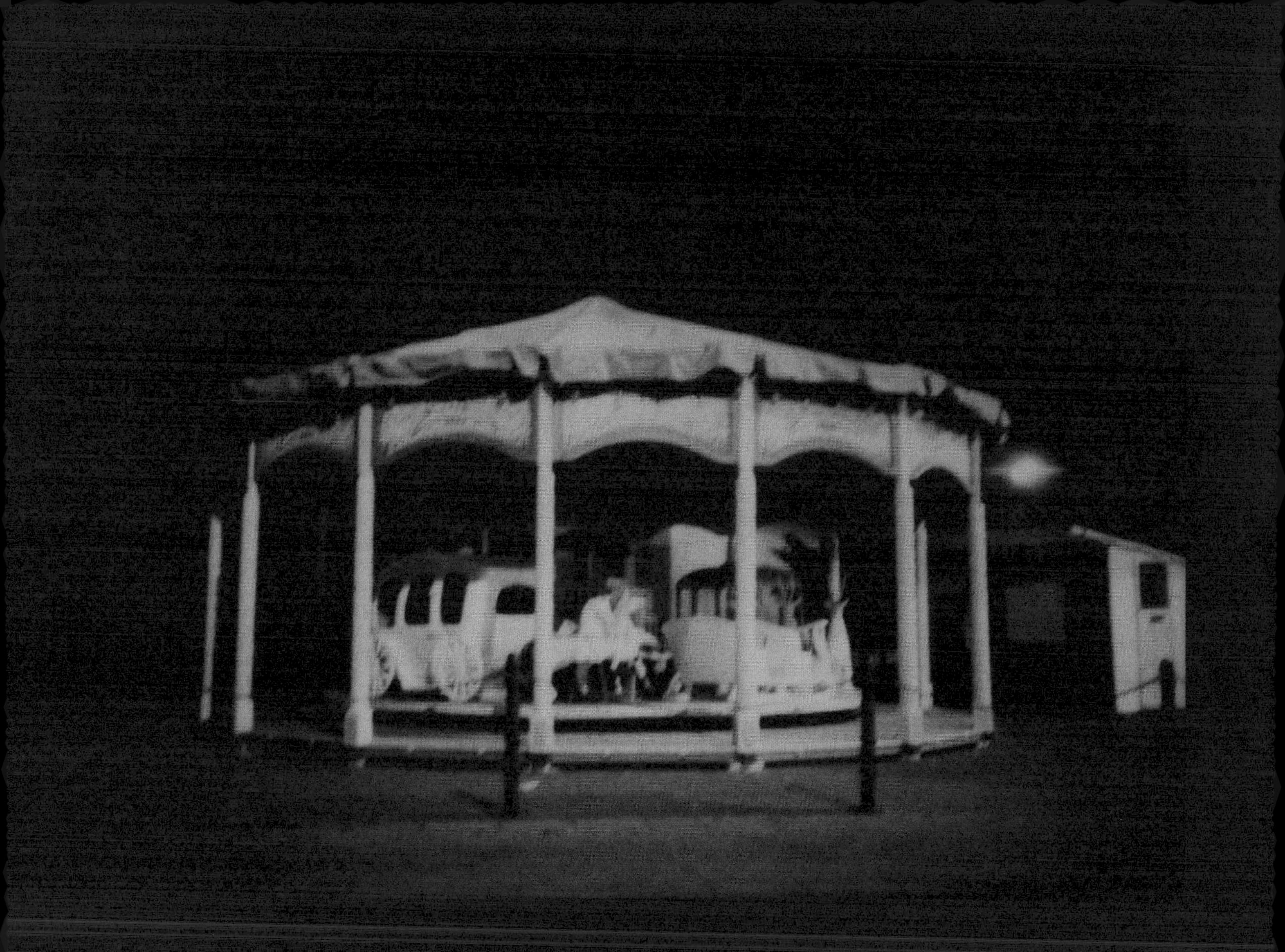

PTBAHNH
AUS FRISCHEN
KARTOFFELN
Coca-Cola
TÜRE BITTE FREIHALTEN

ZIGEUNER
BALADA CONDUCATOROLUI TARAF DE HAÏDOUKS

Ich traf in meinem Leben weniger Sinti, aber viele Roma. Ich wuchs in ihrer Nachbarschaft auf, war mit ihnen befreundet und habe ihre Eigenarten kennen- und schätzen gelernt; die Musikalität, den Geschmack, wie auch den Sinn für Familie und Gemeinschaft. Es gibt Begriffe wie »weiße Zigeuner«, »Zigeunermusik« oder »Kulturzigeuner« (Bohemien), die im normalen Sprachgebrauch weiterhin und ohne Diskussion verwendet werden. Die Sinti Allianz Deutschland hieß bis 2013 »Zusammenschluss deutscher Zigeuner«. Ich respektiere die Entscheidung des Zentralrats Deutscher Sinti und Roma, die mit dem als stigmatisierend empfundenen Begriff »Zigeuner« bricht und eine nicht diskriminierende Perspektive einfordert. Man möge mir aber nachsehen, dass ich noch »Zigeuner« traf und dass ich sie auch so in meinen Texten nenne.

Er wartet schon vor dem Krankenhaus. Ein kleiner, barfüßiger Zigeuner mit blutigem Gesicht. Auch sein T-Shirt und seine Hose sind blutverschmiert, riesige rostrote Flecken auf hellem Stoff. Jemand hat ihm ordentlich die Fresse poliert, aber er lacht herzlich und laut. Er ist ungefähr anderthalb Meter groß, und sein Gesicht ist das eines Optimisten, eines Menschen, der nie am Leben zweifelt.
»Weißt du«, fängt er in gebrochenem Deutsch an, »meine Frau ist zwei Meter groß.« Er streckt sich, um die Größe seiner Frau zu demonstrieren.
»Und ich habe die ganze Woche lang mit meinen Kumpels gesoffen ... Heute früh kam ich endlich nach Hause und ... wir haben zu Hause so eine Madonna aus Holz.« Er zeigt mit den Händen die Größe der Madonna und ahmt ihren Gesichtsausdruck nach.
»Und sie, also meine Frau, hat mich so lange mit der Madonna geschlagen, bis ich das Bewusstsein verlor.« Er lacht schallend, als hätte er einen gelungenen Witz gemacht.
»Ist sie nicht wunderbar?«, fragte er in die Luft. »Stell dir vor, als ich bewusstlos war, hat sie mich ins Krankenhaus eingeliefert ... Ist das nicht ein Liebesbeweis?«, fragt er und schaut mich lange an.

Eine Weile ist es ruhig. Wir denken beide über das Erzählte nach, dann fährt er fort. »Weißt du was? Hier um die Ecke ist eine tolle Kneipe. Ich habe noch zwanzig Euro, sie weiß nichts davon. Fahr mich hin, und wir gehen zusammen einen trinken …«
Ich bringe ihn hin, er zaubert von irgendwo einen Zwanzig-Euro-Schein herbei und bezahlt die Fahrt.
»Kommst du mit? Ich lade dich ein.« Ich denke an die zwei Meter große Frau und lehne danken ab.

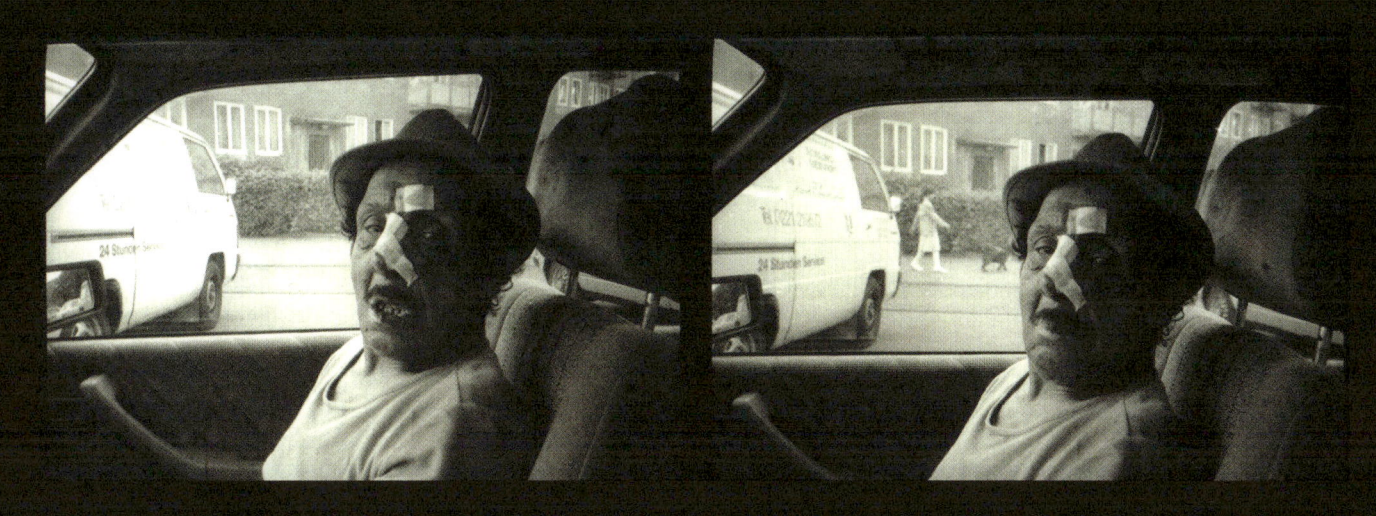

An Silvester hole ich eine Zigeunerin im schon leeren Waschsalon ab. Die Wäsche für eine Großfamilie in zehn großen Säcken ist zu transportieren. Nachdem alles im Auto verstaut ist und die zierliche alte Frau mittendrin sitzt, frage ich, woher sie kommt. »Aus Indien«, antwortet sie souverän.
Die Fahrt ist nicht lang; bei sechs Euro fünfzig stehen wir vor ihrem Haus. Sie zieht einen Fünf-Euro-Schein unter dem Rock hervor und reicht ihn mir. Als ich nach dem Rest frage, sagt sie, dass sie mir dafür einen Talisman gibt.
»Er bringt dir Glück in der Liebe und eine neue Frau«, verspricht sie mit heiserer Stimme und blitzenden Augen.

»Ich bin schon seit Jahren glücklich und verliebt in eine Frau. Ich brauche keine andere«, antworte ich.
»Dann wendet er die Neider von dir ab, die du hast, weil du glücklich bist.«
Ich kenne zwar keine Neider, die mir mein Glück missgönnen, aber ein Talisman von einer alten Zigeunerin am letzten Tag des Jahres kann nicht schaden, und so willige ich ein. Sie bittet mich um ein Stück Papier, und ich gebe ihr ein Blatt von meinem Quittungsblock. Es ist ruhig, nur das Rascheln des Papiers ist zu hören. Sie überreicht mir feierlich ein Päckchen und bestimmt, ich solle es drei Wochen bei mir tragen, dann brächte es mir Glück. Ich stecke das Päckchen ohne zu gucken in die Tasche und helfe ihr mit den zehn Säcken in den dritten Stock, wo uns die gesamte Großfamilie, etwa fünfzehn Leute, lautstark begrüßt.
Bei meiner nächsten Pause ziehe ich das kleine Päckchen neugierig aus der Tasche und wickele meinen Talisman für das nächste Jahr vorsichtig aus. In dem Papier liegen Brotkrümel vermischt mit Dreck. Mit Dreck vom Boden der Einkaufstasche.
Ich bin nicht enttäuscht. Das Glück hat viele Gesichter, und eine Prise Brot mit Dreck ist eine schlichte Variante mit Symbolcharakter. Für einen Euro fünfzig kann man auch nicht viel erwarten …

Tage später fahre ich einen sehr dicken und neben mir schlafenden Zigeuner ans andere Ende der Stadt. Der Fahrgast hat den Kopf auf seine Hände gestützt, die einen eleganten Spazierstock umklammern. Laut schnarcht er durch seinen mächtigen Schnurrbart. Obenauf thront ein riesiger Cowboyhut, der das wankende, ständig um Gleichgewicht ringende Gebilde beschattet.
Bevor er einschläft, versuche ich, anhand seiner Grunzlaute das gewünschte Ziel zu erahnen; ansonsten fahre ich in die Richtung, die er mir vage anzeigt. Unterwegs bewundere ich die Eleganz des dicken, schnarchenden Körpers, der allen Kurven, Beschleunigungen und Bremsmanövern standhält und sie bravourös ausbalanciert.
Irgendwann erwacht der Passagier, gibt ein paar kurze Anweisungen, und wir kommen zum Stehen. Ich schalte die Uhr aus und nenne den zu zahlenden Betrag von zwanzig Euro. Der Zigeuner kramt in seinem zu großen Sakko, zieht strahlend aus einer der vielen Taschen einen goldenen Ring, hält ihn mir hin und sagt mit ungerührter Miene: »Ich kriege noch zwanzig Euro von dir.«

Ich stottere etwas über Dienstleistungen und dass wir nicht auf dem Balkan wären, aber der Zigeuner hat kein Geld, sodass mir nichts anders übrig bleibt, als mich auf das Spiel einzulassen.
Nach fünfzehn Minuten verlässt der Mann die Taxe – ohne etwas zu bezahlen oder zu bekommen. Ich besitze seitdem einen falschen goldenen Ring, der als Beweis für die Absurdität meiner Nächte auf meinem Schreibtisch liegt.

Zigeuner, Europas Indianer. Ich fahre sie gern, egal welchen Alters, ob dreizehnjährige Machos in lässigem Anzug oder alte Matriarchinnen, in bunte Tücher gewickelt. Die Fahrten sind immer spannend, man weiß nicht, wohin sie führen und wie sie ausgehen. Meistens zahlt man drauf. Man muss sich nur auf das Spiel einlassen und darf nie klein beigeben.
Ich bin mit Zigeunern aufgewachsen. Im Prager Stadtteil Karlín bevölkerten sie viele Mietshäuser links und rechts von uns. Die meisten hießen Demeter, und ich genoss den Rummel bei ihnen, wenn mich die Roma-Jungs mit nach Hause nahmen. Alle Türen offen, laute Musik, oft live, und eine wilde, bunte Generationenmischung. Oft wusste ich nicht, wer der Vater oder die Mutter meiner Freunde waren. Keine privaten Ecken, das ganze Haus eine Familie, eine Einheit; immer bereit weiterzuziehen. In meiner Erinnerung waren wir Freunde, wenn auch nur temporär, für ein halbes Jahr vielleicht. Dann zog die Familie weg, und ich sah meine Freunde nie wieder. Schon damals waren die Zigeuner für mich wie Indianer. Aus Indien kommende, echte europäische Indianer. Sie sind es bis heute geblieben.

»Mach die Negermusik aus!«, herrscht mich ein Fahrgast an.
»Es ist Zigeunermusik«, belehre ich ihn.
»Das ist doch das gleiche Pack … Mach es aus!«
In einem hatte er unwissentlich recht: Zigeunermusik ist Blues. Das eine kommt vom Donau-, das andere vom Mississippi-Delta. Beide haben die gleichen Wurzeln. Beide sind die Reaktion auf Typen wie ihn, den ich kurz darauf im Streit aus dem Wagen werfe.
»Hier stinkt es«, meint er.
»Vielleicht sind das deine Gedanken«, antworte ich.

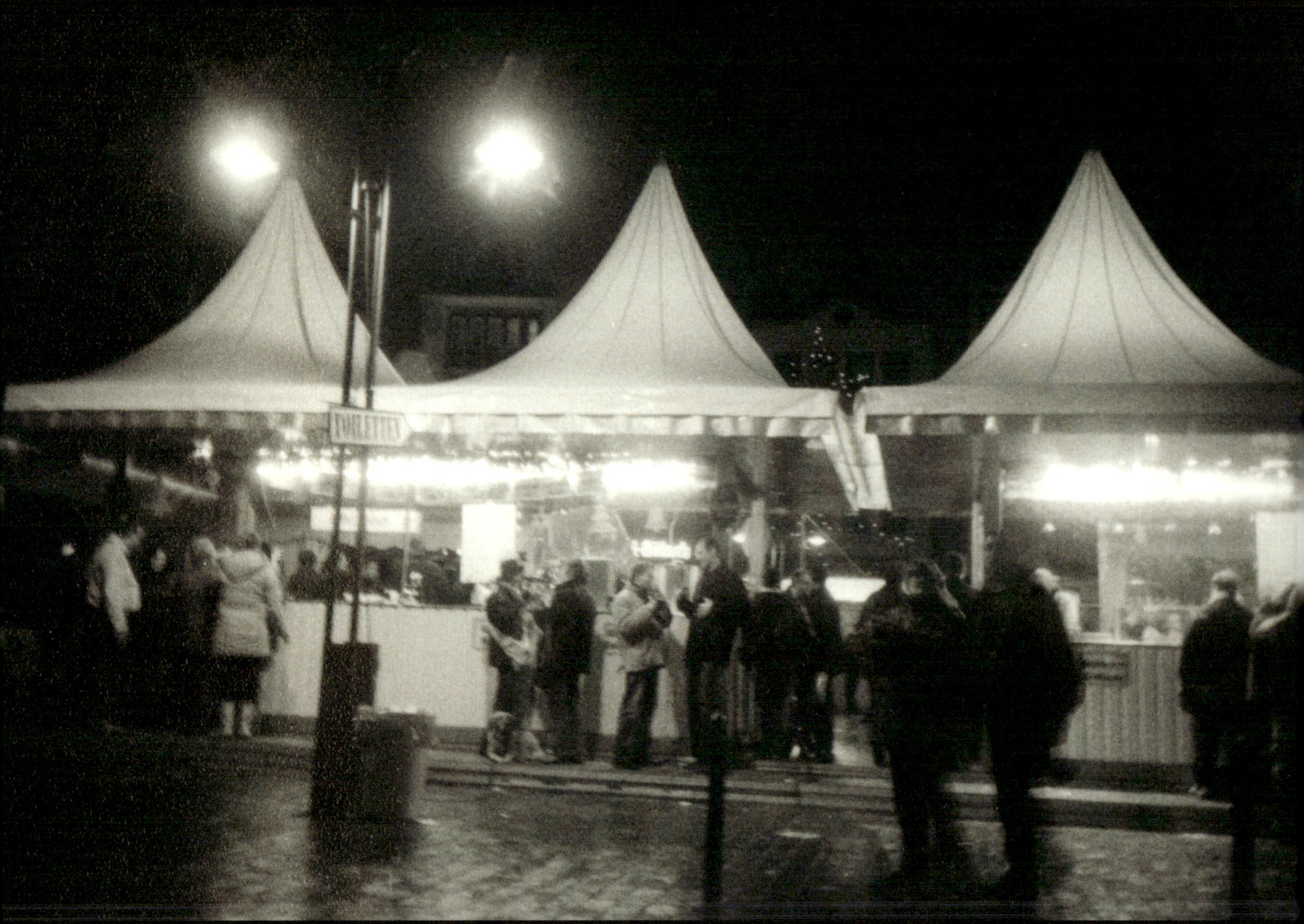
TOILETTEN

59

Auf der Autobahn in voller Fahrt
von einem Wagen überholt.
Am Lenkrad eine Blondine,
sich die Haare kämmend.
Ein Engel in einem Auftrag
eilend...

61

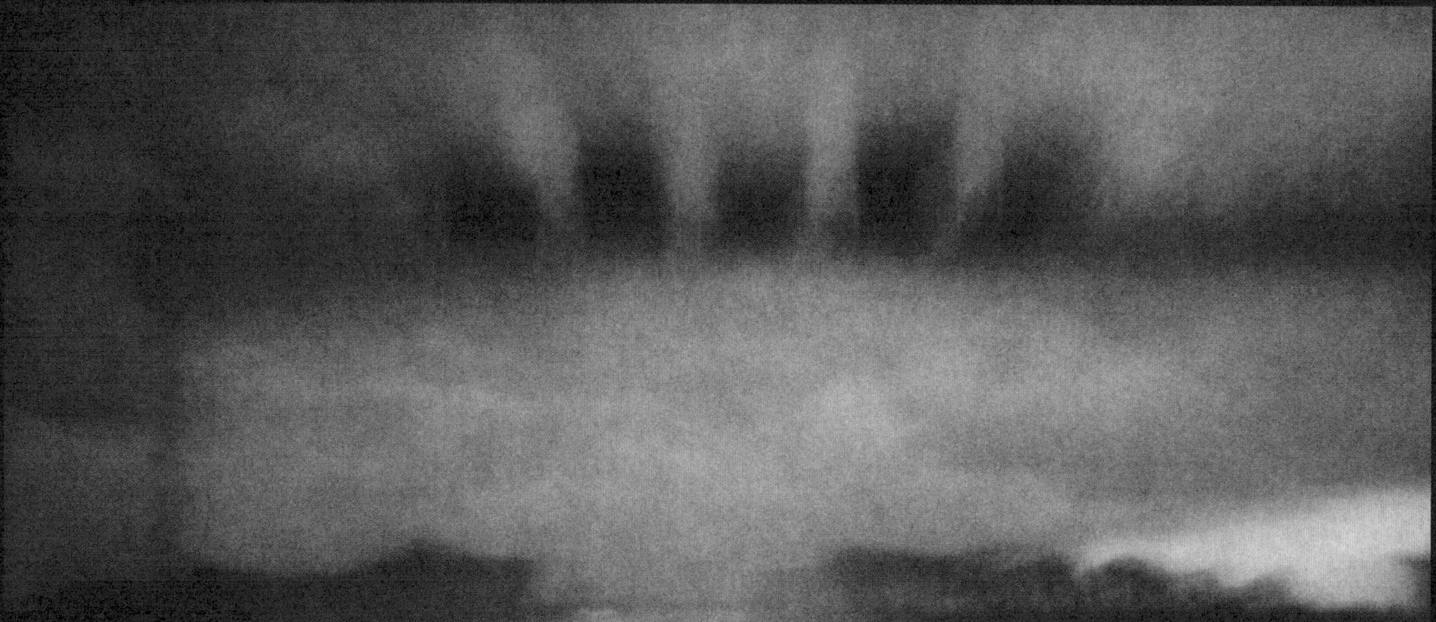

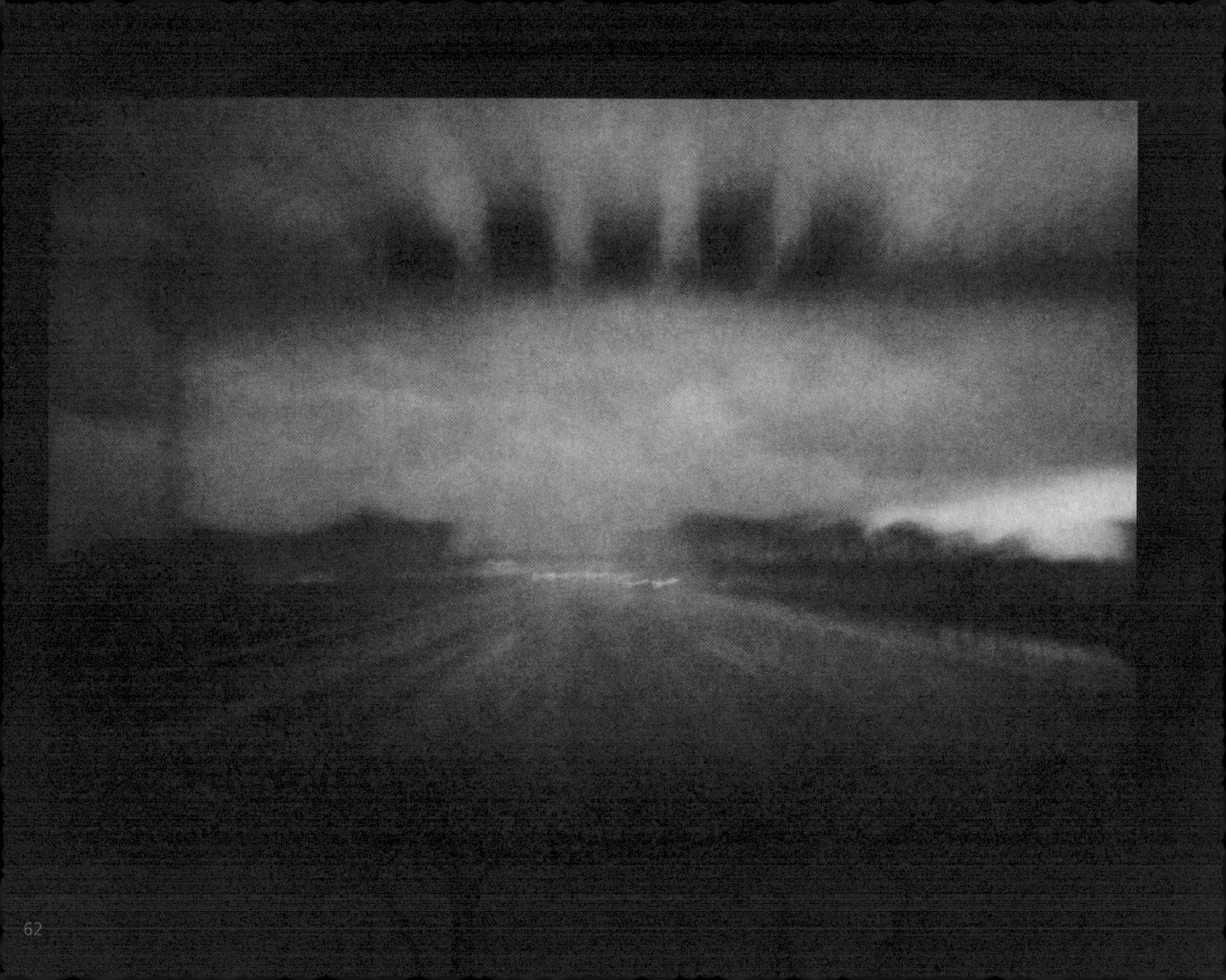

63

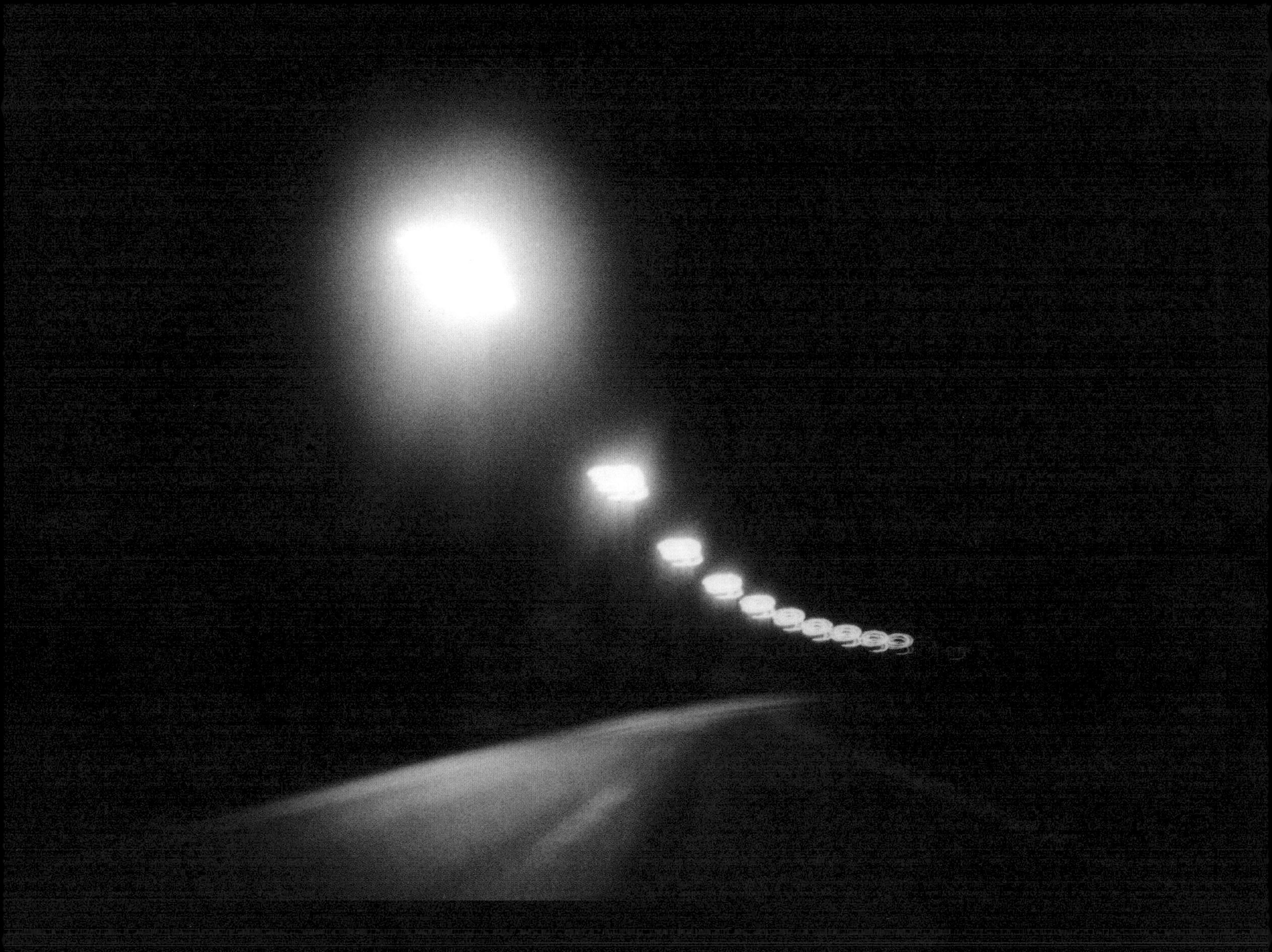

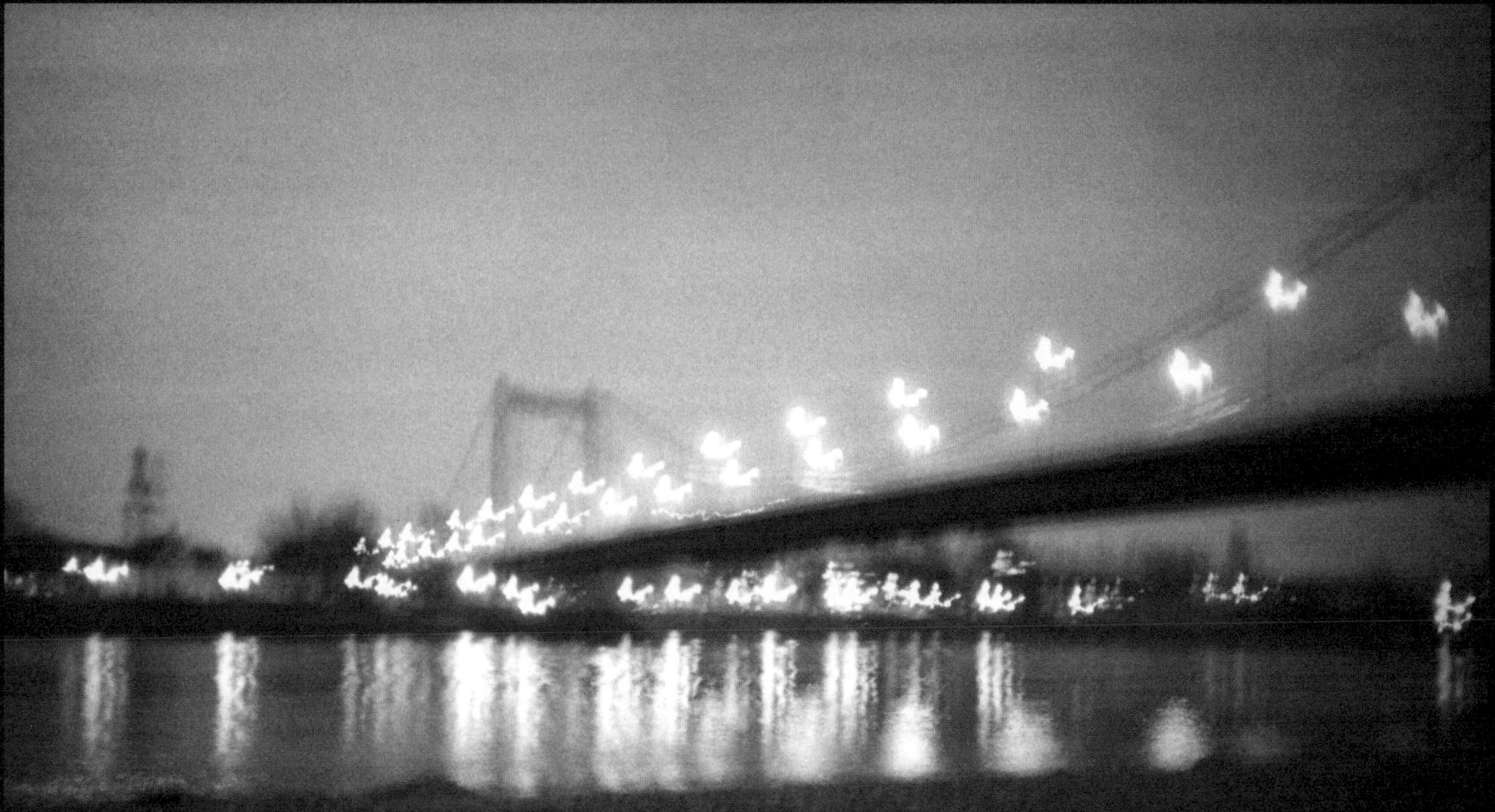

… ATER
… R. CHARLIE LIGHTNIN' HOPKINS

…in Vater war Rennfahrer. Zumindest bis er meine Mutter kennenlernte; oder vielleicht bis ich
…boren wurde. Dann wurde es der Mutter zu viel, Vater hörte mit der Rennfahrerei auf und er-
…rb sich einen guten Ruf als Automechaniker.

… seinem Prager Viertel nannten sie ihn »Opelkönig«. Das erzählte er mir in einer Kölner
…eipe während seines Besuchs hier im Westen … als es den Westen noch gab. Mein Vater war
…r beste Fahrer, den ich je kannte. Ich hatte nie Angst, mit ihm zu fahren, auch nicht,
…nn er betrunken war oder zu schnell fuhr. Ich bewunderte seine Übersicht, Intuition und
…uveränität. Er liebte Autos, und wir besaßen im Laufe der Jahre viele davon.
…s erste Auto, an das ich mich erinnere, war ein Citroën Traction Avant, auch Gangsterwagen
…nannt. Er hatte noch Türschwellen, und wenn man die Motorhaube öffnete, klappte man den kom-
…etten vorderen Teil mitsamt Kotflügeln und Reflektoren auf. Drinnen duftete es nach Leder,
…d als kleiner Junge verlor ich mich gern in dem riesigen Innenraum. Lange Zeit hatten wir

einen Opel. In der Familie nannten wir ihn »Hopser«; er hatte so eine harte Federung. Ich kann mich auch an ein Auto erinnern, das eine Stunde vor der Fahrt mit Feuer angeheizt werden musste wie ein Ofen. Und ich habe noch einen Sportwagen namens Aero im Gedächtnis, einen Tatraplan und eine ganze Reihe Škodas, die nach meiner Kindheit kamen. Vater kaufte die beschädigten Autos billig, reparierte sie und fuhr sie mehrere Jahre.

Wenn mir mein Vater etwas beigebracht oder vermittelt hat, dann ist es die Liebe zu Autos und zum Fahren. Schon früh habe ich auf seinem Schoß gesessen und das Lenkrad gehalten. Auf verlassenen Nebenstraßen ließ er mich des Öfteren fahren. Ich wuchs bereits als Fahrer auf. Vielleicht habe ich auch sein Talent zum Fahren geerbt, jedenfalls rase ich - egal mit welchem Vehikel, ob Fahrrad, Moped oder Auto - immer sofort los.
Der Vater richtete es ein, dass ich schon als Vierzehnjähriger Moped fahren durfte und mit Siebzehn einen normalen Führerschein besaß. Für ihn war klar, dass ich Automechaniker werden würde. Das wollte ich aber nicht. Ich mochte das Fahren und die Autos, aber ich wollte nicht so ein Leben führen wie er. Ständig schwarze Hände, schmutzige Klamotten, umweht von Öl- und Benzingeruch …
Mein Vater sorgte trotzdem dafür, dass ich eine Lehrstelle in dem staatlichen Betrieb bekam, wo er Meister war. Als Fünfzehnjähriger hatte ich praktisch keine Wahl. So wurde ich zwar Automechaniker, habe den Beruf nach der Lehre aber nie ausgeübt. Zu seinem Verdruss. Später war ich ihm dennoch dankbar dafür. Man kriegt geschickte Hände und einen haptischen
Sinn für Material.
In Deutschland wurde ich wunschgemäß Fotograf, und als irgendwann das Geld knapp wurde, dachte ich an meinen Vater und machte den Taxischein. Die Entscheidung, Taxifahrer zu werden, war anfangs kein Fehler. Taxifahrer übten auf mich die gleiche Faszination aus wie Künstler - immer ein großes Maul, nie eine reine Sprache sprechend, klugscheißerisch, allwissend, selbstbewusst und einsam.
Meine erste Fahrt findet an einem Sonntag tagsüber statt. Bereits an diesem Tag offenbaren sich mir alle Facetten des Taxigeschäftes, die ich später ausgedehnt und wiederholt in der täglichen Routine erleben sollte. Am Anfang des Tages ist es die pure Tragödie. Ich bekomme

Fahrten durch den Funk, die ich nicht anzunehmen weiß, die Stadt kenne ich nur aus der Karte, die Kollegen beschimpfen mich, und die Fahrgäste sind auch nur unfreundlich. Im Laufe des Tages bessert sich die Lage, und am Ende der Schicht habe ich so viel verdient wie in keiner Nacht der folgenden zwei Jahre. Ich bin auch bedient nach der Arbeit, das Kreuz tut mir weh, und die Hände krampfen. Aber ich werde Taxifahrer. Es ist auszuhalten. Die zwei, drei Monate, bis ich etwas Besseres finde, werde ich fahren, dachte ich damals … am Anfang …
Nach meiner ersten Taxischicht rufe ich den Vater in Prag an und erzähle ihm davon.
»Endlich machst du was Anständiges!«, freut er sich.

69

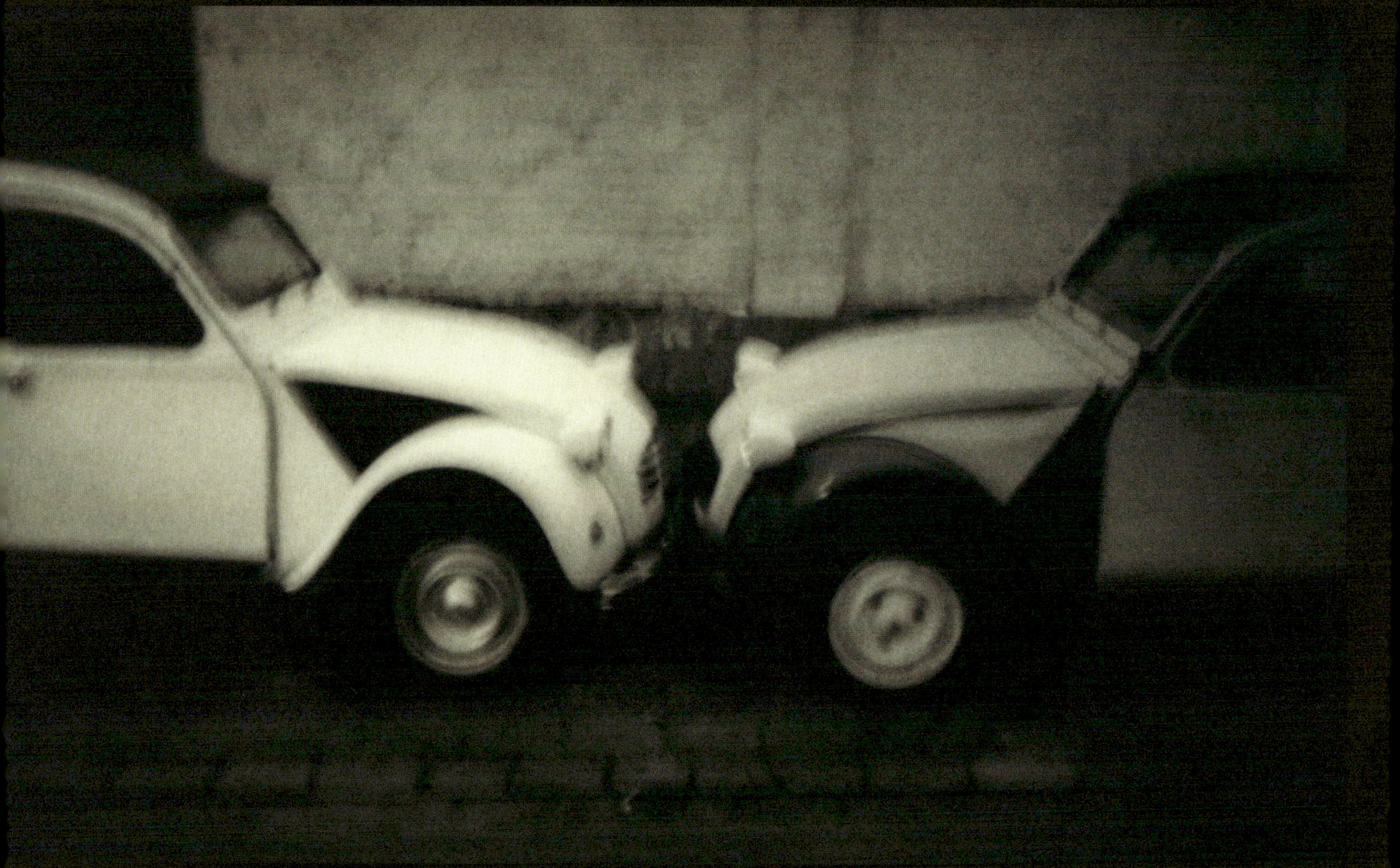

71

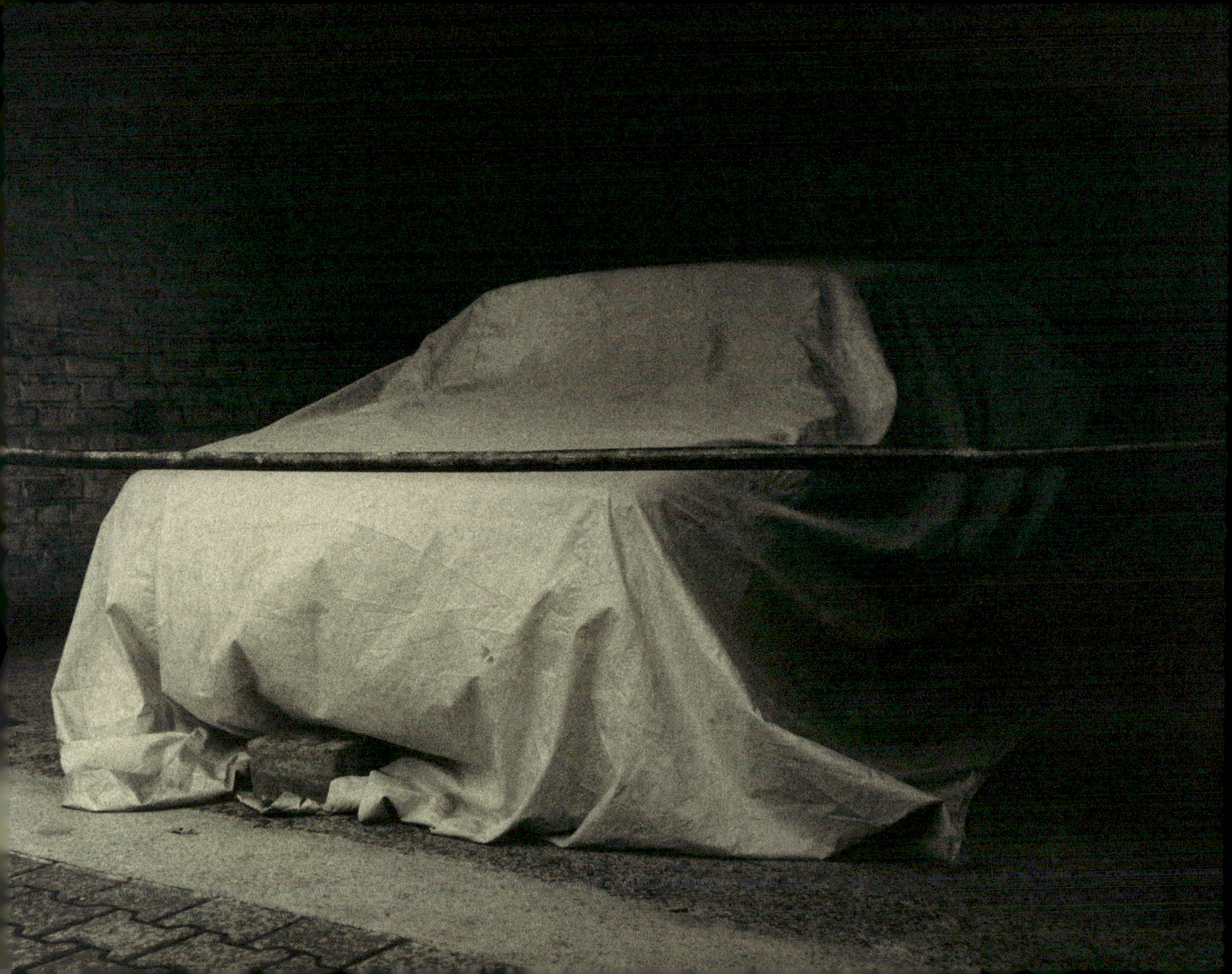

DIE ASOZIALEN
MURDER ALBERT KING

Die Begegnungen mit asozialen Menschen sind furchtbar und erschütternd. In der Taxe werden auch intelligente Menschen oft durch Alkohol oder Drogen asozial. Die bösen, dämonischen und dunklen Seiten nehmen überhand, und je tiefer die Nacht, umso größer die Unberechenbarkeit der Leute. Am schlimmsten ist die »Galeere«, wie ich sie nenne: die harten Jungs aus den verschiedenen Gangs der Stadt. Türsteher, Drogendealer, Zuhälter.

Einmal bin ich Zeuge eines Gesprächs, in dem ein Zuhälter seinem Kumpel einen Taxifahrer zum Geburtstag schenkt. Gemeinsam gehen sie zu einem Halteplatz, der beschenkte Glatzkopf sucht sich einen Fahrer aus, sie steigen ein, lassen sich ein bisschen durch die Stadt fahren, und anschließend entführen sie den armen Kollegen in eine Wohnung und foltern ihn mehrere Tage lang.

Ich hüte mich vor solchen Passagieren, meide sie, wie ich nur kann. Trotzdem sind sie auch ein paarmal bei mir eingestiegen. Und jedes Mal gab es Ärger.

Einmal mit drei Kerlen, groß wie Schränke, goldene Ketten, goldene Ringe, einer Tussi im Schlepptau, alle betrunken und aggressiv. Ich bemerke sie zu spät – da sitzen sie schon drin. Die erste Handlung von dem Beifahrer neben mir: Er macht die »Negermusik« aus. Ich protestiere, und er herrscht mich an, ich solle gefälligst Deutsch mit ihm sprechen. Das Ziel der Fahrt spuckt er mir ins Gesicht. Ich weiß, egal wie ich fahre, in jedem Fall wird es falsch sein. Und so ist es. Die Schränke laufen zur Hochform auf, und die Luft im Auto wird dicker. Beleidigungen wie »stinkender Ausländer« und »blödes Schwein« sind noch das Geringste.

Das Mädchen seufzt »Ach ja, es geht wieder los«, … da sind wir gerade in der Nähe des Hauptbahnhofs. Ich fahre kurzerhand hin. Auf dem Vorplatz stehen dreißig wartende Taxen und ein Polizeiwagen. Vor diesem halte ich an und schmeiße die ganze Gesellschaft raus.

Sie schäumen vor Wut und schwören Rache. Der vorn gesessen hat, packt mich noch kurz am Hemd und spuckt mir abermals ins Gesicht, dann sind sie weg – und ich bin erleichtert. Um Haaresbreite davongekommen.

Ein andermal steigt ein gewaltiger Brumpa ein. Er ist allein und sieht wie der Bösewicht aus einem schlechten Film aus. So benimmt er sich auch. Kaum sitzt er neben mir, verpasst er mir zur Begrüßung eine Ohrfeige, dass mir die Brille wegfliegt. Er ist offensichtlich nicht gut drauf und sucht ein Opfer. Auch hier ist es egal, wie ich fahre. Es ist immer falsch, und bei jedem Abbiegen kassiere ich eine weitere Ohrfeige, weil er in die andere Richtung will. Er ist besoffen, schwitzt und stinkt fürchterlich. Es dauert drei Ohrfeigen, bis mir das Pfefferspray in meinem Türfach einfällt. Da es egal ist, wie ich fahre, biege ich in eine kleine Nebenstraße ein, und als er mich dafür bestrafen will, sprühe ich ihm eine volle Ladung in seine fette Visage. Es wirkt sofort. Er packt sich mit seinen riesigen Pfoten ins Gesicht und sackt schreiend zusammen. Ich bremse abrupt, er rutscht nach vorn. Schnell steige ich aus, laufe auf die andere Seite, reiße die Tür auf, zerre ihn mit voller Kraft auf die Straße, verpasse ihm einen Tritt in den Arsch, springe wieder ins Auto und rase davon. - Es ist verdammt knapp gewesen, und erst als ich allein bin, merke ich, dass das Pfefferspray auch meine Augen reizt, und das Auto ist voll davon. Es juckt und piekt überall, aber das ist mir jetzt egal. An der nächsten Tankstelle wische ich alles weg, fahre zum Auslüften mit offenen Fenstern auf der Autobahn hin und her - und habe zwei Wochen lang Angst, dass mich der Brumpa findet und zu Hackfleisch verarbeitet.

Im Auto herrscht meine Atmosphäre, und die Leute begeben sich in sie hinein. Es ist mein Raum mit meiner Musik, meinen Gerüchen und meiner Temperatur. Ich lege Wert darauf, dass ich für die kurze Zeit der Fahrt der Gastgeber bin.
Meistens ist es meine Autorität, die leichte Konflikte löst. Oft ist es Humor; auch eine Bemerkung kann die Situation entspannen. Es geht immer um Agieren und Reagieren. Bei manchen menschlichen Exemplaren versagt allerdings alles. Sie sind wie wilde Tiere mit Lust an roher Gewalt. Normale Regeln gelten bei ihnen nicht mehr. Meine Autorität ist dahin, mein Akzent macht es noch schlimmer, mein Raum wird grob vergewaltigt. Letztendlich retten mich in solchen Situationen nur meine Instinkte.
Oftmals begegne ich offener Antipathie und starkem Widerwillen. Das beruht meist auf Gegenseitigkeit. Dann bin ich sachlich, neutral und schweigsam - und meistens genügt das.

Ein kleiner Türke, bulliger Typ, Ganovenlehrling, sitzt neben mir. Er ist gut gelaunt und gesprächig.
»Das ist meine letzte Nacht in Deutschland, morgen bin ich hier weg.«
»Wohin fährst du?«, frage ich.
»Nach Marseille, zur Fremdenlegion.«
Das interessiert mich.
»Weil ich hier nichts mehr lernen kann. Ich war schon im Loch, ich war Chef von einer Bande, und ich mache alles, was verlangt wird. Ich raube, ich breche ein, ich kann auch töten, aber das reicht nicht. Ich will der Größte sein, ein Weltformat, und dazu muss ich noch viel lernen. Ich brauche Training, Kondition, Übung mit der Waffe, Übung im Krieg. Nach fünf Jahren, wenn sie mich entlassen, bekomme ich eine neue Identität, einen neuen Namen, einen neuen Pass und ein bisschen Geld. Dann fange ich ganz neu an, und vielleicht komme ich zurück nach Deutschland.« Er grinst mich an, und bevor er aussteigt, sagt er noch in mein erstauntes Gesicht: »Weißt du, Junge, ich will der Größte sein!«

Die Junkies sind fahrig und zerstreut, ängstlich und aufbrausend, die Kokser sind hyperaktiv und intellektuell oft unerträglich, die Kiffer sind lustig und versöhnlich, aber am wildesten tanzt der Alkohol mit den Menschen. Der Alkohol ist ein dämonischer Freund. Die Klugen macht er dumm, und die Dummen verblödet er. Und an den Wochenenden tanzt der Dämon mit der ganzen Stadt. Die Trümmer fahre ich dann nach Hause, muss sie unterwegs unterhalten, damit sie nicht einschlafen, und höre mir dabei die unsinnigsten Sachen an.

»Stehst du auf meine Frau?«, fragt einer seinen Freund.
»Nein, wie kommst du darauf?«
»Ist sie dir denn nicht sympathisch?«, bohrt er weiter.
»Doch … ja …«, meint der Freund zögernd.
»Warum stehst du dann nicht auf sie?«
»Weil sie deine Frau ist, sie ist tabu für mich«, stellt der Freund klar. Der Betrunkene denkt kurz über die Antwort nach, aber sie befriedigt ihn nicht. »Und würdest du sie anmachen, wenn

sie nicht meine Frau wäre?«, fragt er listig. Seinem Freund ist klar, dass er jetzt schlechte Karten hat, und macht das Beste draus: Er antwortet nicht, lässt mich anhalten, bezahlt die Fahrt bis dorthin und verabschiedet sich herzlich von seinem betrunkenen Kumpel, der verdutzt und stumm in meinem Auto sitzen bleibt.

Bis die versoffenen Deppen das einfachste Wort zum Ausdruck bringen, ist das Thema schon wieder vergessen. Mit offenem Hosenschlitz und bepissten Hosen fallen sie in meinen Wagen. Bekotzte, zittrige Hände reichen mir einen Schein, und mir dreht sich der Magen um… Silhouetten, Schatten, und zum Schluss sind es nur Statisten einer Statistik. – Bin ich zur Strafe hier?

Sie stören meinen Blues.
And I get the blues.

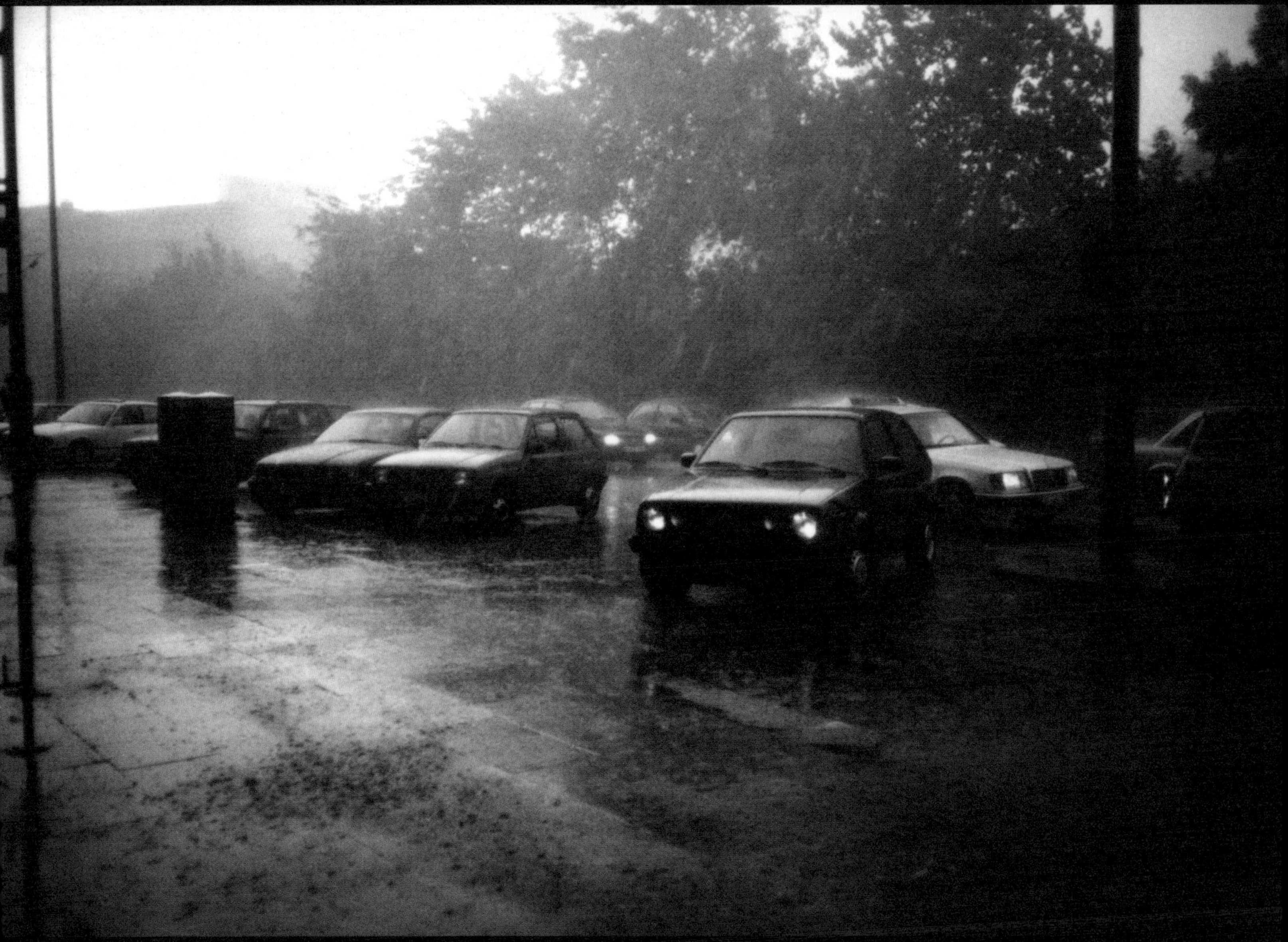

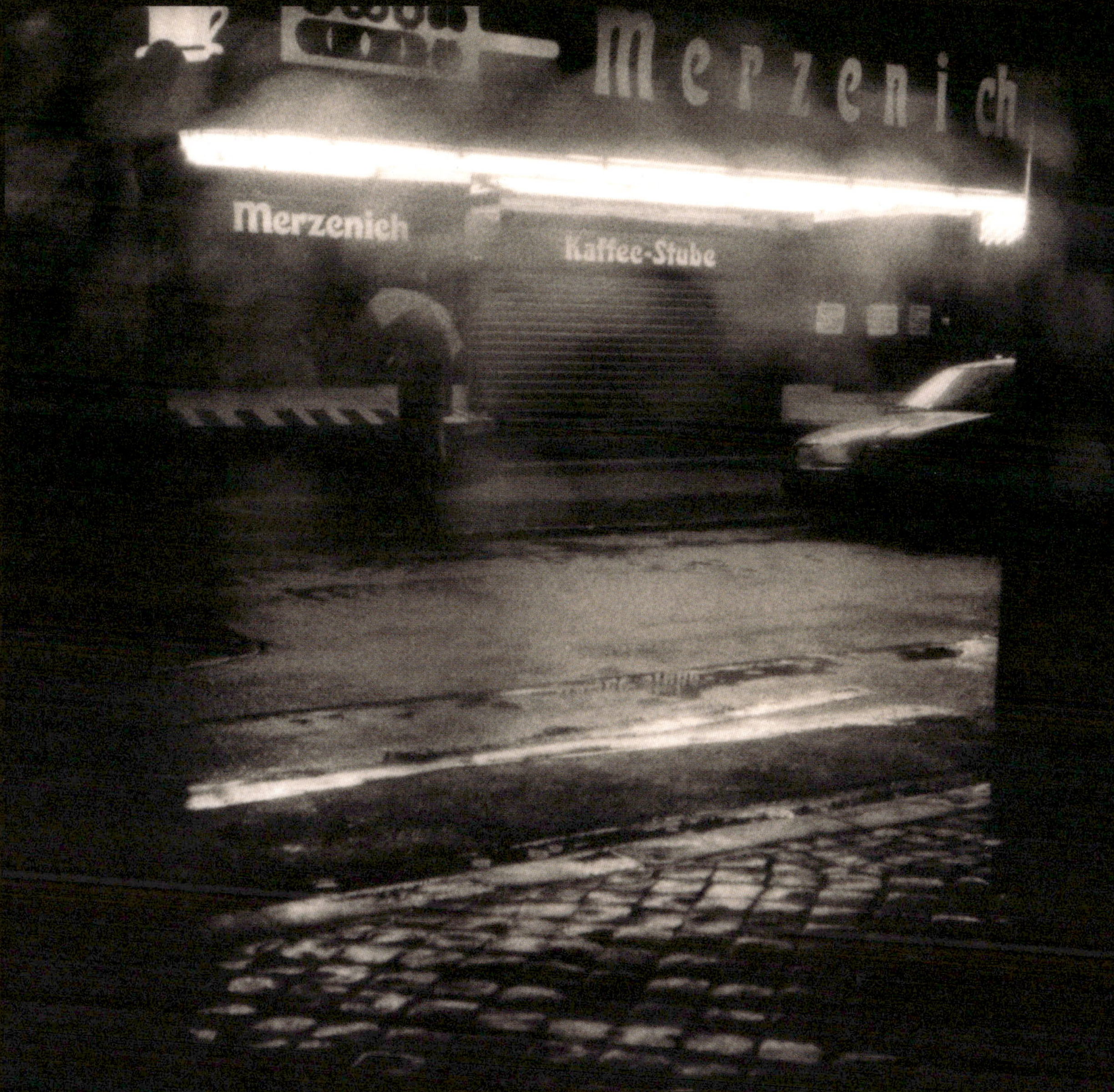
Merzenich
Merzenich
Kaffee-Stube

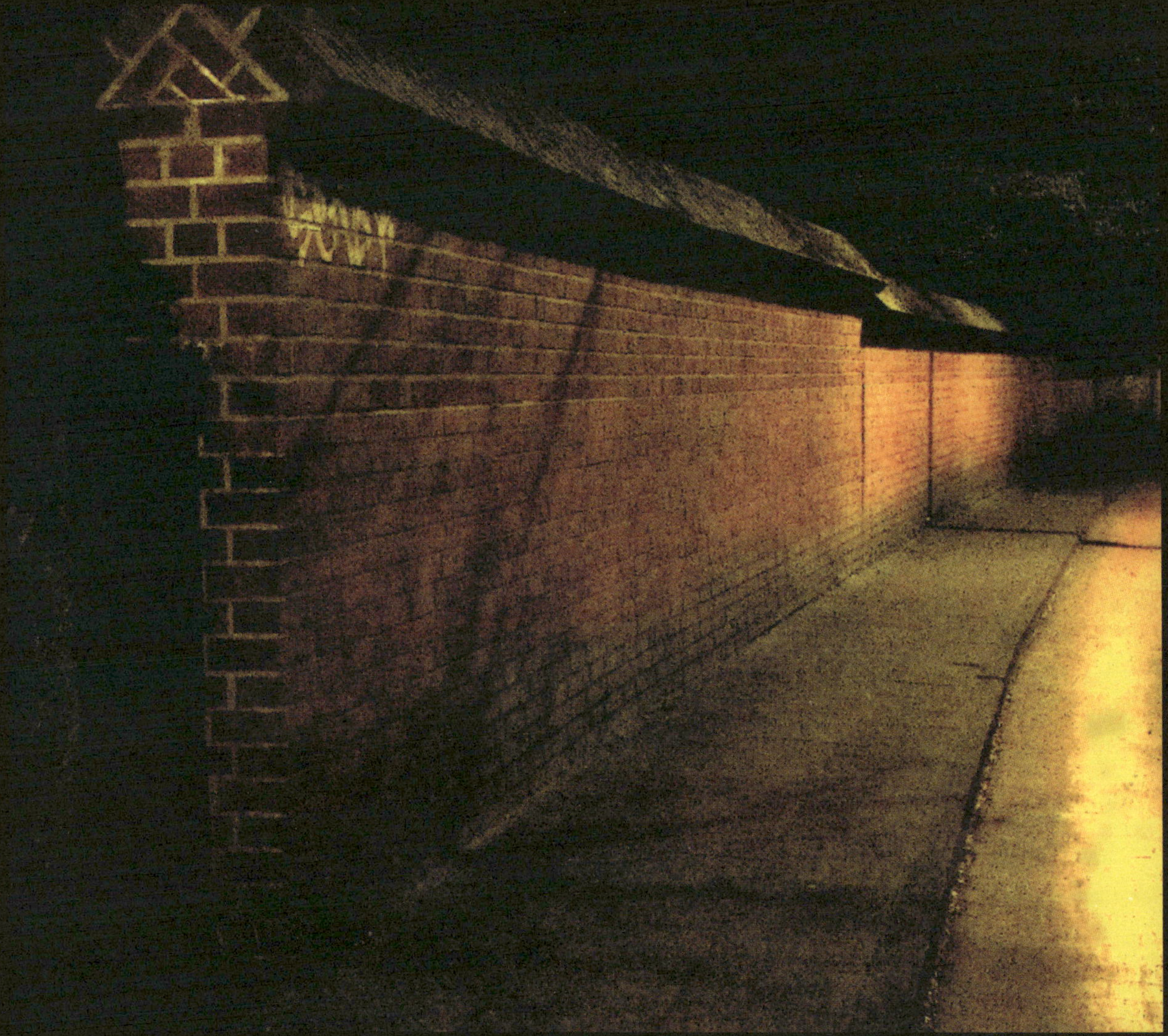

81

DROGEN
ME AND THE DEVIL BLUES ERIC CLAPTON

»Sie sind bekifft!« Die alte Dame mit violetter Dauerwelle zeigt mit gespitztem Zeigefinger auf mich.
Sie ist kurz davor eingestiegen, ihre Stimme ist laut und schrill. Mit aller Ruhe, die ich in meinem Zustand aufbringen kann, gebe ich zur Antwort: »Ich? … In meinem Alter? … Ich bitte Sie!«

Ich trinke keinen Alkohol. Nur Unmengen von Kaffee, meistens kiffe ich auch nicht im Dienst. Es gibt aber Tage, da muss man sich einen Dienstjoint reinziehen, um den Blues der Nacht durchzustehen. Danach verwandeln sich die brummigen Fahrgäste wie durch einen Zauberstab zu lustigen Genossen, und wenn es mir nicht gelingt, ihre miese Laune umzustimmen, geht es mir auch am Arsch vorbei. Ein Joint verwandelt das manchmal sehr dumme Geschwätz der Leute in einen Nonsens-Text, und wenn ich dann immer noch zuhöre, kichere ich in mich hinein wie ein Heranwachsender. Manchmal kiffe ich, damit die Zeit langsamer verläuft und die Fahrten länger sind. Mit einem Joint fahre ich vorsichtiger, bin aufmerksamer zu den Passagieren, und in verwobenen Gesprächen lausche ich gern den erzählten Märchen. Der Joint als Retter der Nacht.

Sie kommt unbemerkt von hinten, macht die Tür leise auf und wie durch einen Zauber sitzt sie schon hinten drin. Ich merke es erst, als die Tür hinter ihr ins Schloss fällt. Ich weiß gar nicht, wie sie aussieht, wie alt, wie groß, wie dick oder dünn oder wie schön sie ist. Auch im Spiegel ist nichts zu sehen, geschickt versteckt sie sich im toten Winkel hinter mir. Ein stilles Verlangen nach Anonymität; Anwesenheit, die nur durch ihre Stimme Ausdruck bekommt.
Im Auto herrscht entspannte Ruhe, noch ist es eine Fahrt ohne Ziel. Nach einiger Zeit fragt sie von hinten: »Rauchst du Haschisch?«
Ich nicke … und höre kurz darauf, wie sie auf den Knien einen Joint baut, wie sie das Blättchen reißt, dann leckt, dreht und klebt, ich höre das Feuer, und schon reckt sich eine Hand mit ei-

nem grazilen, von Frauenhand gedrehtem Joint zu mir nach vorn. Die Hand, das erste physische Zeichen meines Fahrgastes, ist schmal und geschickt, unlackierte Nägel, etwa vierzig Jahre alt. Ich nehme den Joint, ohne sie zu berühren, und die Hand zieht sich elegant und schlangenartig zurück. In einer kleinen Nebenstraße ziehe ich mir mächtig einen rein und gebe den Joint, ohne mich umzudrehen, über meine Schulter zurück. Sie nimmt ihn, ohne mich zu berühren, und so kommunizieren wir durch das tote Papier, die Tüte voller Haschisch.
»Ich will tanzen. Fahr mich irgendwohin, wo ich tanzen kann«, bittet die Stimme mit der schlangenhaften Hand. Entspannt finden wir ein Lokal, das ihr gefällt.
»Wir tanzen, komm mit!«, befiehlt sie sanft.
»Nein«, antworte ich leichthin. Sie akzeptiert widerspruchslos, bezahlt und ist so schnell weg, wie sie kam. Ich fahre los, um das Bild mit der Hand und den Nachhall ihrer Stimme so lange wie möglich zu behalten. Hinter der nächsten Kurve erscheint mir die Begegnung noch wie ein Wunder. Am nächsten Tag ist sie nur eine schöne Erinnerung.

Zwei junge, wilde Mädchen machen Urlaub von Kindern und Familie. Sie freuen sich, werden immer aufgedrehter und haben viel vor. Die eine ist aus Schlesien, die andere Spanierin, aber beide Freundinnen, das betonen sie unisono, sind Deutsche.
»Haben Sie zufällig Blättchen dabei?«, fragt mich die Polin.
»Für'nen Joint?«, frage ich zurück und biege unterwegs zur Tanke, um die Blättchen zu kaufen. Dann fahre ich in eine kleine Nebengasse, wo die Spanierin eine große Tüte dreht. Ich frage nach dem Beruf der beiden.
»Wir sind Polizistinnen … In Bonn!«
Ich falle beinahe aus dem Auto. Die Mädchen klopfen sich auf die Schenkel, das Lachen nimmt kein Ende. Später, bei der zweiten Tüte, erzählt mir die Spanierin von ihren Kindern. Zwillinge, an Silvester geboren. Obwohl eineiige Zwillinge, ist das zweite Kind im neuen Jahr zur Welt gekommen.
»Ab dem ersten Januar wurde das Kindergeld neu bestimmt, für das eine Kind kriege ich etwas anderes als für den Zwilling, und das ist nur eine der hundert Schwierigkeiten, die mir diese Kuriosität einbringt. Für Behörden gehören meine Zwillinge gar nicht zusammen«, beendet

die Spanierin das Gespräch. Stoned und kopfschüttelnd entlasse ich die beiden in die Samstagsnacht.

An den Ringen steigt langsam die Party, und ich genieße die Arbeit. Muskelbepackten Jungs in kurzen T-Shirts machen die Mädchen in Miniröckchen an, alle Türen sind offen, alle Räume voll, die Lichtstraße duftet nach Gras, vor dem Sonic Ballroom fickt wild ein Punk-Pärchen, und Sirenen der Bullenwagen heulen über der Stadt. Die Dörfler verprügeln die Städter und dazwischen Taxen – die Ratten der Nacht.

Da steigt einer ein und fragt mich: »Hast du heute schon geraucht, Bruder?« Er streckt mir seine Hand mit einer riesigen Tüte entgegen und sagt nur: »Das Tor zum Himmel.« Wir fahren los. »Sorge dich nicht, ich kenne den Weg«, brummt er. Ich ziehe noch mal an dem Joint, und die Stadt definiert sich neu. Er kennt den Weg wirklich, mir hingegen kommt alles nur noch wenig bekannt vor. Als wir ankommen, raschelt er mit den Ketten, in die er wie ein Teufel gewickelt ist, das Radio spielt »Me And The Devil Blues«, er zieht an dem Das-Tor-zum-Himmel-Joint, raschelt nochmals mit den Ketten ... und es regnet Geld aus ihm. Hunderte von Münzen nieseln in das Auto, meine Taxe ist voll von seinen Münzen, er raschelt noch mal wie ein Teufel, steigt aus und ist weg. Me And The Devil, und ich sammle meinen Teufelslohn ein. Ein- und Zwei-Euro-Stücke, Fünfzig-, Zwanzig- und Zehn-Cent-Stücke, alles dabei, ich sammle und sammle, zähle, habe schon fünfzig Euro zusammen, und die Münzen nehmen kein Ende ...

Kiffer, in extremen Fällen weiche, angenehme Skulpturen, sitzen stoned beruhigt da, wo du sie hinsetzt. Die alten Kiffer sind weise, der jahrelange Gebrauch der Droge macht sie schweigsam; manche auch dumm, bis in die Weisheit beruhigt ...

Die Kiffer sind nie ausgeflippt oder ausfallend geworden, im bedauerlichsten Fall verblödet, aber ruhig, Unsinn blabbernd, aber für sich. Und sie sind dankbar, dass sie bei dir sitzen dürfen.

85

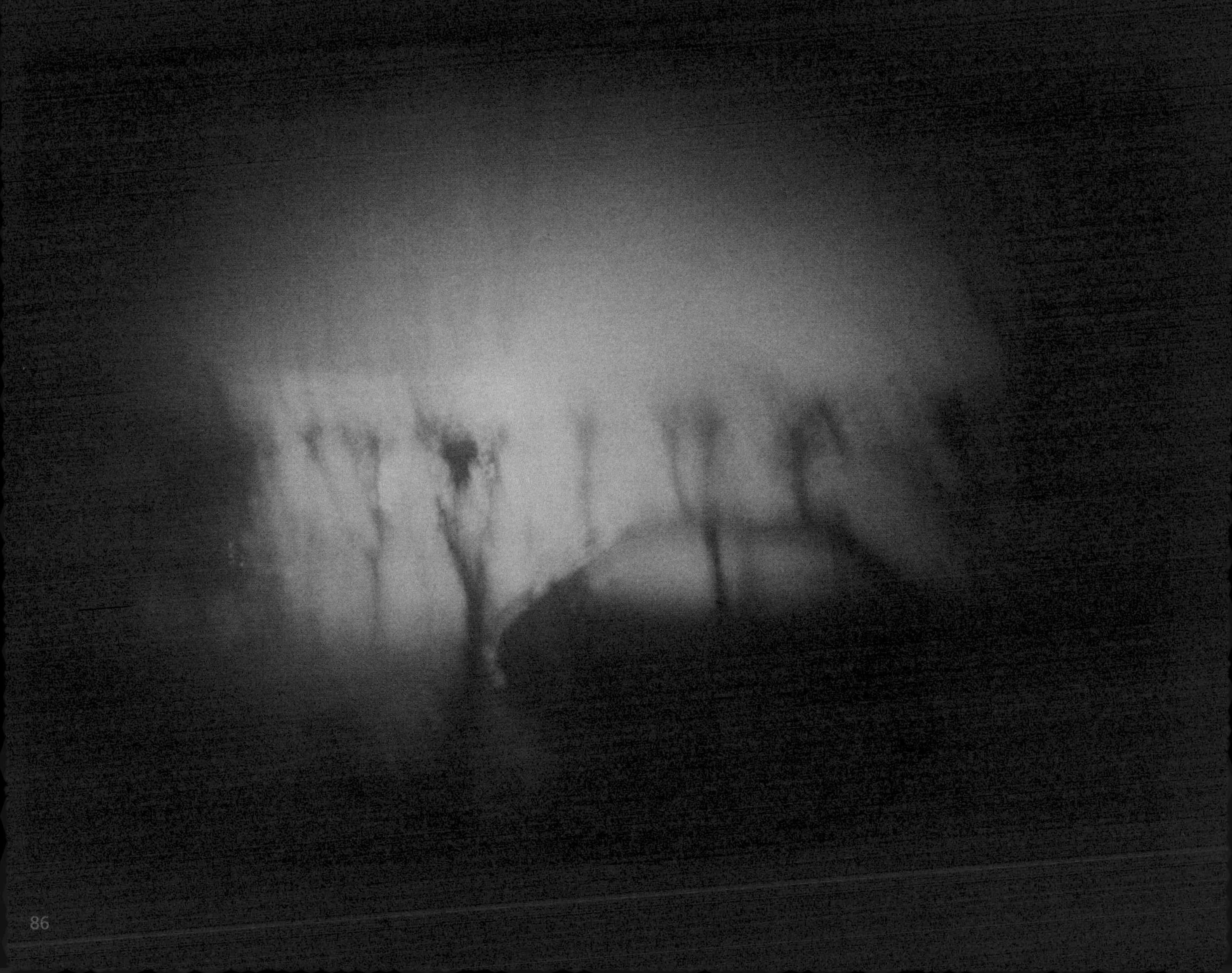

87

88

89

90

DIE HEILIGEN
SANCTUARY CHARLIE MUSSELWHITE

Nach langem Schweigen im Fond des Wagens – ich habe fast vergessen, dass ein Fahrgast hintendrin sitzt – fängt der Mann langsam an zu sprechen. »Das Leben, das hat schon eine Ordnung. Am Anfang ist es wie ein leeres Stück Papier, ganz fein und fast durchsichtig, das komplett beschrieben und gefüllt werden will. Fette Eintragungen von den Eltern, dann kommen gnadenlose Lehrer, Freunde und so weiter. So füllt sich das Gedächtnis bis zur Pubertät, dieser hässlichen Zeit der Kriege – ständig stehst du auf dem falschen Fuß. Das Leben spielt sich dort ab, wo du nicht bist, und da, wo du bist, sind nur Frust, tägliche Onanie und dicke Pickel. Es sind viele kleine Kriege, die du in dieser Zeit verlieren musst, und die Verluste haben Konsequenzen bis ins Alter.«
Der Redefluss verstummt für längere Zeit. Ich denke, er schläft, aber dann überrascht er mich mit frischer, fester Stimme. »Die Jugend ist eine große Hypothek. Keiner von uns ist sich dieser Hypothek bewusst, und so gehen wir auch damit um. Wir vergeuden die ganze Zeit, Kraft, Kreativität und Vitalität mit starken Sprüchen, Alkohol und Drogen, wir huren und saufen bis in die Puppen und verblöden dabei freiwillig. Spätestens jetzt lernen wir die eigene Bodenlosigkeit kennen. Die Jugend und die langsame Anwendung der Erfahrungen sind eine ungeheure Kraft, die einen mitten ins gesellschaftliche Leben katapultiert.« Erschöpft verstummt er abermals. Ringsum hallt das Echo seiner Worte wider, im Auto herrscht jetzt seine Stimmung.
»Diese Zeit musst du nutzen!«, donnert es plötzlich durch den Wagen. »Da musst du die Kontakte, Freundschaften und Bündnisse für das ganze Leben knüpfen. Deine Vision, wie du die Welt verändern willst, lässt dich keine Nacht ruhig schlafen!« Er verheddert sich, verläuft sich in seinem Gedankenlabyrinth. Verfällt erneut in Schweigen.
»Bis vierzig kannst du dich neu entscheiden und etwas anderes anfangen; den vermeintlichen Fehler korrigieren. Danach bist du für die Gesellschaft zu alt, und dein Kredit ist verbraucht. In deinem Gesicht steht schon geschrieben, wie du gelebt hast.« Wieder eine lange Pause. Dann holt er tief Luft, und es geht weiter. »Nun solltest du Kinder haben und eine Position. Nach

fünfzig gibt es keine Ausreden mehr. Du musst den Schatz des Gefundenen in dir zur Blüte bringen, sonst verbitterst du. Viel Zeit bleibt dir nicht, denn nach sechzig erreichst du dein Definitivum. Dann hast du nur noch die leere Zielgerade vor dir, die du noch zu füllen versuchst. – Und jetzt halten Sie bitte an!«
In einem sonderbar zerstreuten Zustand, wie ich ihn nur selten bei jemandem gesehen habe, bezahlt er und blafft mich an: »Das gilt für alle, auch für Taxifahrer!« Dann ist er weg.
Die Nacht mit den vielen Abstufungen der Dunkelheit, die Schatten im Licht des Mondes, das Schwarze im Schwarzen, die Akustik der Winternacht ganz anders als im Sommer. Wie die Stadt nach dem Regen duftet oder wie der Schnee alles in unschuldiges Weiß hüllt. Nie wird es langweilig.
Wenn ich von einer Fahrt weit hinter der Stadtgrenze zurückkehre, werde ich oft von Glücksgefühlen überwältigt. Ich fahre durch Dörfer, nehme kleine Abkürzungen und Schleichwege durch Wälder, halte an Feldrändern. Ich steige aus und starre den Mond minutenlang an. Wenn er voll ist, heule ich ihn auch schon mal an. Um vier Uhr morgens habe ich das Gefühl, der einzige Mensch auf dieser Welt zu sein. Die Zeit ist hörbar. Und am Ende, in der Morgendämmerung, ist die Nacht am schönsten. Sie wird mild und verliert ihre Bedrohlichkeit. Die Morgendämmerung, die Geburt des Tages, begleitet von Vogelgezwitscher, das ist der wahre Lohn für die verfahrene Nacht. Das Honorar in der Tasche verfällt zu Schmerzensgeld.

Zehn Grad minus um zwei Uhr nachts. Ich warte am Ring. Ein Mann, nur mit einem leichten bunten Pyjama bekleidet, geht in aller Seelenruhe barfuß zum etwa hundert Meter entfernten Kiosk, kauft sich eine Flasche Bier, geht zufrieden zurück, und während ich eine Fahrt annehme, verschwindet er wieder in seinem Haus.

»Bitte reingehen und helfen!« steht auf meinem Display unter der Adresse, zu der ich gerufen wurde. Die Tür ist offen, ich gehe rein. »Hier bin ich«, höre ich aus dem Nebenzimmer. An einem kleinen Tisch sitzt eine sehr alte und pflegebedürftige Frau. Ohne Krücken oder Rollator kann sie sich nicht bewegen. Sie winkt mich zu sich, zieht drei Fünf-Euro-Scheine hervor und drückt sie mir in die Hand. Sie sind warm und feucht.

»Fahren Sie bitte zu McDonald's und holen Sie mir einen …« Ich bin neugierig, welches Wort sie sucht, und bin erst einmal nicht gewillt, ihr zu helfen.
»Einen … äh … diese große, doppelte Frikadelle«, brummt sie unwirsch.
»Big Mac«, helfe ich ihr dann doch.
»Ja, genau, und zwei kleine Portionen Fritten«, fügt sie herrisch hinzu. »Und viel Majo!«
»Soll ich nicht lieber eine große Portion holen?«, frage ich.
»Nein«, wehrt sie sich außergewöhnlich laut, »zwei kleine Portionen Fritten.«
Als ich mit dem Essen zurückkomme, wartet die Frau schon ungeduldig. Gierig stürzt sie sich auf das Essen und scheint augenblicklich alles andere zu vergessen. Ich schaue mich um. Eine schäbige Wohnung, um die sich schon seit Langem keiner kümmert. Es riecht nach Alter und nahem Tod. Die Frau ist weit über neunzig und wahrscheinlich von der Welt vergessen.
Sie beißt lustvoll in den Burger, die Soßen spritzen heraus, Ketchup läuft über ihr schmutziges T-Shirt - die alten Flecken bekleckert sie mit frischen, alle von Big Macs … Ich schaue und bin fasziniert; die Gier nach Essen ist ihre einzig verbliebene Leidenschaft. Erotik des Alters. Mit klebrigen Händen fällt sie über die erste Frittentüte her.

»Ich bekomme noch drei Euro«, rufe ich ihr zu. Wieder zieht sie von irgendwo einen Fünf-Euro-Schein hervor und gibt ihn mir. Auch er war warm und feucht. Ich schleiche davon und verkrieche mich im Auto, aber ihre animalische Gier geht mir nicht aus dem Kopf.

Herbst. Dem Wind gehört die Straße. Blätter in allen Farben tanzen sich in den Laubtod. Straßengestalten in der Dunkelheit, Schatten der Verwesung mit Geräuschen der Vergänglichkeit. Die Welt ist kalt. Die kuschelige Wärme des Wageninneren ist jetzt meine Heimat.
Später hüllt sich die Stadt in sanften Nebel. Nasse Kälte, verwischt und diffus ist das Licht der Reflektoren. Häuserumrisse ragen endlos und bedrohlich in die Höhe. Laternen summen Elektrisches, und Menschen tanzen wie Marionetten, um sich vor der überall eindringenden Nässe zu schützen. Melancholisch ist die Stimmung, in der mir eine Frau mit ruhiger Stimme von ihren suizidalen Absichten erzählt. Ich höre zu, wie sie ihren Selbstmord im Nebel plant. Der Abend ist langsam, alles Lebendige wirkt lahm, jede Bewegung auf der Straße in Zeitlupe. Keine Hoffnung auf einen Ausweg, auf eine Lösung.
»Hoffnungen gibt es viele, aber nicht für uns …«, notierte Franz Kafka in sein Tagebuch. Franz wäre ein guter Nachtfahrer gewesen.

Es muss die vierte, fünfte Fahrt gewesen sein, als mir eine Person aus dem Gewühl am Straßenrand zuwinkt. Als sie im Auto sitzt, denke ich als Erstes, solche Titten habe ich ja noch nie gesehen. Die Person murmelt immer wieder etwas auf Französisch, lacht laut, und auf Deutsch kommen Fetzen der Verzweiflung aus ihr heraus. Neben mir sitzt ein Transsexueller. Auf der kurzen Fahrt weint die Person dreimal und bekommt mehrere hysterische Anfälle. Sie ist so laut und wild, dass ich Angst habe, sie zertrümmert mir das Auto. Danach verfällt sie in eine Art innere Glückseligkeit und streicht mir sanft über meine Finger am Schaltknüppel. Der Ausdruck ihres Gesichts ist wie ausgewechselt, weiche Züge, aus den Augen spricht unschuldige Güte. Sekunden später ist alles dahin, und sie strahlt nur noch puren Wahnsinn aus. Auch ihre Stimme wechselt, mal männlich, mal weiblich. Im Inneren wird ein Kampf der Geschlechter ausgetragen; endlose Metamorphosen von Mann zu Frau und wieder zurück, ohne Ende, ohne Entscheidung. Als würde der Schöpfer an einem Prototyp arbeiten, ohne sich für ein Geschlecht

zu entscheiden. Die Person steigt an einem schmalen Pfad aus und verschwindet rasch im Wald. Mir bleibt der Eindruck, Zeuge einer Genesis geworden zu sein.
Gedankenverloren fahre ich irgendwohin, kurve einfach rum und will allein sein, zumindest für ein Weilchen, bis die Laune verflogen ist und ich meine Fahrgäste wieder ertrage.

Ich befinde mich an der Peripherie, in einer Art Niemandsland; dunkelbraune Felder, eine graue Siedlung daneben. Vor mir eine weiß vermummte Gestalt mit einem Einkaufswagen, vollbeladen und ebenfalls weiß verpackt. Sogar die Räder sind mit Klebeband weiß umklebt. Die Gestalt trägt einen langen weißen Mantel, ausgestopft mit allerlei Tüten und persönlichen Sachen. Dieses pyramidenförmige Gebilde steht mitten in einem leeren Wendehammer, schon von Weitem zu sehen, eine Erscheinung wie eine Vogelscheuche.
Sie braucht nicht zu winken; ich sehe, dass sie in Not ist. Als sie neben mir sitzt, kann ich es immer noch nicht glauben, ihr Umfang ist einfach riesig. Dann fällt mir ihre tote Haut auf. Als säße neben mir ein mit künstlicher Haut überzogenes Skelett. Die Augen sehe ich nicht. Sie trägt eine große schwarze Sonnenbrille, in deren Mitte sich zwei weiße Klebestreifen befinden, die ein Kreuz bilden. Die Haare sind von einem weißen Tuch verdeckt. Ihr Geruch ist mir unbekannt, und ich weiß nicht, ob er mir angenehm oder unangenehm war. Das Fahrtziel nennt sie nicht. Sie lotst mich mit einem Akzent, der dialektfrei ist, aber irgendwie künstlich klingt. Jetzt fährst du den Tod persönlich, denke ich.
Wir halten vor einer Arztpraxis. Sie steigt aus und geht rein, während ich warte. Nach fünf Minuten kommt sie zurück, und wir fahren wieder an die Grenze zwischen Stadt und Niemandsland, wo ich sie aufgelesen habe.
»Wer sind Sie?«, frage ich.
»Ich bin eine Nonne.«
»Und welchem Orden gehören Sie an?«
»Ich bin orthodox, wir sind Nonnen ohne Kloster.«
Sie hat ihr Kloster dabei; unter dem riesigen Mantel und im Kofferraum, schön ordentlich und weiß verpackt. Unterwegs bittet sie mich, bei einem Kiosk anzuhalten und ihr eine Flasche Öl und eine Flasche Orangensaft zu besorgen: »Bitte das billigste.«

Im Ödland angekommen, segnet mich Schwesterchen Tod. Schon ein paar Schritte weg, dreht sie sich noch einmal um und sieht mich lange schweigend an. Das Klebebandkreuz auf ihrer Sonnenbrille durchstrahlt die Nacht.

In einer anderen hoffnungslosen Nacht stehe ich als Zehnter und Letzter in der Schlange an einem Halteplatz im Zentrum. Ein kleines Auto hält direkt hinter mir. Die Fahrerin steigt aus, geht nach vorn und guckt sich die Taxifahrer der Reihe nach genau an. Bei mir bleibt sie stehen.
»Um die Ecke steht ein geistesgestörter Typ mit zehn Plastiktaschen von LIDL. Er hat einen Fünfzig-Euro-Schein dabei und muss nach Kalk«, sagt sie.
»Warum fragen Sie nicht den Ersten?«, will ich sie fairerweise zur Spitze schicken.
»Weil der Verrückte mein Sohn ist, und Ihnen kann ich anscheinend vertrauen.«
Die vielen LIDL-Tüten am Straßenrand sind nicht zu übersehen. Der geistesgestörte Sohn steht daneben, rauchend auf seine Krücken gestützt. Seine körperliche Behinderung scheint psychosomatisch zu sein. Etwas im Kopf, irgendeine Meise, hindert ihn daran, normal zu gehen. Ich öffne die Beifahrertür, und während ich die vollen Taschen mit Lebensmitteln im Kofferraum

Schritte. Eine Straße nennt er mir nicht, er sagt nur »Kalk«.
Unterwegs kommunizieren wir ganz normal. Er macht einen klugen Eindruck, nur verweigert er auf manche meiner Fragen die Antwort. Dann schweigt er trotzig wie ein Kind. Und er stinkt wie ein Penner. Ein Geruch, den man nicht so leicht aus der Nase kriegt; menschlich, elementar, substanziell.
In Kalk lotst er mich. An einem Wendehammer bleiben wir stehen, er zahlt und gibt mir fünf Euro Trinkgeld. Geld hat keine Bedeutung für ihn. Er benutzt es, will es nur nicht besitzen.
An dem runden Platz, wo wir stehen, führen Straßenbahnschienen vorbei, hinter den Schienen fangen die Felder an. Ich lade die Plastiktüten aus und frage ihn, wie er sie transportieren will.
»Auf jeder Krücke fünf … Wenn Sie mir helfen?«, bittet er höflich.
Ich warte, bis er über die Gleise ist, dann hänge ich ihm an jede Krücke fünf schwere Taschen, und er geht. Langsamer als in Zeitlupe, nur das Zählen der Schritte dringt an mein Ohr. Vielleicht wartet jemand auf ihn, vielleicht auch nicht. Ich bleibe, bis er aus meinem Blick verschwindet und auch das Schrittezählen nicht mehr zu hören ist.
Ein Einsiedler, ein Heiliger …

Sie hausen am Rande, wo die Stadt in Wendehämmern endet, und verschwinden ins Niemandsland der Felder; verrückte Einzelgänger, deren Bild in der Erinnerung haften bleibt und schmerzend nachhallt. Es sind unvorstellbare Existenzen, die den Schlüssel zu sich weggeworfen haben, sodass man sie nicht mehr öffnen kann. Staunen über die eigenwillige Schöpfung.

Vormittags war ich in der Stadt. An drei verschiedenen Stellen sah ich einen Priester; in einem Café, beim Einkaufen, und schließlich traf ich ihn noch auf der Straße. Ebendiesen Priester hole ich im Laufe der Nacht aus einer Kneipe ab und bringe ihn zum Bahnhof.
Er ist ein orthodoxer Priester. Die Mutter Serbin, der Vater Amerikaner. Er spricht ein fehlerfreies Deutsch, aber er fühlt sich weder deutsch noch slawisch. Mit Amerika hat er auch nichts zu tun. Er ist nur in der Religion zu Hause. Gott ist seine Identität.

Später warte ich vor einem Hotel auf die nächste Fahrt und beobachte die ankommenden Autos. Drei Taxen sind bereits vorgefahren, und es vollzog sich jedes Mal das gleiche mich sonderbar anmutende Ritual. Kahl rasierte Köpfe steigen aus, asiatische Klosterkimonos in orangener Färbung, nackte Füße in Sandalen. Respektvolles Verbeugen, respektvolle Blicke, aber Plastiktüten mit den dümmsten Reklamen in den Händen. Nach Verlassen der Taxen bleiben die Mönche einen Augenblick lang in sich versunken vor der Drehtür des Hotels stehen. Warten sie, bis ihre Seele sie einholt; bis der Geist, der noch unterwegs ist, nachkommt? Oder beten sie? Was unterscheidet die Kulturen?

Ich fühle mich von jedem Fremden angezogen, egal welche Farbe er hat und aus welcher Kultur oder Religion er kommt. Jede Persönlichkeit, die ich treffe, schließt alles in sich ein: die Erfahrungen aufgrund der Hautfarbe, die verinnerlichte eigene Kultur, den religiösen Alltag. Ich mag keine Hierarchien, und mir graut vor den festen Ritualen. Die Fremde mit den Fremden zu teilen, das mag ich am liebsten.
»Die geheimen Codes der Heimaten sind nicht aus bewussten Regeln, sondern größtenteils aus unbewussten Gewohnheiten gesponnen. Der Migrant wird frei, nicht wenn er die verlorene Heimat verleugnet, sondern wenn er sie aufhebt. Jeder Heimatlose ist, zumindest potenziell, das wache Bewusstsein aller Beheimateten und ein Vorbote der Zukunft. Wir Migranten haben diese Funktion als Beruf und Berufung auf uns zu nehmen«, schrieb Vilém Flusser.

Am Hauptbahnhof. Ein älterer Herr steigt bei mir ein, gibt mir die Hand und stellt sich vor. Dann zeigt er mir seinen polnischen Pass. Er kramt einen Zettel mit einer Adresse aus der Tasche und hält ihn mir direkt vor die Nase. Da müssen wir also hin. Die ganze Fahrt über plappert und lacht er und stellt mir eine Frage nach der anderen, um sie sich sogleich selbst zu beantworten. Auf Polnisch zwar, aber das stört ihn kaum. Als wir ankommen, bezahlt er, reicht mir zum Abschied noch einmal die Hand und murmelt irgendetwas Slawisches… Ein Engel macht Urlaub auf dieser Erde.

Ein paar Meter weiter hält mich ein Mann an, macht die Beifahrertür auf und schiebt mir eine alte, zerknitterte, vermutlich chinesische Oma in den Wagen. Er schließt die Tür, kommt zu mir herum und sagt mir leise in knappen Worten, wohin ich die Frau bringen soll.
Als ich losfahre, kommt Leben in die alte Dame. Sie beginnt zu erzählen, in kurzen, abgehackten Sätzen, unterbrochen von lautem Lachen. Vielleicht sind es Witze, vielleicht Kurzgeschichten. Vielleicht auf Chinesisch, vielleicht auf Vietnamesisch - ich lache immer mit. Ihre Worte klingen herzlich, und sie gelten mir. Sie erzählt mir diese lustigen Sachen, und manchmal stößt sie mich auch an und erwartet so etwas wie eine Antwort. Ich reagiere mit Lachen und manchmal, sehr vorsichtig, sage ich etwas auf Tschechisch dazu.
Wir kommen ans Ziel. Die alte Frau erkennt die Umgebung und verstummt. Von Weitem kommt ihre Tochter angerannt. Sie ist aufgebracht, und zwischen den zwei Frauen entsteht ein heftiger Streit. Das asiatische Geschimpfe hallt durch die leere nächtliche Straße, und ich höre genüsslich zu.
Dann fragt mich die Tochter, wie ich es geschafft habe, ihre Mutter, die sich verlaufen habe und kein Wort Deutsch oder Englisch spricht, in die Taxe zu kriegen und hierhin zu bringen. Ich erzähle ihr, wie es gewesen ist, und wir staunen beide über den rätselhaften deutschen Mann, der die alte Frau in mein Auto gesetzt hat.
»Sie müssen sich damit abfinden, dass Ihre Mutter Geheimnisse hat«, verabschiede ich mich von der Tochter und fahre zum nächsten Halteplatz.

Versunken in die Lethargie und Liturgie des ersten Frühlingstages stehe ich als Letzter in der langen Taxireihe. Es geht nur langsam voran, was mir jedoch gerade egal ist. Die Geräusche, das Echo der Schritte, die nicht eilen, die Litanei der Pennerin, die meine gelesene Zeitung haben will und murmelnd weitergeht. Ihre Stimme verliert sich im Motorenlärm an- und abfahrender Busse und dem Zischen einer Espressomaschine. Am anderen Ende des großen Platzes streitet eine schwarze Nutte mit ihrem Freier, zwei türkische Stimmen fahren hoch, verstummen jedoch gleich wieder. Die Nacht wird immer tiefer, der Platz ruhiger, und als ich an der Spitze bin, ist sie immer noch da, die laue Frühlingsnacht voller frischer Geräusche.

Der Wind
der draußen so wild tobt
ist ein Dieb
der überall hinkommt
aber nie etwas klaut

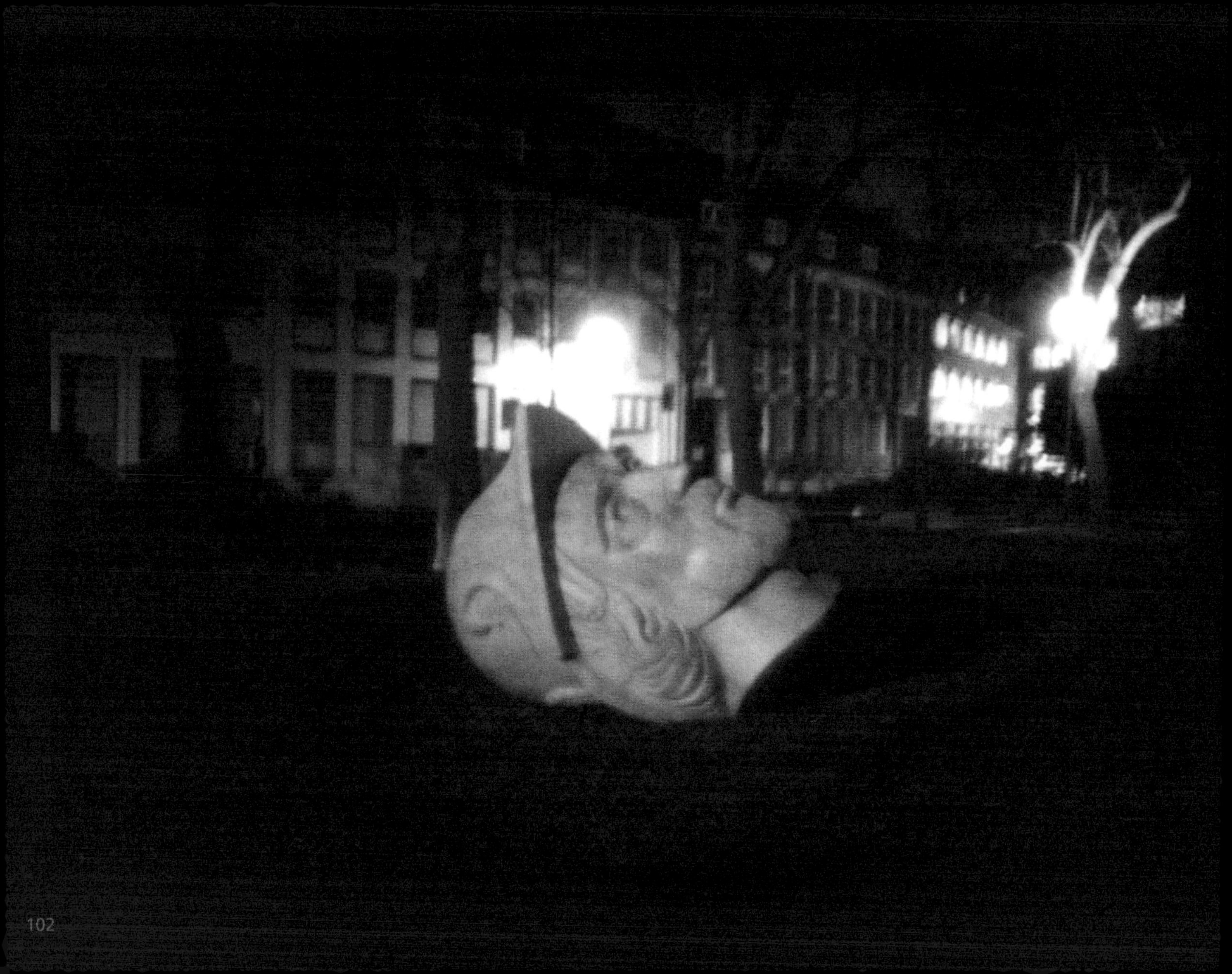

103

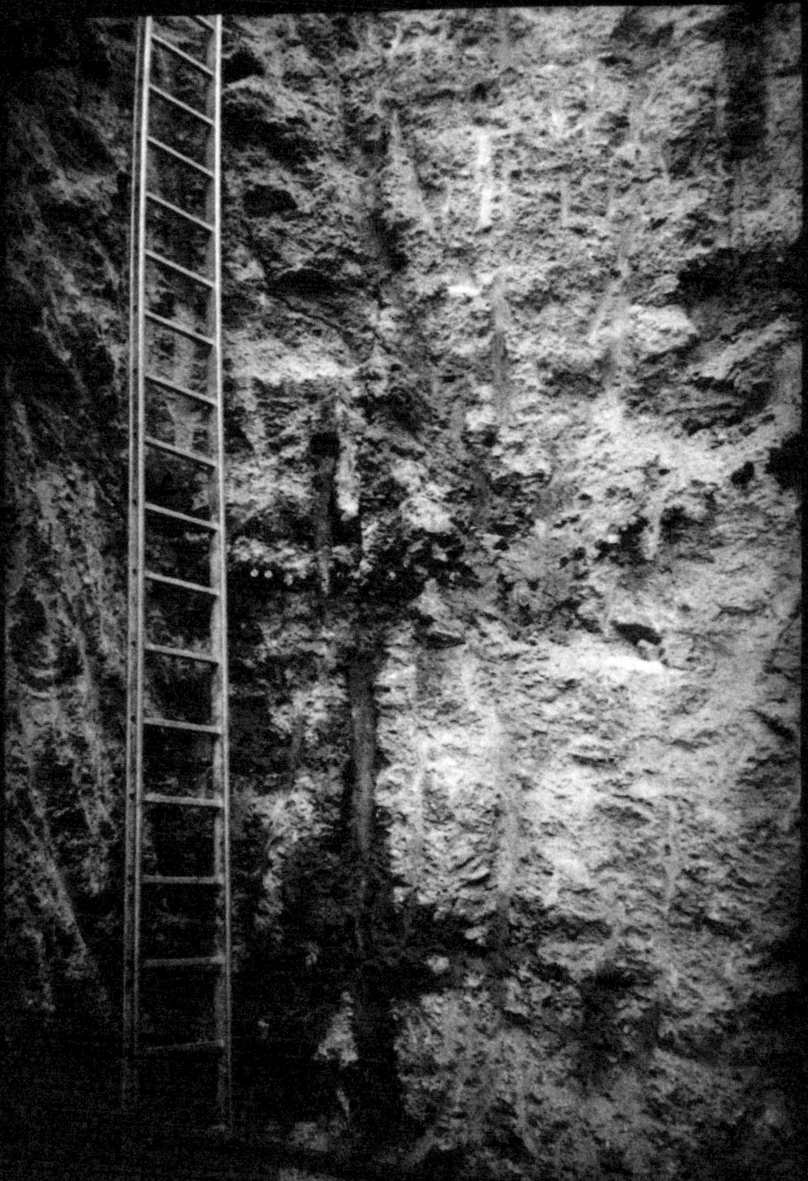

105

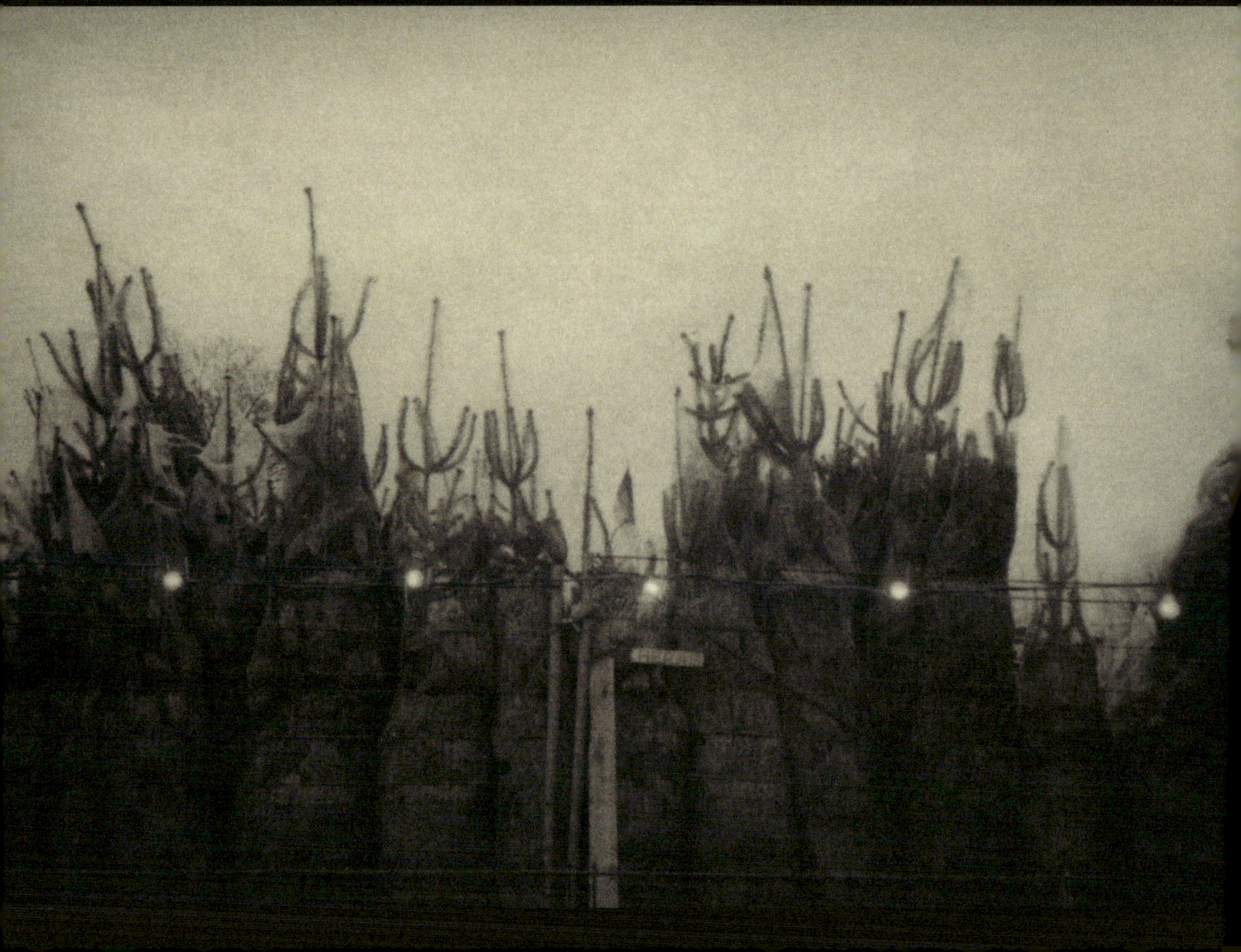

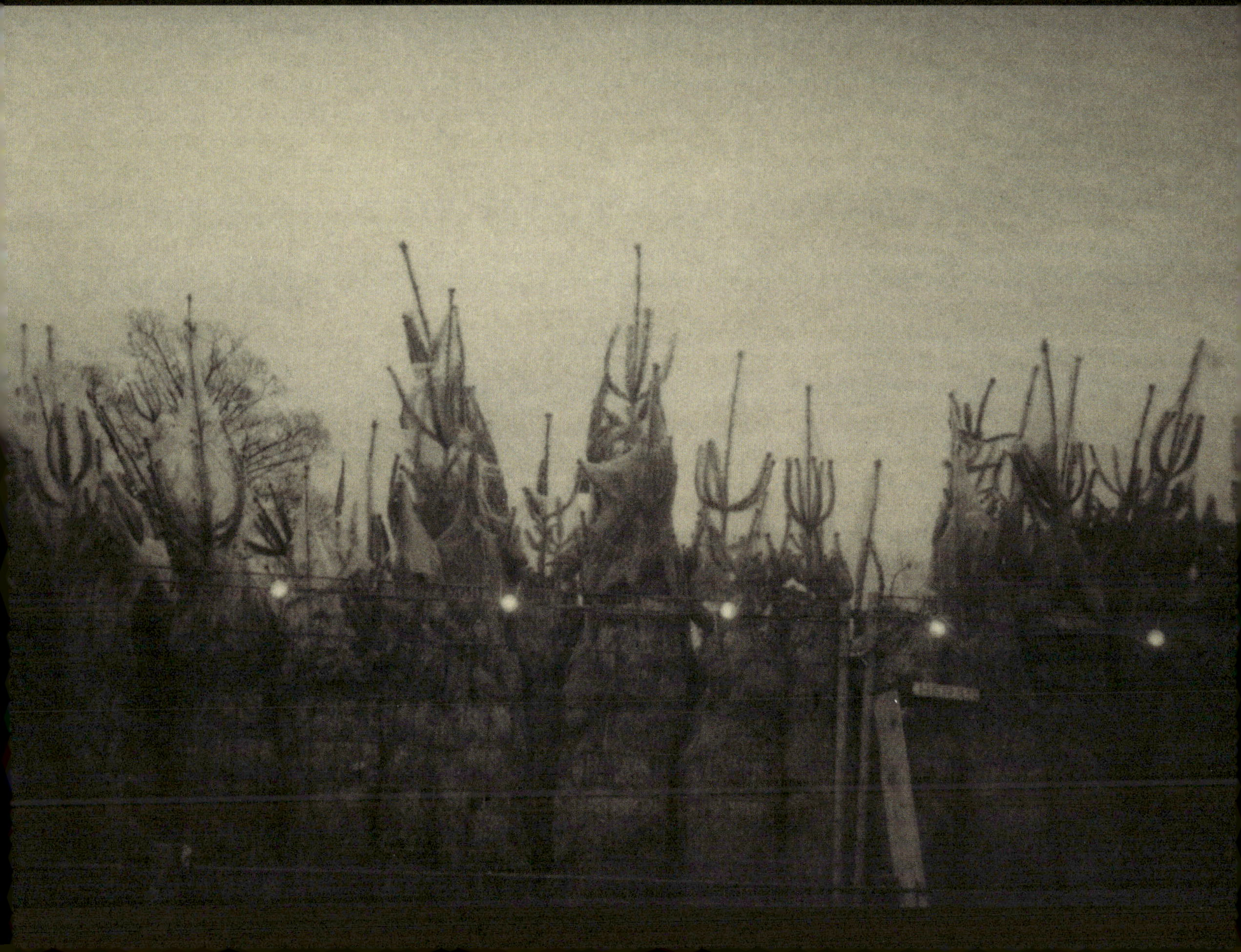

FRAUEN
HAVE YOU EVER LOVED A WOMAN FREDDIE KING

Einen kurzen Augenblick bevor sie einsteigt, kommt sie mir wunderschön vor. Im Augenblick, in dem sie drinsitzt, verändert sich alles. Blitzartig sind wir uns widerlich. Ohne Erklärung und ohne dass wir ein einziges Wort miteinander gewechselt hätten. Nicht mal ihr Ziel kenne ich noch …

Ich zerre einen Mann, eine stinkende Fleischmasse aus dem Auto raus und lehne ihn mit großer Mühe an die Tür. Ich zünde mir eine Zigarette an, und erst danach klingele ich. Die Uhr in meiner Taxe läuft weiter, es ist keine Eile angesagt. Ich klingele, warte und schelle nochmals. Die Fleischmasse krümmt sich an meinen Füßen und furzt gewaltig. Im Flur geht das Licht an, und eine Frau im Nachthemd macht auf.
»Ist er Ihnen?«, frage ich die Frau. Sie nickt stumm. »…dann kriege ich fünfzehn Euro.«
Sie schaut immer noch ungläubig die Fleischmasse an ihrer Türschwelle an und will nicht glauben, dass sie ihr gehört.
»Fünfzehn Euro«, wiederhole ich.
Sie gibt mir einen Zwanzig-Euro-Schein.
»Wo hat er sich so zugerichtet, wo haben Sie ihn rausgeholt?«
»Berufsgeheimnis, Schweigepflicht«, antworte ich und fahre weg.

Wenn ich ihn zugerichtet nach Hause bringe, sie bezahlt und sauer fragt, woher ich ihn bringe, schweige ich. Das soll er morgen selbst erzählen, falls er sich erinnert. Das ist keine Solidarität mit meinem Geschlecht, ich schweige, auch wenn er mich fragt, wo sie war, dass sie so gut drauf ist. Ich bin oft ein stiller Zeuge der Seitensprünge. Die Fremdgänger sind gute Geschichtenerzähler. Sie müssen sich jede Geschichte gut einprägen, weil sie möglicherweise mehrmals wiederholt werden muss.
Karneval, CSD oder Straßenfeste, alle Messen und Kongresse sind wahrgenommene Gelegenheiten,

untreu zu sein. In meiner Taxe wurde schon mehrmals gefickt, paarmal geblasen, und gewöhnliches Stöhnen beim Spiel bleibt mir auch nicht erspart. Auch wurde ich selbst oftmals angemacht und habe schon mal der Versuchung nachgegeben. Früher war für mich Sex mit Ritualen, Eroberungen und Vorspielen verbunden, ein bisschen heilig. Erst in der Taxe verkam der Sex zu etwas Ordinärem.

In der Taxe lernte ich viele meiner Freundinnen kennen. Frauen für ein paar Nächte oder Jahre. Ärztinnen und Juristinnen, Sozialarbeiterinnen, Verkäuferinnen, Polizeibeamtinnen, Übersetzerinnen oder Nutten. Fahrten, wo es funkte! Das Versprechen des Glücks erfüllte sich für ein paar Tage oder Monate, bis die ganze Affäre in Schmerz und Ernüchterung endete. Oft sitzen Engel neben mir, verführerische Feen, Hexen mit Besen im Kofferraum, schwarze Witwen oder frustrierte Hausfrauen. Die richtige Frage im richtigen Augenblick, und es ist geschehen. Man kann sich noch wehren, aber im Kopf ist schon die Entscheidung getroffen. Langsam vereinsamen wir zu einem Wesen.

»Guten Abend, junger Mann«, begrüßt mich eine Frau beim Einsteigen. »Na ja, so jung sind Sie auch nicht mehr«, bemerkt sie, als sie neben mir sitzt.
»Was haben Sie für einen Akzent?«
»Ich bin Prager.«
»Wie lange schon hier?«
»Dreißig Jahre.«
»Dann sind Sie fast ein Deutscher.«
»Ja, ein falscher Deutscher.«
»Aber kein richtiger Ausländer mehr …«
Meinen Akzent finden die Menschen charmant, interessant oder sogar geil, wie sie manchmal sagen. Allerdings nicht immer.

Eine ältere Dame steigt ein, und schon bei der Frage »Wohin?« fährt sie aus der Haut und schreit mich an: »Furchtbar, Sie sprechen furchtbar, hören Sie sofort auf zu reden, Ihr Akzent ist unmöglich …«
»Mögen Sie keine Akzente und Dialekte?«, frage ich.
»Oh doch, ich liebe sie! Schwizerdütsch, Bayrisch, Wienerisch, Sächsisch; ich genieße es, wie die Franzosen oder Engländer Deutsch sprechen. Ich liebe es zuzuhören, wenn sich Ungarn oder Afrikaner auf Deutsch bemühen. Aber so was Widerliches, wie Sie sprechen, habe ich noch nie gehört!«
Soll ich mich schämen für meinen Akzent, den die meisten Menschen fälschlicherweise Holland zuordnen? Ich will auch fragen, ob sie überhaupt weiß, woher der Akzent kommt, aber ihre Redeattacke hat mich eingeschüchtert, und so schweige ich beleidigt.
»Warum schweigen Sie? Sagen Sie doch endlich was, dem Schwejk höre ich gern zu«, grinst sie mich an.

Spät in der Nacht steigt eine ältere Frau ein. Sie erzählt mir, wie sie irgendwann plötzlich die Sprache verloren und nach zwei Tagen wiedergefunden habe. Seitdem stottert sie. Aber akzentfrei und ohne Dialekt.

Die nächste Fahrt ist eine alte, eloquente Dame, gepflegt und selbstbewusst. Sie redet ohne Pausen, sagt aber nichts und hört auch nicht zu; unablässig arrogant. Ich versuche ihr zu antworten, etwas zu erklären. Sie ignoriert meinen Versuch, redet unentwegt weiter. Einmal hält sie inne und fragt mich, warum ich schweige, antwortet sich aber gleich selbst und geht wieder in den alten Redefluss über.

Schweigen ist etwas, das viele nicht ertragen. Sie können eine länger anhaltende Stille nicht teilen, brechen zusammen, lachen hysterisch oder schreien und bitten um Lärm. Im Radio läuft ein Blues; ein Stück über die Nacht und Leute, die im Taxi Ärger machen.

Neben mir sitzt ein müdes Mädchen und führt einen seltsamen Monolog. Ich spitze die Ohren und kann nicht glauben, dass sie heute vierundzwanzig Freier gehabt hat. Kunden und Stammkunden, vierundzwanzig am Tag. Und jetzt sitzt sie erschöpft neben mir, erzählt von ihrem Alltag und sieht so bieder aus, als ob sie elf Stunden hinter einer Supermarktkasse verbracht hätte.
»Der Chef mag mich«, erzählt sie. »Er hat das Bordell von seinen Eltern geerbt ... Er wollte keines, jetzt hat er eines«, reimt sie amüsiert. »Er ist ein guter Chef, ... aber der größte Zuhälter ist die Stadt«, erläutert mir die Nutte empört. »Die Stadt als Zuhälter verlangt monatlich von jeder Hure Extrasteuer ... das sind zwanzig Kunden mehr!«, schreit sie mich voller Zorn über die soziale Ungerechtigkeit an, als ob ich die Verkörperung der Stadtverwaltung wäre.
Sie habe das Ziel, Geld für ihr Alter zu verdienen. Ihre Mutter mit der ganzen Familie und auch ihr Freund würden sie dabei unterstützen. Der Freund wolle nur nicht wissen, wievielmal sie sich für das verdiente Geld hingeben muss.
»Die Huren sind die treuesten Frauen von allen, raus aus dem Bordell sind wir Nonnen. Wir ficken so viel, dass wir keine Untreue wie die Bürgerlichen brauchen ...«

Die Nächste wartet schon auf der Straße und sieht genauso aus, wie ihre tiefe Stimme an der Telefonsäule klang. Elegant, traurig und verweint. Langer weißer Mantel, Stöckelschuhe, lan-

ges blondes Haar zum Pferdezopf gebunden. Und ein bezauberndes Lachen. Die Stimme ist noch erotischer als im Hörer. Ein sanfter Engel. Die Fahrt ist lang, im Auto eine Ruhe, angenehme Spannung, ich muss mit der Konversation nicht eilen, nur zuhören.
»Ich weiß nicht, wohin ich will, aber ich kenne den Weg …« Sie kramt kurz in ihrer kleinen Handtasche, zeigt den Zettel mit dem Ziel und fragt nach dem Preis.
Sie sei seit 14 Tagen verheiratet und immer, wenn sie Streit hätten, verschwinde sie in irgendeinem Hotel, erzählt sie. Irgendwo am anderen Ende der Stadt, so weit wie möglich, sagt sie, und heute sei es wieder so weit.
Dann sinniert sie leise über die Unsinnigkeit der Ehe, die seelische Qual, die eine Ehe mit sich bringt, und die Vorstellungen vom Partner, die nach und nach zusammenbrechen. Sie strahlt dabei so viel weibliches Mysterium aus, dass ich mich sofort in sie verliebe. Von dem Mysterium erzähle ich ihr, die Verliebtheit verschweige ich.
Sie lacht mich mit ihren großen braunen Augen an.
Ob sie einen Beruf habe, frage ich.
»Ich bin Prostituierte, eine Domina, wenn Sie wissen, was das bedeutet.«
Ich nicke und sage, dass sie so sanft aussieht.
»Alles nur Schauspielerei«, lächelt sie mich an.
Ob es Spaß mache, frage ich.
»Das Meiste hat mit Abgründen und Bodenlosigkeit zu tun, es ist kein Beruf, der Spaß machen könnte. Was ich verdiene, ist nur Schmerzgeld.«
Wir kommen an, sie erlaubt mir ein Foto, und ich bitte sie um ein Autogramm. »Es kann auch ein Künstlername sein«, sage ich.
Sie guckt mich wieder so weich an und erklärt: »Ich trete unter meinem eigenen, ganzen Namen auf. Ich habe nichts zu verbergen.« Und sie verschwindet, wie es Engel eben tun.

Gleich ums Eck steigt ein kleines, zierliches Wesen ein, ein Rotschopf ohne Alter. »Ich bin Malerin und habe heute schon zehn Bilder gemalt und einen Brief an Prinz Charles geschrieben«, berichtet sie stolz.
»Warum hast du einen Brief an Prinz Charles geschrieben?«

»Weil ich beim Malen The Cure höre und nirgendwo ihre Adresse auftreiben kann. Da dachte ich, dass Prinz Charles doch der Boss von England ist …«

Rote Ampel um halb fünf. Rechts steht ein Fußgänger. Als er meine junge Passagierin bemerkt, holt er seinen Pimmel raus und onaniert mit hektischer Freude. Er schafft es nicht, die Ampel springt auf Grün, und wir fahren weiter, ohne dass meine junge Mitfahrerin den Spanner bemerkt hätte …

Schon wieder stinkt der Pimmel bis zum Himmel

Eines Karnevalssamstags um vier Uhr morgens fahre ich ein entsetzlich betrunkenes Mädchen nach Leverkusen. Kurz vor der Autobahn leitet die Polizei drei Spuren in eine – um alle, die die Stadt verlassen, in ihre Fänge zu bekommen. In dem langen, stinkenden Tunnel staut sich der Verkehr. Ich sehe, wie in den Autos ringsum Panik ausbricht. Wir kommen nur schrittweise voran. Am Tunnelausgang hat die Polizei zwanzig Nischen eingerichtet, um die Fahrer auf Alkohol- und Drogengehalt zu kontrollieren. Taxen werden durchgewunken. Als wir langsam heranfahren, wird dem Mädchen schlecht, und als wir die erste Nische passieren, ist es so weit: Sie reißt die Tür auf und kotzt ohne Ende, breitet den kompletten Inhalt ihres kleinen Magens vor den Füßen der Polizisten aus. Eine filmreife Szene.
Keiner – weder ich, noch das Mädchen – braucht sich zu entschuldigen. Als wir weiterfahren, lobe ich ihr hervorragendes Timing.

Sommer, eine Fahrt aufs Land. Eine junge Frau sitzt im Fond des Wagens und schweigt. Der Fahrer schweigt auch, das Ziel ist vereinbart.
»Hier jetzt rechts«, sagt die Frau plötzlich, und ich fahre den Schotterweg entlang bis zur Kiesgrube.

»Halt an und mach die Uhr aus«, befiehlt sie und ich gehorche. Sie zieht sich aus und geht nackt baden.
»Kommst du nicht mit?«, fragt sie aus dem Wasser.
Ich bleibe und rauche eine Zigarette, als sie aus dem Wasser steigt, auf mich zukommt und ihren nassen Körper zitternd an mich schmiegt … Als wären wir schon seit Langem ein Paar.

Ich melde mich an der Rezeption eines kleinen Hotels, bekomme die Bestätigung, setze mich wieder ins Auto, mache die Uhr an und warte.
Sie ist angetrunken, aber ihre noch nicht ganz vergangene Jugendlichkeit schimmert durch ihre Müdigkeit. Ich frage, wie ihr Tag gewesen sei. Sie fängt eher lustlos an zu erzählen, kommt jedoch schnell zum Wesentlichen.
»Meine Mutter hat sich neulich erhängt. Das war ein starker Abgang«, meint sie nebenbei.
Eine Weile Stille, die Straße ist leer. Wir hängen beide ihrer Mitteilung nach. Ich verlangsame das Tempo; es scheint eine längere Geschichte zu werden.
»Ich komme nicht drüber weg … Ihr ist es gelungen, mir nicht.«
Mir fehlen die Worte. Es entwickelt sich trotzdem ein Dialog über die Existenz des menschlichen Lebens, unsere Schuldgefühle und wie wir damit umgehen. Es dauert nicht lange, bis sie mir das Wichtigste aus ihrem Leben erzählt hat. Längst vor ihrem Haus angekommen, sprechen wir über Zeit.
»Es gibt die Jetzt-Zeit und die vergangene Zeit der Geschichte, und schließlich hat jeder seine eigene Zeit, die er in sich trägt. Die sind zwar kompatibel, aber nicht übertragbar«, sage ich.
Auf einmal scheint sie zu begreifen, was sie alles von sich preisgegeben hat.
»Wer sind Sie überhaupt?«, fragt sie schroff.
»Ich? Ich bin ein erfolgloser Künstler, der die Erfolglosigkeit mit Dilettanten-Psychologie in der Taxe zu kompensieren versucht.«
»Ich bin eine erfolgreiche Kunstkritikerin.«
»Jetzt kommt es aufs Gleiche raus«, kontere ich und mache sie auf eine Ratte aufmerksam, die auf der Treppe ihres Hauses herumirrt.

»Ich hasse Ratten«, sagt sie und beginnt zu weinen.
Große Tränen reinigen ihr Gesicht von der Trunkenheit. Sie ist das pure Leid und voller Schmerz, und ich lese ihr ein Zitat von Peter Nádas vor: »Es gibt nichts, das einen eigenen Anfang hätte, weil es nichts gibt, das nicht die Fortsetzung von etwas Früherem wäre.«
Sie sieht mich lange an, steigt wortlos aus und geht ins Haus.

Noch eine lange, ruhige Fahrt, dann ist Schluss, denke ich. Die Adresse, die ich bekomme, ist ein mir unbekanntes Bordell. Ein Freier will nach Hause, schätze ich, klingele und gehe zurück ins Auto, mache die Uhr an und warte. Es sind zwei schöne Nutten, die nach Hürth wollen. Lange ist es still im Auto, dann tauschen sich die zwei auf Türkisch kurz aus, dann ist es wieder still.

Ich soll McDrive anfahren. Ich bestelle zweimal das Gleiche. Sie fragen müde, ob ich auch was will. Ich verneine. Die Männer im Laden kommen näher, um zu schauen, wen ich im Auto habe. Zwei halb nackte Huren habe ich im Auto…
Die Mädchen waren zu fertig für eine Reaktion und wollten nach einer langen Schicht einfach nur nach Hause.
Zwei Schwestern, halb türkisch, halb italienisch, erfahre ich später.

»Ich bin breit«, sagt die neben mir Sitzende plötzlich.
»Wie, breit?«, frage ich naiv.
»Vom Kiffen, du Depp«, entgegnet sie müde.
»… und ich bin geil«, höre ich von hinten. Die Spannung steigt, die Luft hat sich verdichtet.
»Ist dein Schwanz groß?«, fragt es wieder von hinten, und mit einer schnellen Bewegung kommt gleich ihre Hand nach vorne, um mir in voller Fahrt an meinen Pimmel zu fassen, der im Nu tatsächlich groß wird.
Wir kommen an. Die vorne bezahlt und ohne sich zu verabschieden, ist sie im strömenden Regen verschwunden.
»Komm zu mir nach hinten, bin geil und brauche einen großen Schwanz zum Abschluss.«
Die Stimme ist leise und heiser - und ich bin schon unterwegs. Sie hat keinen Slip an, und ich nehme sie von hinten. Weil es so herrlich geil ist, bin ich schnell fertig, aber sie merkt es nicht. Alles um mich herum ist absurd. Eine Polizeistreife fährt an uns vorbei. Sie kommt in Fahrt, aber ich bin schon wieder kalt.
»Was ist los, was ist los?!«, fragt sie mit ihrer heiseren Stimme erregt.
»Nichts«, sage ich, krieche heraus, schmeiße das Gummi unters Auto und knöpfe mich zu.
Enttäuscht torkelt sie aus dem Auto, und ohne sich zu verabschieden folgt sie ihrer Schwester in die nasse Dunkelheit.
Was bleibt, ist wie eine banale erotische Fantasie mit Versagen. Ich hatte eine Nutte, ohne sie zu wollen, ohne mich für sie entscheiden zu müssen, ohne überhaupt ins Bordell zu gehen oder dafür zu bezahlen.

117

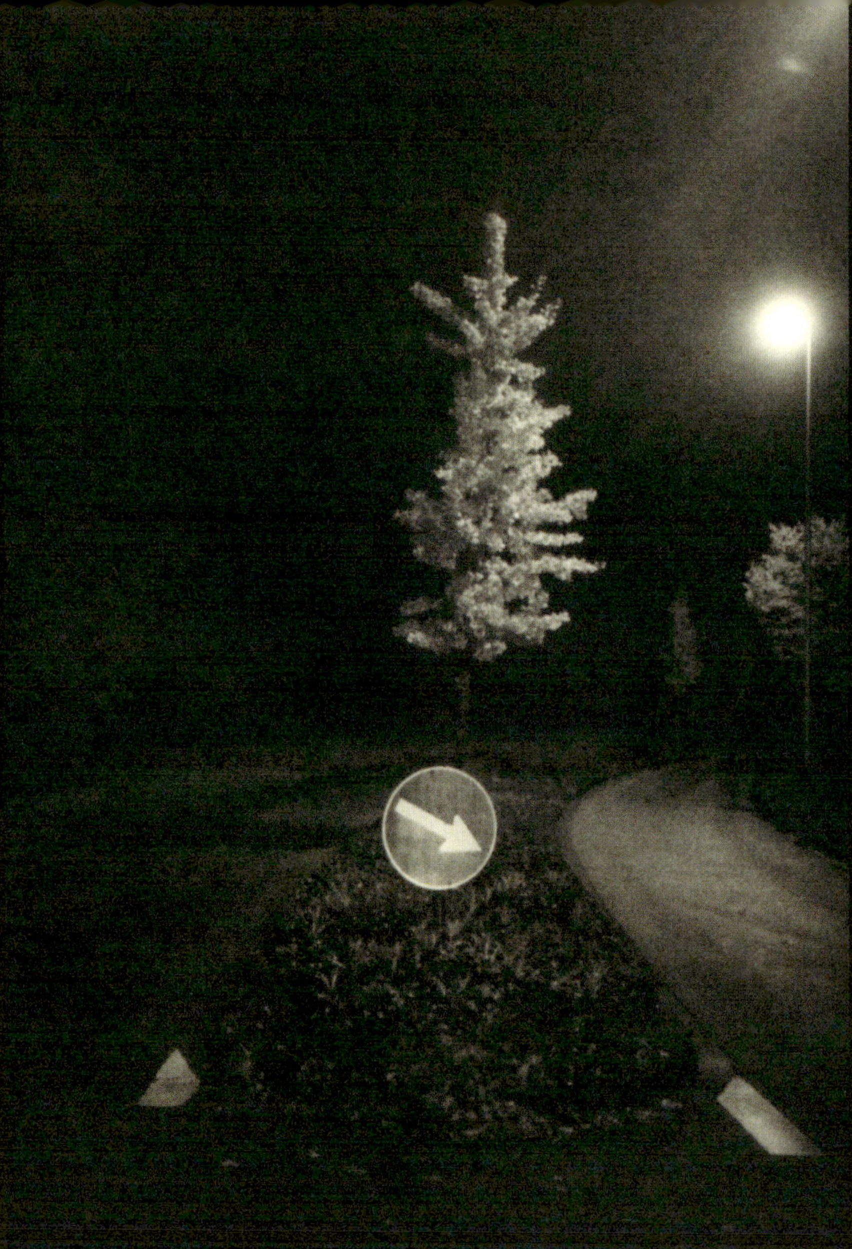

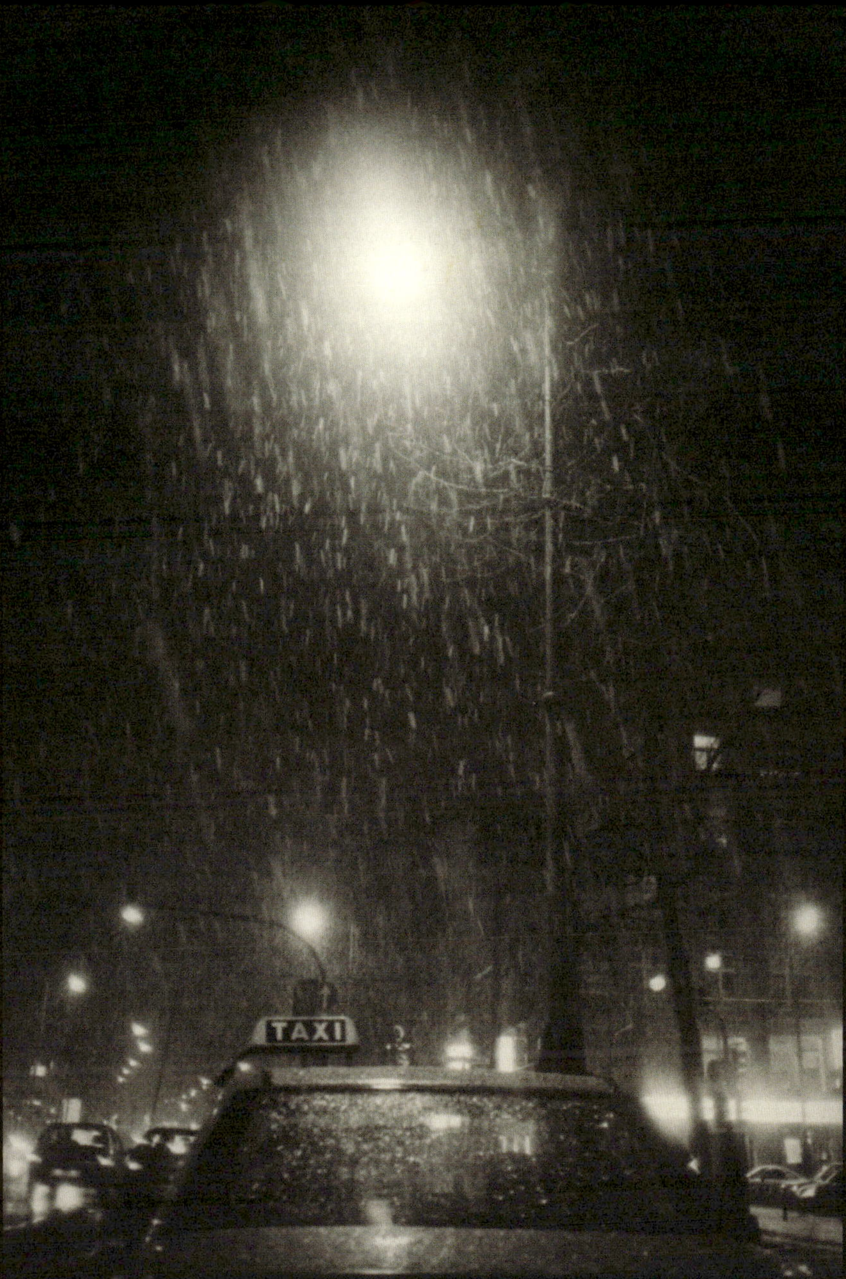
TAXI

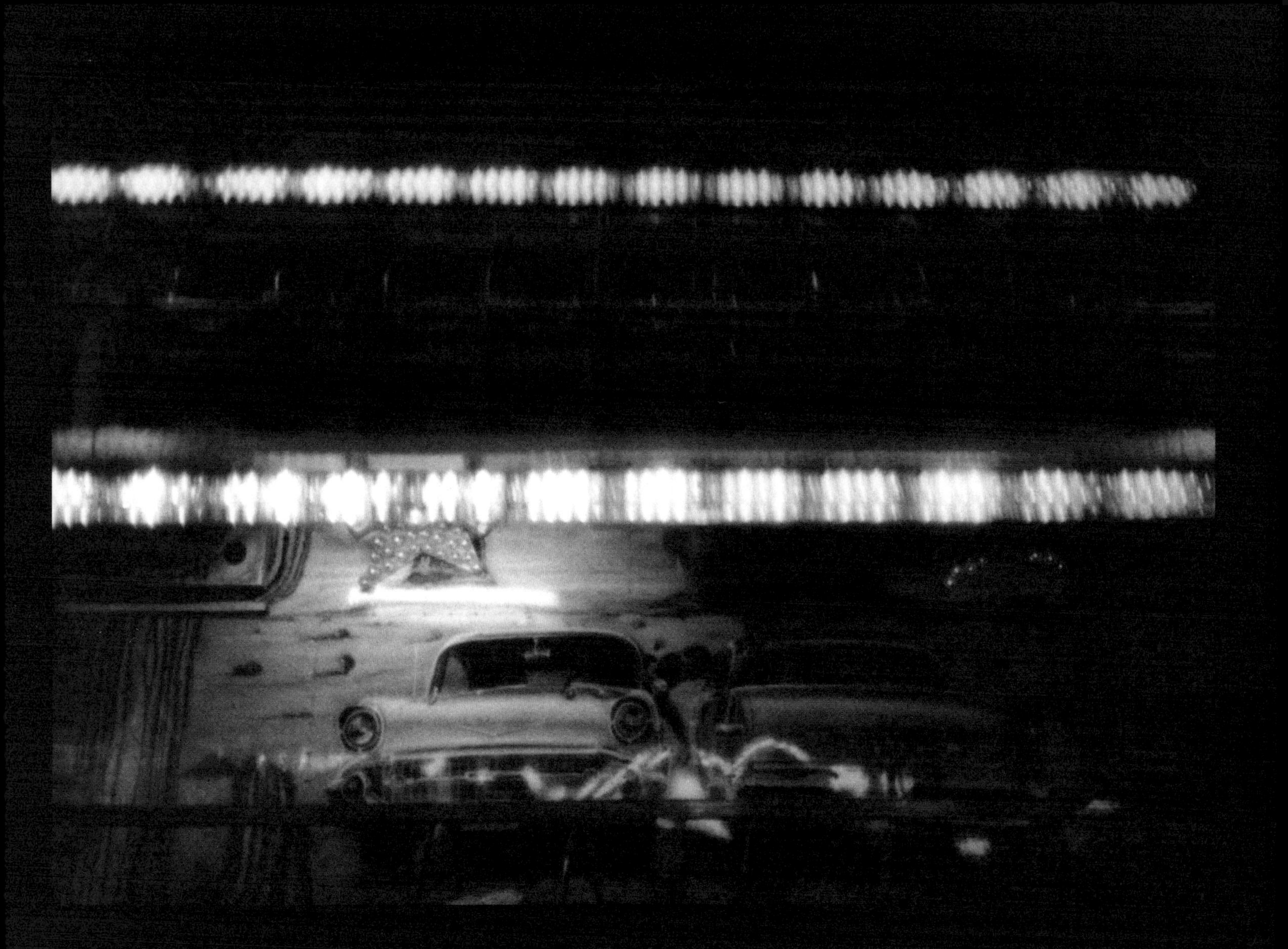

121

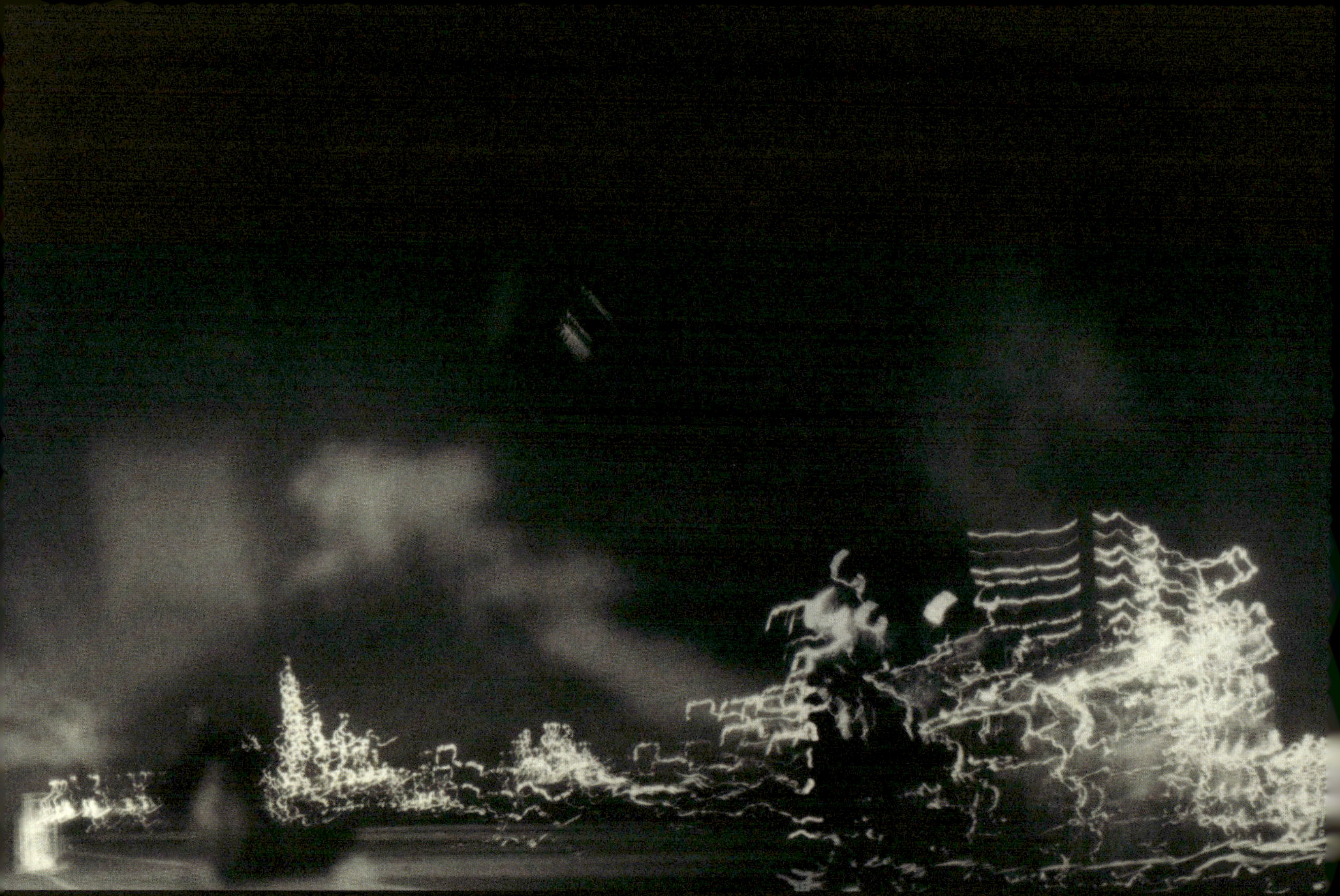

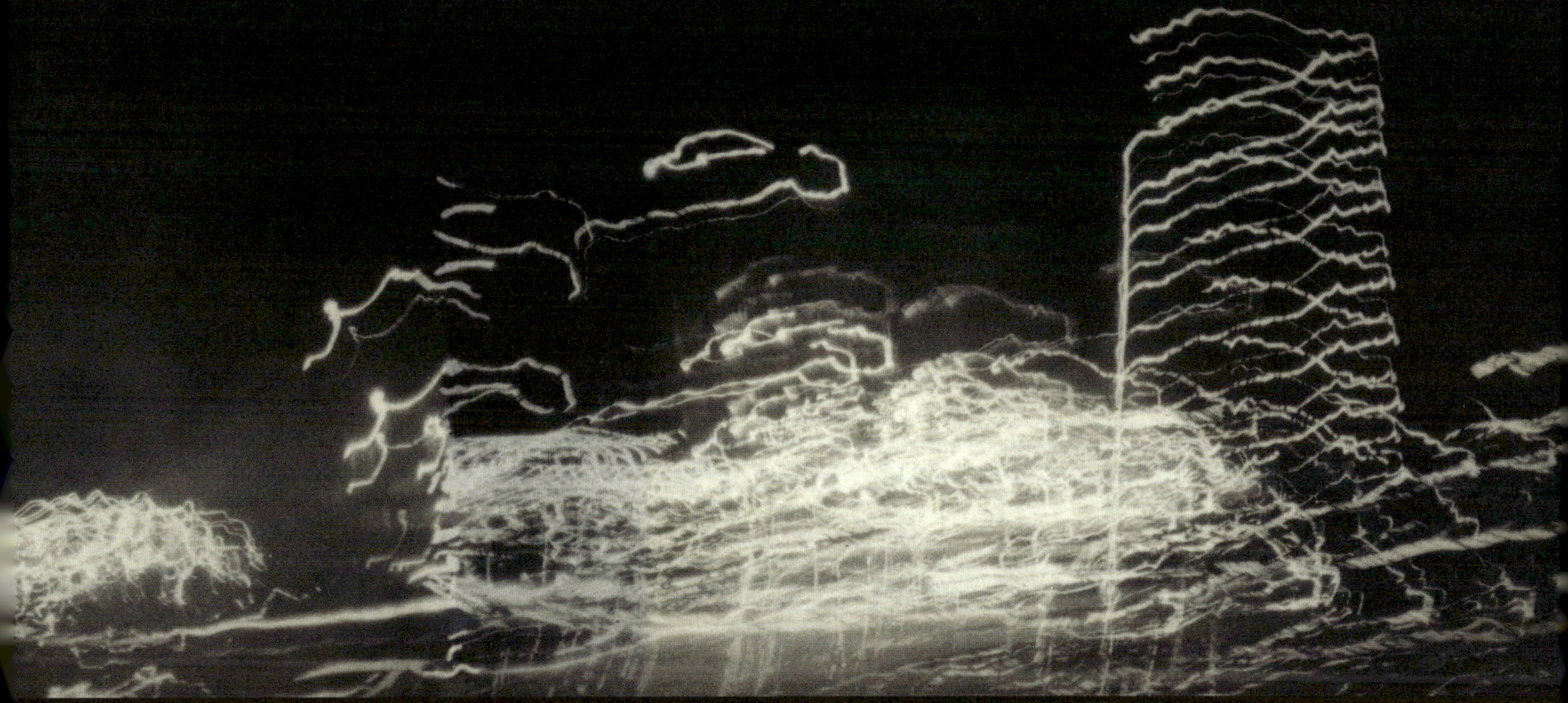

TIERE
SEAMUS PINK FLOYD

Ein Hund sitzt geduldig wartend an der Bordsteinkante. Am anderen Ende der Leine zappelt eine Kreatur in jämmerlichem Zustand und versucht, mich heranzuwinken. Der Hund quittiert mein Drehmanöver und Anhalten mit einem dankbaren Kläffen. Sein Herrchen, pinkelnass und bekotzt, fällt neben mir ins Auto. Der Schäferhund wartet geduldig, bis der Mann drin und einigermaßen in Position gekommen ist, bellt nochmals und springt zwischen seine Beine, schafft sich Platz und bleibt aufrecht sitzen, um alles im Blick zu haben. Nur kurz, eher beiläufig, leckt er meine Hand zur Begrüßung. Er hat einen großen Kopf und kluge grüne Augen. Sein Gesichtsausdruck ist gütig und so duldsam, als sei er bereit, mehr zu ertragen als diesen misslungenen Spaziergang durch die Nacht.
»Wie heißt der Hund?«
»Ringo..., Ringo heißt er«, lallt der Mann betont langsam, wird aber allmählich gesprächig; erzählt mir die Geschichte seines Hundes, wie er sich seiner angenommen hat, sein Vertrauen gewann und sein Rheuma zu heilen begann.
»Er ist ein armer Hund. Wenn er keine Beruhigungspillen nimmt, leidet er und hat Schmerzen.«
Ringo ist acht Jahre alt und sieht auf jeden Fall besser aus als sein Besitzer. Neugierig und stolz hört er mit an, was sein Herrchen über ihn berichtet. Dabei beobachtet er mich schelmisch und scheint sich seinen Teil zu denken. Der Mann war trotz seines erbärmlichen Zustands nett, hatte eine ruhige Stimme und eine langsame, stoische Art zu erzählen.
In dieser Nacht passte Ringo auf ihn auf, auf diesen armen, besoffenen Hund.

»Fremden Hunden darfst du nicht in die Augen gucken«,
sagten die Erwachsenen immer, als ich noch ein Kind war.
Auf die Frage »Warum?« bekam ich nie eine vernünftige Antwort.
Die gab mir erst später ein alter, wolfsähnlicher Streuner,
mit dem ich einen Sommer lang befreundet war.
Als die Hunde noch Wölfe waren, war der Mensch ihr Feind. Dieses arrogante Wesen,
das sich aufrecht auf den Hinterbeinen bewegt und den Blick in die Augen scheut,
dachten die Wölfe und fletschten die Zähne.
Eines Tages spürte der kleinste von ihnen ein Kind auf. Er hätte beißen müssen,
ließ sich aber streicheln. Die Zuneigung war keine große Tragödie,
nur ein kleines Unglück.
So begann etwas, das die Aufrechtgehenden Freundschaft nennen,
auf das die Wölfe jedoch höhnisch von oben herabheulten.
Der Wolfswelpe gewöhnte sich an das Streicheln; die kosende Hand war schneller
als sein Instinkt. Und viele andere folgten ihm.
Für sie wurde das Streicheln zur Droge.
Die Radikalen blieben Wölfe.
Den anderen, da sie der Streichelsucht verfielen,
darf seitdem keiner in die Augen schauen.
Kein Mensch.
Und kein Wolf.
Und so schämen sich die Hunde bis heute.
Weil sie die Freiheit gegen Liebe, Wärme und einen vollen Napf eingetauscht haben.

Seit meinem zehnten Lebensjahr hatten wir Hunde zu Hause. Es waren Dackel: Der erste hieß Brock und der zweite Max. Wenn es ihnen mit der Familie zu viel wurde, machten sie sich selbstständig, hauten ab, lebten sich aus, um nach einer Woche - stinkend und manchmal blutig von Straßenkämpfen - demütig vor unserer Wohnungstür auf Einlass zu warten. Sie wussten, dass sie bestraft werden, aber das war es ihnen wert. Nach der Strafe verschwanden sie beleidigt für ein paar Tage unter dem Bett, bis alles wieder normal schien. Sie entwickelten ein eigenständiges Leben, und während ihrer Abwesenheit wurden sie an verschiedenen Ecken der großen Stadt gesehen. So etwas passierte etwa einmal pro Jahr, und offensichtlich reichte es ihnen, um ihre Instinkte auszuleben.
Als Taxifahrer chauffiere ich Hunde gern. Die meisten sind fitter als ihre Herrchen, und oft frage ich mich, wer wen ausführt, denn die Hunde sind es, die stets den Überblick behalten. Sie können mir immer das Nötige vermitteln; wissen, im welchem Zustand sich ihr Herrchen befindet, und beschützen es stolz.
Es gibt allerdings auch traurige Fahrten, als mitten in der Nacht ein kranker Hund in Decken gehüllt von der ganzen Familie zum Tierarzt gebracht wurde, um eingeschläfert zu werden. Es war eine regelrechte Nachtprozession mit Tränen und Gebeten.
Ich habe schon mit verschiedenen Fahrgästen ihre jeweiligen Hunde in Düsseldorf, Bonn oder Aachen abgeholt, und auch sonst erlebe ich des Nachts Skurriles mit Hunden. Einen Hund mit roter Schleife um den Hals habe ich im Laufe einer einzigen Nacht an drei verschiedenen Orten in der Stadt gesehen, jedes Mal mit einem anderen Menschen. Als hätte er den geheimen Auftrag gehabt, diese Menschen auszuführen.

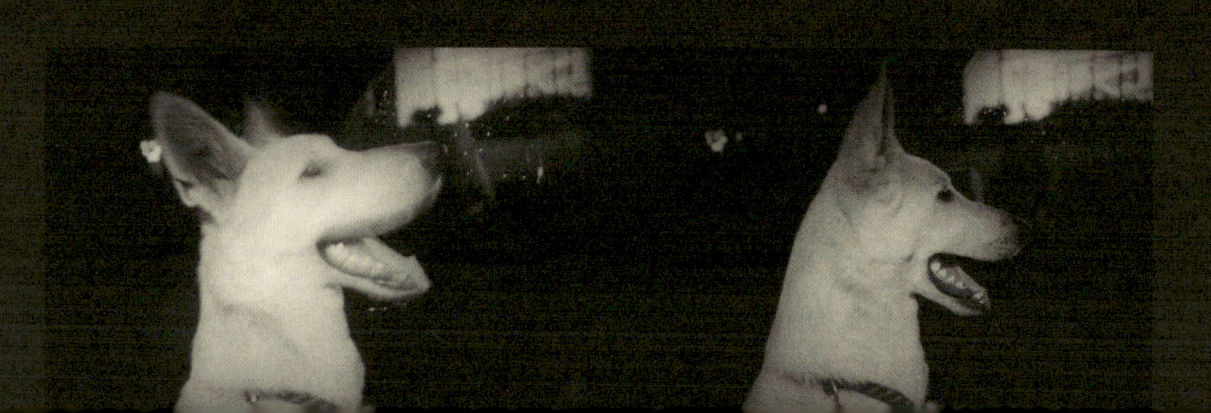

Gelegentlich beobachte ich, wie ein Hund aufmerksam an der Fußgängerampel auf Grün wartet. Ganz zu schweigen von der frappierenden, zuweilen absurden Ähnlichkeit zwischen Hund und Halter, wie sie mir bei einer Fahrt begegnet ist: Plötzlich streckte sich mir vom dunklen Straßenrand eine Hand entgegen. Ich bremste sofort. Hereingekrochen kamen ein buckliger Mann und ein ebenfalls buckliger Hund. Brüder im Buckel vereint.

Ich habe nicht so früh angefangen wie sonst. Für den Feierabendverkehr ist es schon zu spät, ich muss mich aufs Glück verlassen. Die Halteplätze sind überfüllt, und so stelle ich mich in die lange Reihe der wartenden Taxen am Bahnhof. Das Glück bleibt aus; die erste Fahrt ist kurz, zu einem Hotel im Zentrum, wo ich gleich am Halteplatz stehen bleibe und anschließend eine Fahrt zu einer Bar bekomme. Es wird ein Kombi für zwei Hunde verlangt.

Die zwei tobenden Hunde sehe ich schon vom Eingang aus. Am Tisch sitzen ein Mann, der wie ein Zuhälter aussieht, und eine vollschlanke, betrunkene Frau mit verweintem Gesicht und verwischter Schminke. Der Mann bringt die Hunde, und mit dem Satz »Sie sind an Kombis gewöhnt« macht er die Heckklappe auf und verlädt sie ins Auto. Die Frau packt er auf den Rücksitz, und mit dem ebenso knappen Satz »Und bringen Sie mir die heil nach Hause« verabschiedet er sich und verschwindet erleichtert.

Die Frau sagt heulend »Bonn«, nennt die Straße im Stadtteil Tannenbusch, und noch bevor ich den Motor starte, brechen ihre Gefühle aus ihr heraus. Ich beobachte die Hunde. Sie bleiben ruhig, der größere leckt ihr die Schminkereste vom Gesicht und versucht sie zu beschwichtigen. Offensichtlich sind die Hunde ihr Verhalten gewöhnt.

Als sie sich einigermaßen beruhigt hat, frage ich, was passiert sei. Sie bekommt erneut einen Weinkrampf …

»Ich habe Krebs, und heute haben mir die Ärzte gesagt, dass ich nur noch ein halbes Jahr zu leben habe … Dabei bin ich gerade mal 36 Jahre alt!«

Auch wenn sie besoffen, vulgär und derb ist - angesichts einer solchen Aussage verstumme ich zunächst. Dann frage ich, was für einen Krebs sie habe.

»Streukrebs, Metastasen überall, vor acht Jahren ist meine Mutter an Krebs gestorben und vor Kurzem erst meine Schwester. Meinen Vater kenne ich nicht …«

Die ganze Fahrt nach Bonn verläuft turbulent. Irgendwo auf der Autobahn bekommt sie in dem klimatisierten Wagen einen Asthmaanfall, sodass ich anhalten und mit ihr eine Runde um das Auto spazieren muss, bis wir weiterfahren können.
Dann wieder ein Weinkrampf und Hysterie. Ich erfahre dabei mehr, als ich wissen will. Zum Schluss macht sie mir anrüchige Angebote, will mich nach Hause oder ins Hotel einladen, bis wir das Ganze auf zehn Euro Trinkgeld reduzieren.
Nach einem Jahr treffe ich sie wieder. Sie erzählt mir eine andere, ähnlich tragische Geschichte über ihr baldiges Ableben. Auch die beiden Hunde, die große Lady und der kleine Chico, sind wieder dabei…

Zu meinen Fahrgästen zählten auch andere Tiere, überwiegend Katzen, eine freundliche Gans und ein eloquenter Kakadu, der ständig meine Fahrweise kommentierte, und als ich einen Kombi fuhr, stieg sogar ein Stadtschwein bei mir ein. Elegant und geübt sprang es in den Wagen und genoss die lange Fahrt aufs Land, wo es vermutlich bei seinen Verwandten Urlaub machen wollte.

MÄNNER
ANOTHER FOOL IN TOWN LIGHTNIN' HOPKINS

Als er einsteigt, läuft die Musik schon, eine Symphonie, die ich nicht kenne. Der Herr ist stark betrunken und apathisch. Als er die Musik aus dem Radio hört, wird er aufmerksam, hebt den Zeigefinger und flüstert mir zu: »Brahms… fahren Sie bitte langsam.« Und nennt sein Ziel. »Können Sie die Musik lauter stellen?«, fragt er und schließt die Augen zum Genuss. Brahms donnert jetzt beeindruckend durch das Auto, am Ziel angekommen ist die Symphonie noch nicht zu Ende. »Leck mich am Arsch, ist das schön … fahren Sie noch irgendwohin«, fordert er ungeduldig und macht die Augen wieder zu. Ich lasse uns durch enge Gassen treiben, bis die Symphonie zu Ende ist.
Ernüchtert und erschöpft zahlt er auch den philharmonischen Aufschlag. Von Brahms ermattet verlässt er meinen Konzertsaal und wankt ins Haus.

Abendessen in einem Imbiss, die Nacht ist heiß. Plötzlich durchdringt die Szene ein entferntes Rauschen, der Konflikt zwischen einem Araber und einem Schwarzen. Der Streit saugt immer mehr Leute hinein und bekommt eine Eigendynamik, die nicht zu stoppen ist. Er dringt durch den Raum wie eine Welle, er wird zu einem Bienenschwarm, der aus dem Imbiss auf die Straße rollt. Der Tumult wird größer, schärfer, gewinnt an Rasanz. Jemand zieht ein Messer, ein anderer hält eine zerbrochene Flasche in der Hand. Von dem Bürgersteig geht es auf die Straße, die Stecherei verstopft den Verkehr und wird zum Schneeball. Geschockt habe ich den Eindruck, jeder, der zufällig vorbeikommt, müsse daran teilnehmen. Ein multikulturelles Rudel von Unbefriedigten und Gefrusteten.
Es dauert so lange, dass sich später keiner zu erinnern vermag, wie es dazu gekommen ist. Nur ein dunkler Fleck, das Blut des Aufruhrs, bleibt noch lange auf der Straße sichtbar.

Ich fahre zwei widerliche Typen zum Eroscenter.
»Jetzt lasse ich mir schön einen blasen«, sagt der Dünne, breitet sich auf der Rückbank

aus und rülpst zur Bestätigung.
»Das kann ich dir umsonst machen«, meint der Dicke und furzt.

In jedem einsamen männlichen Fahrgast sieht der Nachtfahrer einen latenten Bordellbesucher. Manche Kollegen versuchen sogar die Fahrgäste, selbst wenn es zurzeit verliebte und treue Ehemänner sind, zu einem Bordellbesuch zu animieren, um an die Provision zu kommen. So weit gehe ich nicht, aber ich fahre bereitwillig jeden hin, der auch nur unschlüssig da steht und nicht weiß, wie die Nacht enden soll.
Jemanden diskret ins Bordell zu begleiten, dann bei Kaffee und Keksen mit der Bordellmama plaudern, jungen, kaum bekleideten Mädchen beim Kichern zuschauen und warten, bis die Provision rüberkommt … Es gibt schlechtere Nächte.

Ich beobachte einen alten Mann am Briefkasten. Der Brief, den er einwirft, erleichtert ihn ganz offensichtlich. Zufrieden pfeift er vor sich hin, als er nach der Tat von dem gelben Kasten wieder nach Hause geht. Die Wichtigkeit der Mitteilung mildert die Einsamkeit und verteilt die Verantwortung.

Einer lässt mich irgendwo in einem dunklen Winkel der Stadt anhalten, bezahlt und steigt aus. Um die Ecke hält er mich wieder an, um von der anderen Seite einzusteigen – in der Annahme, ich sei ein anderer. Er zahlt zwanzig Euro im Voraus und bittet mich, ins Zentrum zu fahren. Aus dem Fond meiner Taxe telefoniert er mit seiner Freundin, versucht seine Beziehungsprobleme zu lösen. Mal ist er laut und cholerisch, trommelt mit den Fingern auf seine Tasche und macht kurzerhand Schluss mit ihr, mal ist er lieb und bittet sie um Vergebung.
In der Stadtmitte angekommen ist der Zwanzig-Euro-Schein nur zu Hälfte verbraucht, aber die Beziehungsfrage noch nicht geklärt. Und draußen ist es kalt. Er befiehlt mir, einfach so durch die Gegend weiterzufahren, wohin ich will. Ich kreise also herum, vorbei an überfüllten Halteplätzen, genieße die sinnlose Fahrt und lausche dem Streit. Es ist wie ein Hörspiel. Über die Freundin am Telefon weiß ich nichts, aber seine Vorwürfe sind manchmal lächerlich, manch-

mal jämmerlich. Außerdem ist er ein Hypochonder und wirft ihr vor, sie kümmere sich zu wenig um seine Gesundheit. Als die Fahrt die zwanzig Euro erreicht, bremse ich, und er steigt ohne Verabschiedung aus … in einer Nebenstraße, irgendwo in der Stadt.

Ich unterhalte mich an meinem Stammplatz mit Kollegen, als ein merkwürdiger Typ erscheint. Er steht in unserer Nähe lange rum, beobachtet uns, macht eine Runde um den Platz und stellt sich wieder hin. Er wirkt schüchtern. Nach einer Weile kommt er zögernd auf mich zu und spricht mich an. Er sieht sich ständig um und ist offenbar in großer Sorge, dass bloß niemand zuhört. Ich lade ihn in die Privatheit des Wagens ein, was er mit einem dankbaren Blick quittiert.
Dann beginnt er von seiner Freundin zu erzählen. Wie glücklich er mit ihr sei und dass er ihr jeden Wunsch von den Augen ablese und erfülle. Nur ein Wunsch komme selbst ihm merkwürdig vor. Er windet sich im Sitz, wird rot, und es ist ihm anzusehen, wie schwer es ihm fällt, den Wunsch der Freundin auszusprechen. Lediglich darüber, dass es eine Überraschung für sie sein soll, informiert er mich sofort. Ich ermuntere ihn zum Reden, und endlich spricht er aus, worum es geht. Seine Freundin schläft gern im Auto.
»Kaum ist sie drin, schläft sie ein«, berichtet er mit Bewunderung. Und sie wünsche sich, eine Nacht im Taxi zu verbringen, schlafend durch die Stadt gefahren zu werden. Das sei ihr Wunsch. Und sie wolle es allein machen. Nur sie und der Fahrer. »Deswegen stand ich vorhin so lange rum. Ich habe euch beobachtet und mich für Sie entschieden«, erklärt er mit gesenktem Blick.
»Na, dann herzlichen Glückwunsch«, entgegne ich trocken und versuche mir vorzustellen, wie so eine Fahrt wohl aussehen möge. Wir vereinbaren Preis, Datum und Abholzeit. Es ist ein Geschenk zum 25. Geburtstag. Ich solle pünktlich um Mitternacht vor dem Haus warten, und die Fahrt solle um sechs Uhr morgens enden. Er gibt mir die Adresse und 50 Euro Vorschuss. Dann fragt er mich stockend, ob er noch weitere Wünsche äußern dürfe.
»Aber natürlich«, entgegne ich beschwingt.
Er kramt in seiner Tasche rum und zieht drei CDs raus. »Ich möchte, dass Sie, noch bevor meine Freundin einsteigt und während der ganzen Fahrt, wenn sie schläft, diese Musik entsprechend leise spielen. Die Reihenfolge steht drauf … Und noch etwas: Können Sie vielleicht etwas Außergewöhnliches, Flippiges anziehen? Mit einem Hauch Extravaganz?«

»Ja, das kann ich alles machen, auch mich flippig anziehen«, verspreche ich. Ich schreibe meine Handynummer auf einen Quittungszettel, den ich ihm reiche, und er steigt aus. Dabei sagt er noch: »Und keine Autobahn, nur in der Stadt, bitte. Machen Sie sich einen Ausflug daraus, fahren Sie Ihre Lieblingsorte an, meditieren Sie dabei – nur stehen bleiben dürfen Sie nicht. Dann würde sie wach werden, den Schlaf unterbrechen und den Traum verlieren, den sie gerade träumt, und das wollen wir doch nicht.« Er spricht leise, wie zu sich. Ich nicke und er entfernt sich, nur um einen Augenblick später an mein Fenster zu klopfen.
»Und vergessen Sie nicht, das Auto vorher zu waschen …«

Der Blick ist immer scharf. In den vorbeischlendernden Menschen beobachte ich jede Bewegung, jede Geste. Wenn mich einer anwinkt, halte ich in jedem Fall an und nehme ihn mit, auch wenn ich in Eile bin. Auf Hundert Meter erkenne ich einen Taxisuchenden, und ich erkenne ihn auch in einer Masse von Hundert Leuten. Jeder Winkende – ein Stück vom Glück, das man nicht auf der Straße liegen lässt. Und selbst wenn der Fahrgast auf einer Seite einsteigt und auf der anderen wieder aussteigt, die drei Euro dazwischen sind verdientes Geld. Die Winkemänner konditionieren den Tag und sorgen für Ausgleich. Mit ihnen ist nicht zu rechnen. Ihr taxifixierter Blick fokussiert ratlos um sich herum, strahlt eine Notenergie aus, hastige Bewegungen, ein Stückchen kaum verborgener Panik … bis mich der Suchende als Rettung sieht. Dabei bin ich es, der nur auf ihn wartet.
Dankbarkeit, weil der Fahrer angehalten hat, und Zufriedenheit mit sich, der alles richtig gemacht hat. Zumindest am Anfang der Fahrt herrscht im Auto Übereinstimmung. Der Fahrgast ist in Eile. Ich empfinde genauso, habe meine eigene Eile.
Manchmal erschrecken Winkemänner, überfallen einen auch. Wie mittelalterliche Räuber springen sie von ihrem Versteck auf die Straße und zwingen dich zum Anhalten. Sie kriechen aus dunklen Eingängen und düsteren Höfen hervor, sie flüchten vor einem Streit in deine Taxe oder peitschen dich mit cholerischer Stimme ans andere Ende der Stadt.
Schon von Weitem sehe ich ihn … und fahre langsam an ihm vorbei. Wir schauen uns intensiv in die Augen, aber er hebt nicht die Hand zum Winken. Im Rückspiegel sehe ich, wie er mir hilflos nachschaut. Obwohl wir uns brauchen, haben wir uns nicht zusammenkommen lassen.

Einmal bin ich im angetrunkenen Zustand auf dem Gürtel von Lindenthal nach Ehrenfeld zu Fuß gegangen. Tiefe Nacht, kein Auto weit und breit, und plötzlich habe ich keine Lust mehr, weiter zu Fuß zu gehen. Kurz überlege ich, ein Taxi zu nehmen. Und in dem Moment, ohne zu winken, anscheinend bloß aufgrund meines anfänglichen Gedankens, bremst sanft eine Taxe neben mir und bringt mich nach Hause. Ich frage den Fahrer, warum er gehalten habe, ich hätte doch gar nicht gewunken. »Aber Sie haben doch eine Taxe gebraucht, oder?«

Es regnet schon seit Tagen. Ich vagabundiere durch die verlassenen Straßen und trommele mit den Fingern auf das Lenkrad im Rhythmus des Regens. Die monotone Melodie besorgt der Scheibenwischer. Es ist ein endloses Lied in Moll. Herbst-Techno mit melancholischer Färbung. Der Bordcomputer spuckt seltsame Nachrichten aus, die den Unsinn der heutigen Notarbeit nur unterstreichen.
An einer Ecke dem Regen ausgesetzt, steht ein nasser Herr, in jeder Hand einen großen Koffer. Er macht einen hilflosen Eindruck, sieht die rettende Taxe, die er sich wünscht, kann aber die Koffer nicht in den nassen Brei stellen, um zu winken. Offensichtlich sind die Koffer schwer, und er ist zu erschöpft, um die Hand mit dem Gepäck zu heben und mich mit einer kleinen Geste auf sich aufmerksam zu machen. So bleibt es an mir, die Absicht des nassen Hilflosen zu erkennen und anzuhalten. Er schiebt die zwei Koffer hinten rein und fällt wie ein Kartoffelsack dankbar in den Beifahrersitz.
»Da habe ich aber großes Glück mit Ihnen gehabt«, atmet er auf.
»Das kann ich nur erwidern«, antworte ich, »wohin darf's gehen?«
»Hotel New Yorker, irgendwo in der Mülheimer Industriepampa.«
Ich gucke den Passagier genau an und entscheide mich anhand seines durchnässten, mangelhaften Selbstbewusstseins, etwas auszuprobieren. Ich schlüpfe in die Rolle eines geschwätzigen, stur stumpfen, nicht zuhörenden Taxifahrers. Ich fange damit an, jedes Gebäude und jeden Komplex zu erklären, reduziere die Sprache auf das Einfachste, bin laut und gebe dem Fahrgast durch wiederholtes Anstupsen keine Chance, nicht zuzuhören. Ich gehe zum Fußball über und besabbele den sichtlich nicht interessierten, ja erschrockenen Mann aus dem Bauch heraus in einer halbverständlichen Sprache mit langen Sätzen ohne Punkt und Komma mit der ganzen Meinung über

den hiesigen F.C. Um ihn weiter zu kitzeln, beginne ich, über mein Lieblingsthema – Politik – zu dozieren. Terrorismus und Friedensbewegung, von der Rechten zur Linken und zurück, Islam, Feminismus, Schwule, Lesben, alles in einem Topf frisch zusammengerührt spucke ich dem Mann mit der gutmütigen Maske des Halbidioten laut ins Gesicht, während er von mir angewidert so weit wie möglich in seine Ecke rutscht. Die Litanei reicht bis zum Ziel. Beim Verlassen der Taxe wirkt der Mann sichtlich befreit, der Regen stört ihn nicht mehr, ist ihm eher eine Erfrischung …
Wieder trommele ich mit den Fingern das Lenkrad im Rhythmus des Regens. Die monotone Melodie besorgt der Scheibenwischer. Das ganze endlose Lied in Moll … und ich spüre ein freches, kleines Glück.

Das Wasser fällt wie Manna vom Himmel, die Luft ist frisch und der Einsteiger nur eine Ruine, aber in dem Moment, in dem er einsteigt, bleibt der Scheibenwischer genau in der Mitte der Frontscheibe stehen. Ich muss aussteigen und den toten Scheibenwischer zur Seite schieben. Zurück im Auto gucke ich mir den Passagier genauer an. Er sitzt da, ein bewegungsloser Schatten mit unschuldiger Miene.
»Egal was Sie machen, Sie sollten aufpassen!«, warne ich ihn. »Mit Ihrer Energie können Sie Unheil stiften, mir haben Sie gerade den Scheibenwischer kaputt gedacht.«
Seine betrunkene, unschuldige Miene gibt ein paar fast unhörbare Laute von sich: »Wenn ich ein Zimmer mit laufendem Fernseher betrete, verstellen sich die Kanäle.«
»… und was machen Sie beruflich?«
»Ich bin Komiker.«

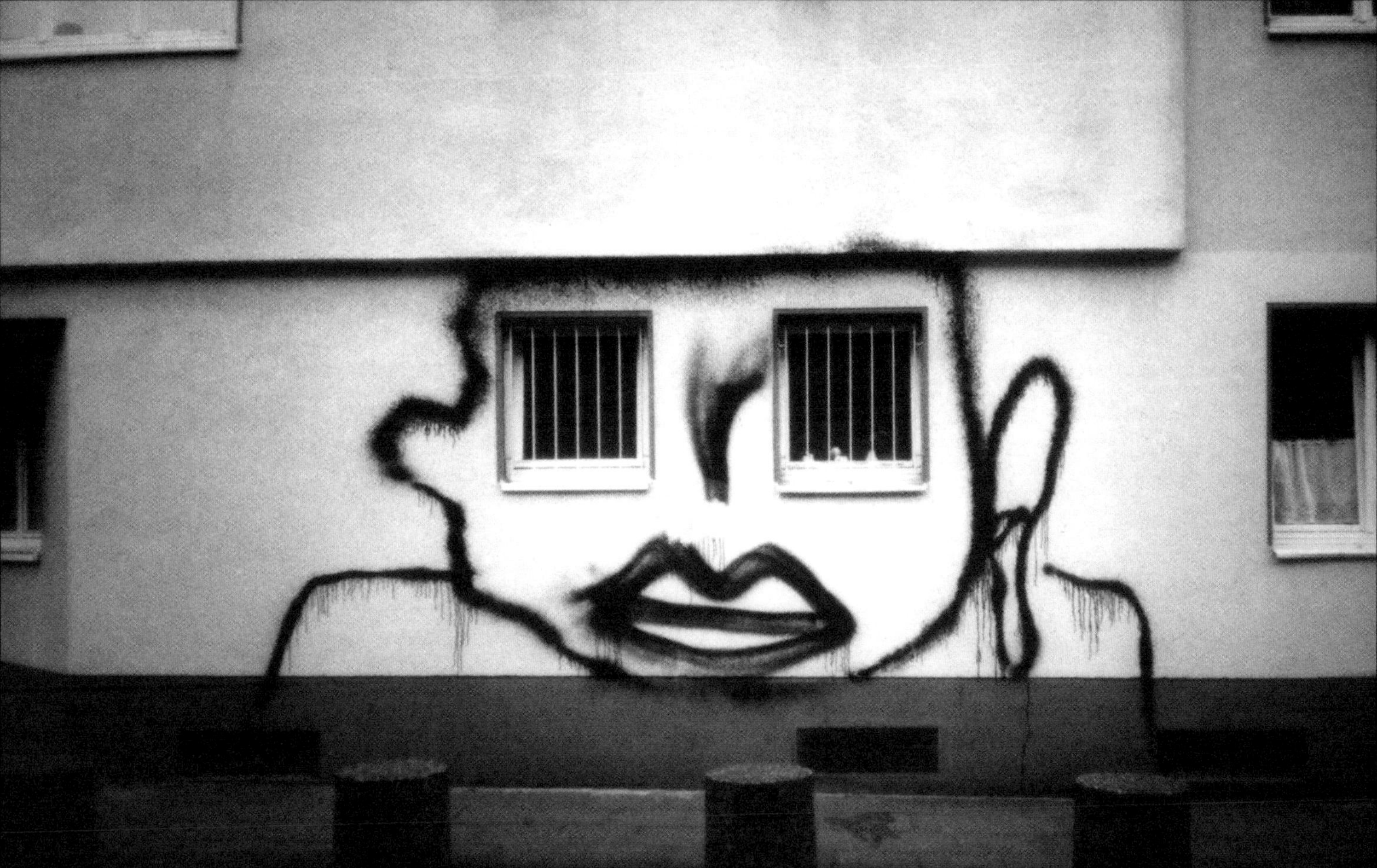

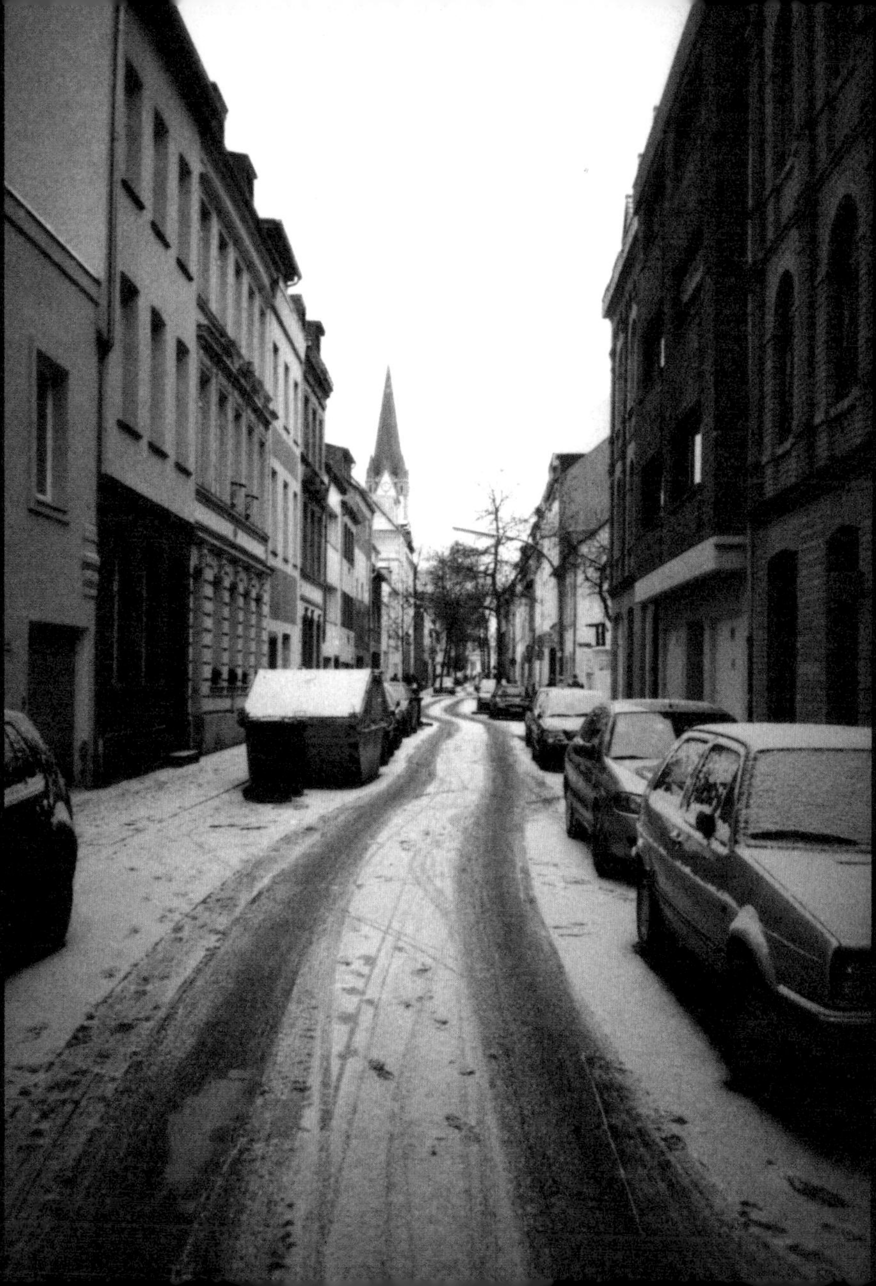

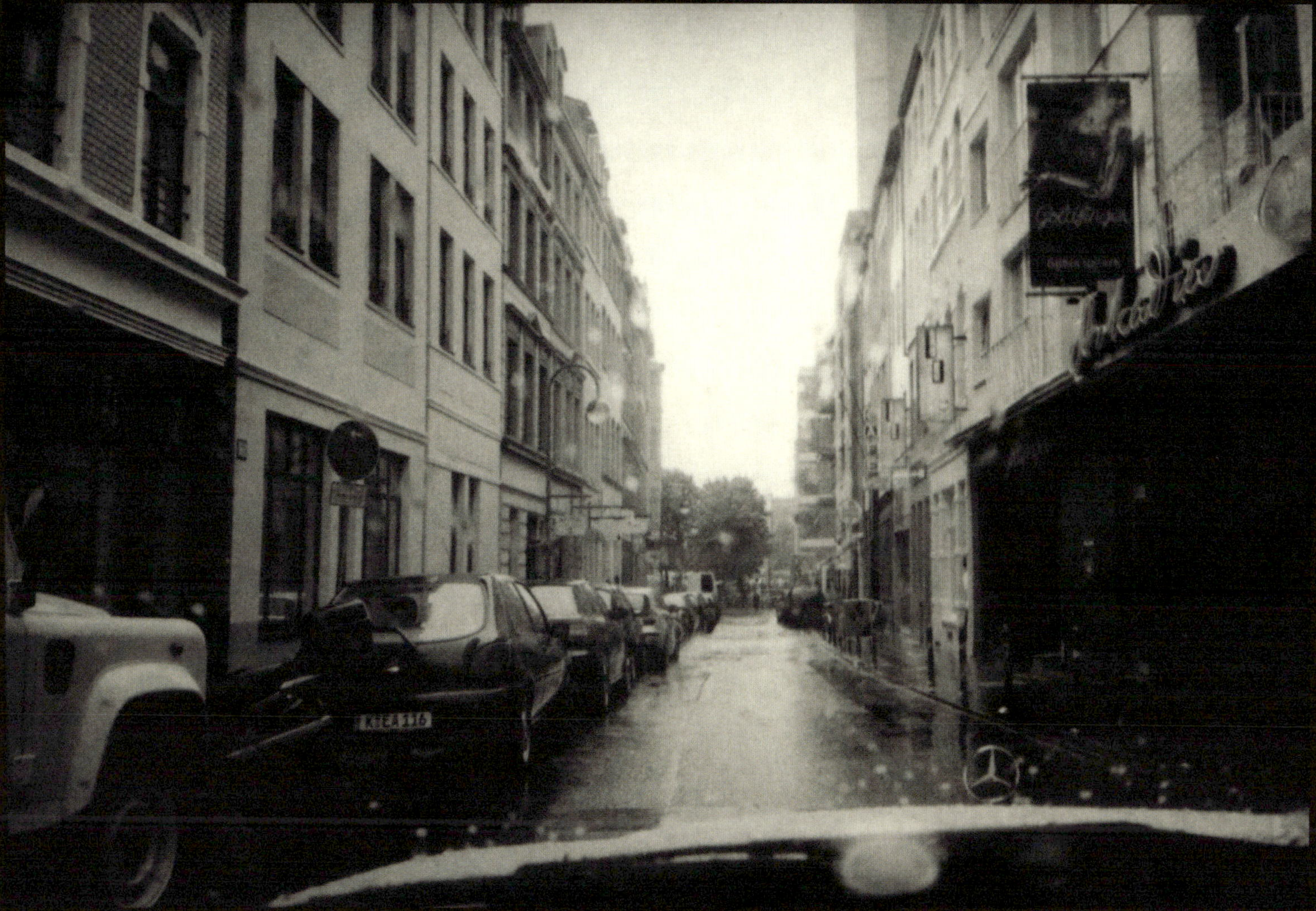

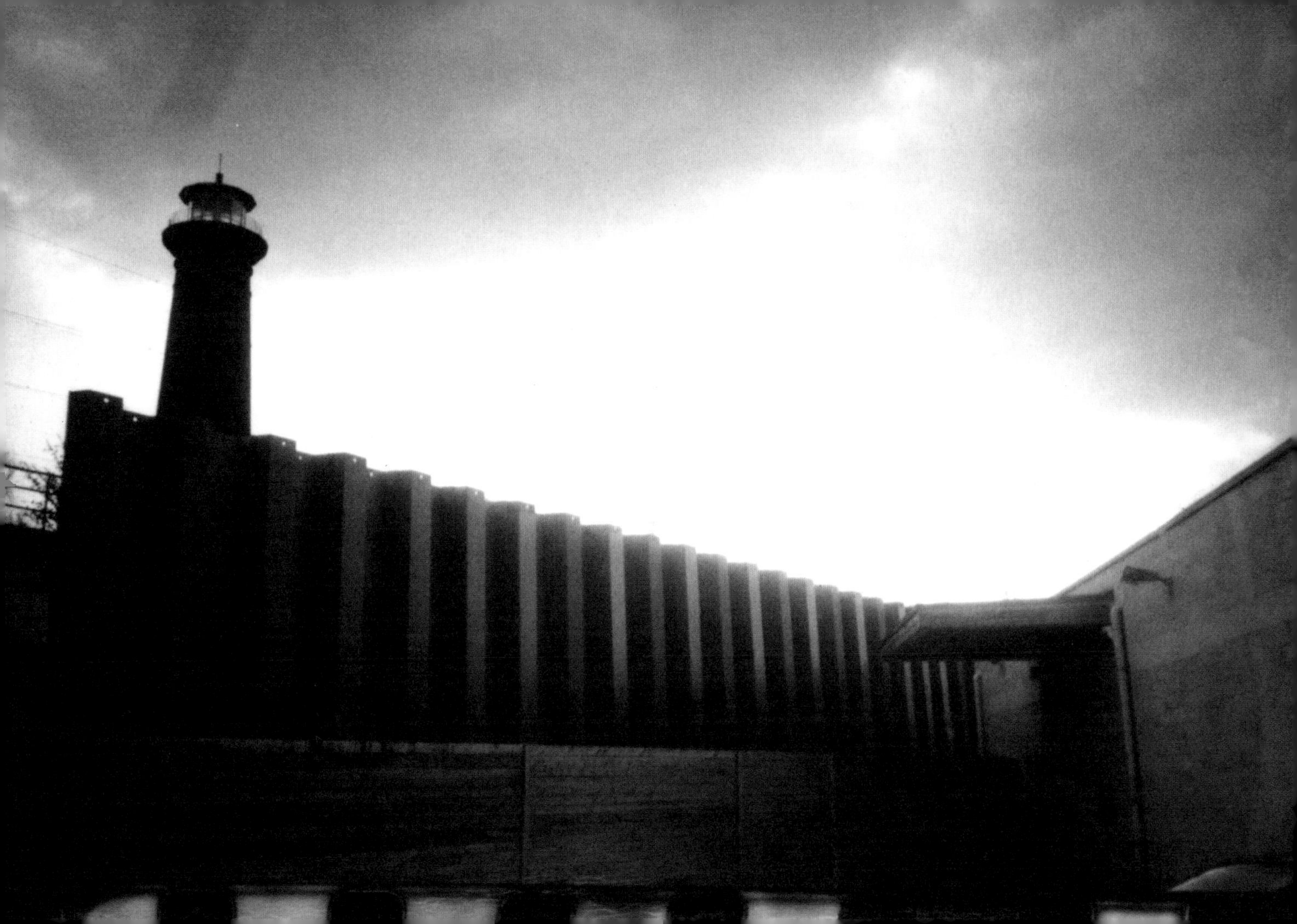

139

KOLLEGEN
A MILLION MILES AWAY RORY GALLAGHER

Wenn der Fahrgast bei mir vorne einsteigt, hat er direkt das Taxi-Engel-Schild vor Augen, unsere Visitenkarte. Engel heißt mein Chef mit Nachnamen. Im Laufe der Zeit merkte ich, dass es den Leuten besser geht, wenn sie wissen, wer sie fährt. So entwickelte ich gewisse Verantwortung, nicht dem Namen, sondern dem Umstand gegenüber. Nicht jeder Taxifahrer kann behaupten, Engel zu sein, und nicht jeder Fahrgast wird von Engel gefahren. Schnell lernte ich, Späße und Wortspiele damit zu treiben, und in einem Fall hat »Taxi-Engel« jemanden vor dem Selbstmord bewahrt. Das sagte mir der Fahrgast beim Zahlen. Er war fest entschlossen, sich das Leben zu nehmen, stieg in mein Taxi und wollte zum Tatort fahren, dann sah er »Taxi-Engel« und fing an zu lachen, wir kamen ins Gespräch, und sein suizidaler Gedanke war verflogen. Der Engel war es, der ihm das Leben gerettet hat!

Der schöne Herbsttag verspricht eine milde Herbstnacht. Ich freue mich auf die Nachtfahrt. Aber schon als ich das Taxi abholen fahre, stecke ich im Stau. Die Fahrt vom Abholplatz zur Messe, wo ich anfangen will, dauert fast zwei Stunden, und als ich ankomme, ist die Messe leer. Der Frust in meiner Brust wird immer größer.
»Komm, die Stadt vibriert gut, die Nacht ist mild, du machst das«, sage ich mir, um den Groll zu verjagen. Aber es geht weiter. Überall, wo ich auftauche, sehe ich, wie Fahrgäste zu den Kollegen ins Taxi steigen. Ich stehe als Spitze auf dem Chlodwigplatz und bremse für eine halbe Stunde den gesamten Abfluss der Taxen aus, bis ein Pärchen kommt. Sie wollen nur eine Auskunft, der Mann fragt dies und das nach, und ich beobachte, wie plötzlich Leute aus allen Ecken kommen, in die Taxen hinter mir steigen und wegfahren. Nachdem ich das Pärchen bedient habe, stehe ich auf dem Halteplatz allein, habe immer noch die Spitze, aber der Platz ist leer und ausgestorben wie vorher. Die Metropole wird zur Nekropole. Die Wartezeiten zwischen den Fahrten sind verlorene Zeit, zu lang und zu ungeduldig steht man da herum. Nur die Pausen sind echt, in denen dem Taxifahrer alle potenziellen Fahrgäste egal sind. Dann steht er

breitbeinig mit eigener Porzellantasse auf dem Halteplatz, schlürft genüsslich den starken Kaffee und weist mit bösen Blicken jeden ab, der auch nur an ihm vorbeigeht. Er pausiert jetzt, und alle sollen es sehen!

Als ich mit dem Fahren anfing, gab es noch Funk, und auf den Straßen herrschte Taxidisziplin. Schon damals waren die Taxifahrer ein bunt gemischtes Volk. Perser, Russen, Türken, Polen, Afghanen, Deutsche oder Ungarn. Die Ausländer waren damals nur Fahrer, nicht Unternehmer. Die Chefs waren ältere deutsche Herren. Ich hatte oft das Problem mit ihrem Nationalismus, und sie waren immer bereit, mich zu belehren. Sie hielten mich für einen Studenten, und dazu war ich noch Ausländer. Der Kontakt mit ihnen war fast unmöglich, sie ignorierten einen, es sei denn, sie tadelten mich, und darin waren sie gut. In den 25 Jahren hat sich in diesem Geschäft alles verändert. Der Funk wurde durch Computer ersetzt, die Polizeistunde für die Vergnügungslokale aufgehoben, die älteren deutschen Kollegen mit ihrem Nationalismus starben aus, und es ist auch kein Studentenjob mehr. Nach und nach übernahmen die Perser, Russen, Türken, Polen, Afghanen oder Ungarn die Lizenz und brachten ihre eigenen Unternehmenskulturen in die Branche. Das Geschäft wurde härter und unübersichtlicher, die Sitten verrohten. Mit der Einführung der Navi-Systeme kam das Ende der Taxiethik, seitdem kann wirklich jeder Idiot Taxi fahren, ohne eine einzige Straße der Stadt zu kennen oder gar Deutsch zu sprechen. Der Fahrgast kann selbst die Zieladresse ins Gerät tippen …

Seit 25 Jahren beobachte ich, wie sich die anderen durch den Job verändern. Viele kluge Leute verwandeln sich in der Taxe zu Vollidioten. Aus ehemaligen Studenten werden dicke, verbitterte und verdummte Taxiunternehmer mit dubiosen Meinungen und oberflächlicher Esoterik. Und weil man mit der Maloche wenig verdient, wird man gierig und neidisch auf jede Kundschaft. Alle diese Abgründe der kleinen Männer müssen doch auch mich geprägt haben!

»Je länger du Taxi fährst, desto mehr wirst du eine Karikatur deiner selbst«, sagte ich mir oft. Ich sitze geplagt von Selbstmitleid im Auto und denke, was für ein verkanntes Genie hier auf dem Fahrersitz sitzt! Aber meistens ist mir doch klar, dass in den Taxen nur gescheiterte Existenzen herumfahren. Je länger, desto gescheiterter.

Immer unvorstellbarer wird es für mich, dass jemand zum Taxifahren geboren ist. Es gibt bessere und schlechtere Taxifahrer, aber es ist kein Beruf, keine Berufung, sondern nur ein Job. Von Anfang an mochte ich diesen Job nicht, war mit ihm nie einverstanden oder gar zufrieden. Es gab allerdings Augenblicke, die ich woanders kaum erlebt hätte, die mir das höchste Glück beschert haben und mich dazu anspornten, weiterzumachen. In den schlimmsten Zeiten, als ich den Job hasste, musste ich annehmen, dass ich und das Taxifahren durch irgendwelches Schicksal verbunden sind. Es war ein Teufelskreis und sehr schwer, mich davon zu trennen.

Trotzdem glaube ich, ein guter Fahrer gewesen zu sein, auch wenn ich nie ein Vollblut-Taxifahrer war. Keiner, der für das Geschäft lebt, der als Freunde nur Kollegen hat und dessen Frau seine Buchhaltung macht. Als Lohn kriegt sie dann die Taxigeschichten erzählt, und der Stallgeruch weitet sich auch noch zu Hause aus. Ich wollte nicht mit der Taxiwelt verschmelzen, hatte andere Ambitionen, die allerdings brauchten Zeit.

Wenn man den Job lange macht, verschmilzt man trotzdem ein Stück weit mit ihm, unmerklich und unaufhaltsam. Irgendwann zog ich die gleichen Sachen wie die Kollegen an, mein Bauch wurde immer größer, ich schimpfte, sogar zweisprachig, und wenn ein kluger Fahrgast einstieg, wollte ich ihm beweisen, dass ich doch klüger bin als er und schon alles weiß. Taxi, ein den Geist vernichtendes Gewerbe, die Klugscheißerei als Berufskrankheit. Ja, für die Mystik dieses Jobs sollte man schon empfänglich sein, weil er selten befriedigt und viel mit Verrohung, Zynismus und Gleichgültigkeit zu tun hat. Vieles davon hat sich zweifellos auch in mir breitgemacht.

Ich sitze in einer Runde mit Afrikanern am Tisch. Ein alter Eriträer erzählt mir, wie er früher in Addis Abeba Taxi fuhr.
»Ich stand angelehnt an meine Droschke, und wenn ein Fahrgast kam, habe ich ihn hofiert und gepflegt. Ich wollte großes Trinkgeld bekommen«, sagt er leise und schüchtern in die Runde, dann steht er auf und kommt zu mir, denn ich, der Kollege, bin der hauptsächliche Empfänger seiner Erzählung.
»Zuerst habe ich meinem Fahrgast die Tasche oder den Koffer abgenommen, und dann habe ich den Staub von seinen Schultern abgewedelt.« Er zeigt an mir theatralisch das Staubabwedeln. »Dann bin ich vorausgeeilt und habe dem Fahrgast die Tür aufgehalten … natürlich die hintere, rechte.« Für ein paar Minuten versinkt der alte Taxifahrer in Adis Abbebas Straßen.
»Ach, du alter Schleimer, du bist den Weißen schon immer in den Arsch gekrochen«, unterbricht ihn verärgert ein Junge aus Kenia.
»So war es damals im alten Afrika«, wehrt sich der alte Eriträer.

Wer schnell fährt, verdient auch mehr, weil er schneller wieder frei ist. Das Rasen macht Spaß, die Autos sind schnell, also gib Gas! Ständig am Rande der Gesetzlichkeit. Meine heutigen Vergehen: mindestens fünfmal über Rot gefahren, weil ununterbrochen schnell, ein paar

Einbahnstraßen in Gegenrichtung und eine Abkürzung durch die Fußgängerzone genommen, eine weitere Abkürzung durch den Park gewagt, Joint geraucht … Den eigenen Vorstellungen nachgejagt, Hoffen ohne Erfüllung, Kreisen um null.

Eine rote Ampel, wir kommen gleichzeitig zum Stehen. Ich drehe den Kopf nach links, und wir gucken uns in die Augen. Ein alter Kollege, müde durch ewiges Fahren.
Seine Hände kleben am Steuer. Sie sind geradezu mit dem Steuer verwachsen. Leise Zuckungen durchdringen sie. Der alte Taxifahrer versucht das Lenkrad loszulassen. Für die paar Momente an der roten Ampel der Arbeit entkommen. Vergeblich. Ich wende mich ab, will nicht zusehen, wie meine Hände in paar Jahren verkrampft das Lenkrad betasten.

Es gibt Leute, die in ihrer Gestik das Berühren vom Gesprächspartner für selbstverständlich halten. Es gibt andere, die dich gleich von sich weisen, wenn sie dir die Hand reichen. Manche, die dir nie in die Augen schauen, viele, die das Kichern als Mimikry haben. Es gibt die Brummigen, von denen man mehr herausahnen muss, als man heraushören kann. Da ist ein Latin Lover mit steifem Pimmel, der sich heute Nacht in den Frauen verschätzt hat. Dort eine graue Maus, die den Prinzen in dieser hoffnungsvollen Nacht schon wieder nicht gefunden hat …
Und es gibt Tage, an denen ich unscheinbar bin. Ich darf lauschen, wenn sich zwei Mädchen ihre intimen Erlebnisse noch warm mit heißen, rot brennenden Wangen unbedacht laut erzählen. Zwei harte Jungs, Zuhälter, halten sich die Hände, der eine legt seinen Kopf in den Schoß des anderen. Sie erzählen sich sanft die Geschichten ihrer Mädchen. Der eine fängt an zu weinen …
Unverhofftes, was dir geboten wird, wenn du dich in einen unscheinbaren Geist verwandelst. In der Morgendämmerung zwitschern draußen die Vögel und drinnen bei mir die Mädchen, ich mache das Radio aus und höre zu. Anonym, unauffällig, diskret. In Luft verwandeltes Ohr. Es ist die Zeit zwischen Hund und Wolf … und ich staune, dass mich dieser Job doch wieder einmal ernährt.

Manchmal hilft es aber auch nicht, dass du 25 Fahrten hast, wenn du siebenmal hintereinander unter der Fünf-Euro-Grenze bleibst, was praktisch bedeutet, dass alle Fahrten nur um die Ecke gehen. In solchen Nächten scheine ich unsichtbar zu sein. Wie durch einen Schleier gucken die

Leute durch mich hindurch und winken dem Taxi, das unmittelbar hinter mir fährt, und ich höre von Weitem, wie sie das Ziel aussprechen, ein Ziel, das zwanzig Euro wert ist und mir entkommt. Auf mich wartet einer gleich um die Ecke, um mir mitzuteilen, dass er zwar weit will, aber nur einen Fünf-Euro-Schein aus der Tasche zieht und jämmerlich aussieht. Das nächste Mädchen hält die Hand schon an der Klinke, aber wie ferngesteuert lässt sie mich stehen und steigt lieber in die Taxe, aus der gerade eine sehr lustige Truppe ausgestiegen ist. Und wieder höre ich von Weitem das entfernte Ziel. Der rote Faden der Missgeschicke zieht sich schwerfällig durch die ganze Nacht. Die Leute steigen ein und streiten, schmusen, ficken miteinander oder reden einfach offen und laut über dich, als ob du nicht da wärest. Die Luft, die feuchte Luft bist du. Ist mein Leben auch eine Fehlfahrt?

Der Kollege Ivan wurde schon als Misanthrop geboren, er hasst so gut wie alles um sich herum. Er hasst die Gesellschaft, die Städte, das Land, er hasst seine alte Heimat ebenso wie seine neue. In beiden verbrachte er die Hälfte seines Lebens. Er hasst die Heteros, die Homos, die Lesben, die Jungend wie die Alten oder die Bullen. Er ist farbenblind und hört nur auf einem Ohr. Mal links, mal rechts. Und nur das, was er will. Der Ivan ist kahlköpfig, er duscht zwei- bis dreimal pro Tag und weiß alles besser als die anderen. Vielleicht ist Ivan ein Einzelkind, vielleicht nicht, denn Ivan war ein Waisenkind. So beschenkt, belastet und zum Leben gerüstet hat er sich für den passenden Job entschieden. Ivan wurde Taxifahrer in einer großen Stadt. Ivan hasst das Tageslicht, deswegen fährt er nur nachts. Ivan ist ein Vampir. Tagsüber schläft er, bis es dunkel ist, dann isst er etwas und geht fahren. Die Nacht ist tatsächlich das Einzige, was er mag. In der Nacht gedeihen die Misanthropen, sie blühen auf. Ivan ist Einzelgänger und nennt sich Individualist. Alles andere, was er nicht hasst, ist ihm gleichgültig. Das kann sich jedoch schnell ändern, denn der Schritt zum Hassen ist bei Ivan kurz. So kurz, dass er es oft gar nicht merkt. Es macht klick, und wenn er abends aufwacht, ist sein Hassbereich wieder einmal verbreitert. Und was er einmal hasst, das verlässt ihn nicht. Im Hass ist Ivan ein Künstler. Das ist nicht die schlechteste Voraussetzung für Taxifahrer. Vor allem, wenn er nur nachts fährt. Unfreundlich, mürrisch, laut, cholerisch, ungerecht und klugscheißerisch, alles Disziplinen, die Ivan im Laufe der Jahre akribisch verfeinerte. Ausländer,

die sind ihm egal. Scheißegal, wie er sagt. Er war ja auch einer aus dem Osten.
»Es ist alles scheißegal«, sagt Ivan, meint aber, dass das eine oder andere doch eine Bedeutung für ihn habe. Er wüsste nur nicht welche…

In der Friesenstraße, zwischen zwei Halteplätzen, winkt mir ein kleiner Mann mit Ziegenbart zu. Ich halte zwar, verweise ihn aber auf die Taxe an dem Halteplatz hinter mir. Zu offensichtlich wäre der Diebstahl und obendrein mit einer finanziellen Strafe verbunden.
Der Ziegenbärtige mit klug blitzenden Augen versucht mir leicht alkoholisiert auf Deutsch zu sagen, dass in dem Auto am Halteplatz kein Fahrer säße. Nachdem er eingestiegen ist, zwinkert er mir zu und erklärt schelmisch, der Fahrer habe geschlafen.
Unterwegs fragt er, ob ich Kölner sei - er wolle mit einem echten Kölner Taxi fahren. Ich muss ihn enttäuschen. »Ich bin Prager, und woher kommen Sie?«, frage ich.
»From Manchester. I am a taxidriver«, erklärt er und fragt, wie lange ich schon fahre.
»18 Jahre in Cologne«, sage ich und stelle die Gegenfrage.
»20 years in Manchester, I was born in Manchester.« Er zeigt mir das Abzeichen von Manchester United am Revers seiner abgewetzten Jacke. Wir unterhalten uns eine Weile über Fußball, und nebenbei erfahre ich, dass Birmingham die »Bullshit City« sei, Liverpool gehasst werde und

London mit seinem vielen Geld sowieso verachtet werden müsse. Alle Londoner Clubs, vor allem Arsenal und Chelsea, seien seit Ewigkeiten die größten Feinde der anderen englischen Vereine. Zurück beim Taxigeschäft vergleichen wir unsere Möglichkeiten, Bedingungen und unseren Verdienst. Es läuft auf die gleiche Scheiße hinaus. Taxidriver Martin erzählt mir dann noch mit geschlossenen Augen von den Manchester-Nächten und vom Fahren als »mind opener«. Von der Liebe zu den Fahrgästen, die dich bereichern, wenn du dich bereichern lässt.
Nachdem ich drei Bilder von ihm gemacht habe, schreibt er mir leserlich seine Adresse auf. Er überreicht sie mir feierlich, lehnt sich genüsslich zurück, schließt die Augen wieder, hebt die Hände und legt sie um ein imaginäres Lenkrad.
»Komm mit Eurowings nach Manchester«, flüstert er mir zu. »Ich hole dich ab, und du lässt dich fahren durch die Manchester-Night von mir …«

Ich drehe ein paar Runden und reihe mich an einem großen Halteplatz im Zentrum ein. Im Spiegel beobachte ich den Kollegen hinter mir. Der dickliche Mann steigt aus seinem Wagen und zieht mit geübtem Griff die ausgebeulte, runterhängende Hose über seinen Bierbauch. Er klopft sich zweimal auf denselben, anschließend zaubert er eine Zigarette hervor und zündet sie sich geistesabwesend an. Lustlos, eher aus Langeweile, zieht er daran. Gleichzeitig zupft er an seinem Schnauzer. Watschelnd geht er um sein Auto und klopft an die Räder wie ein Eisenbahner. Sein leerer Blick schweift über den Platz, auf dem sich nichts bewegt. Alle anderen Kollegen sitzen eingekapselt in ihren Droschken, die meisten dösen vor sich hin. Der Kollege raucht seine Zigarette mit kurzen schnellen Zügen zu Ende, als hätte er es auf einmal eilig, klopft sich abermals auf den Bauch, zupft noch einmal an seinem Schnauzer und setzt sich wieder in seinen Wagen. Das Ritual ist zu Ende. Sieben Minuten sind vergangen, ich bin jetzt Zweiter und schon neunzig Minuten da.

Es ist halb drei. Ein Kollege bahnt sich hastig mit seiner Taxe den Weg zum Straßenrand. Die Fahrertür geht auf, und der ältere Kollege kotzt inbrünstig, aus vollem Hals. Seine geschminkten Fahrgäste warten geduldig im Auto … Das Geschwätz der ganzen Schicht ist jetzt raus, beneidenswert!

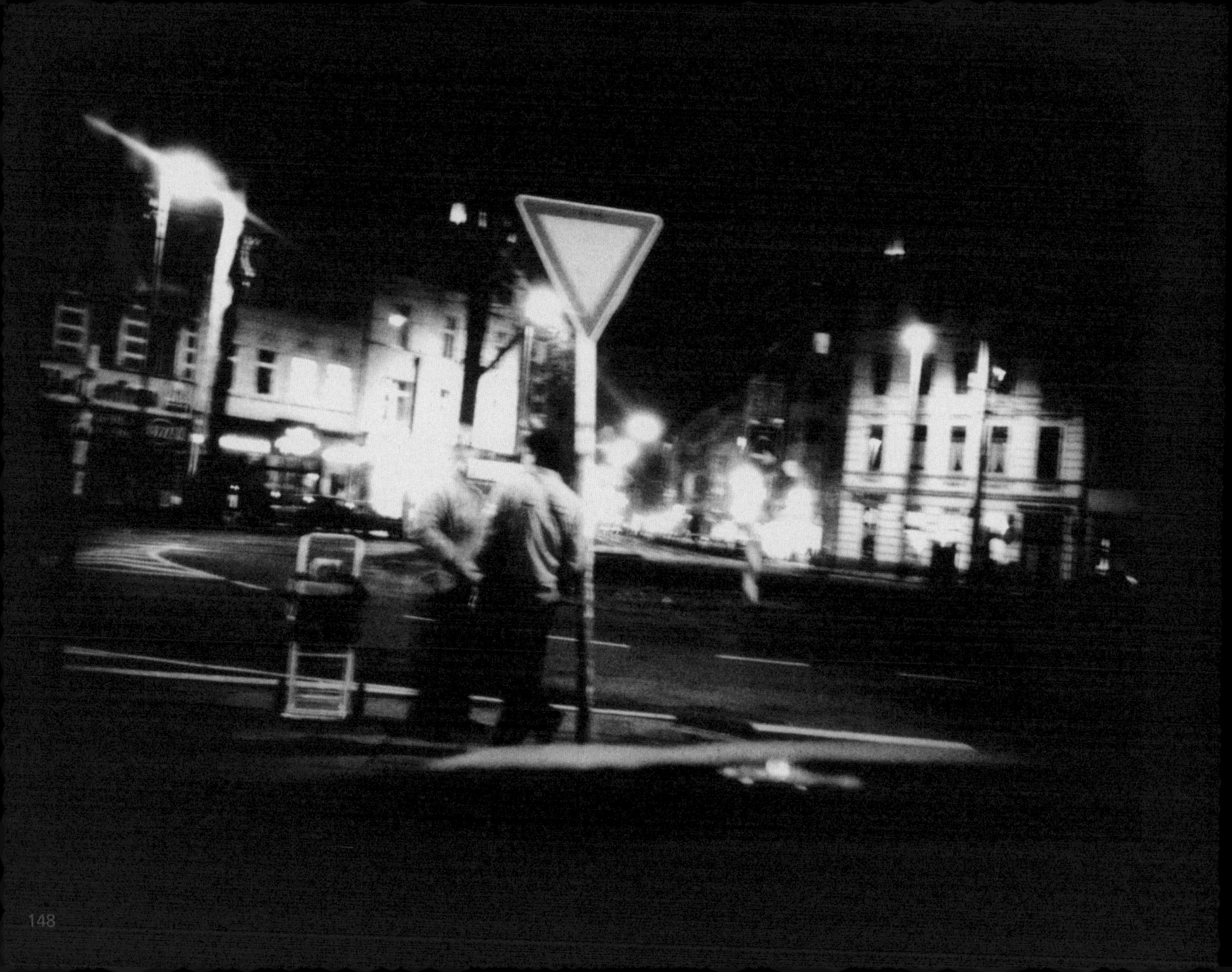

149

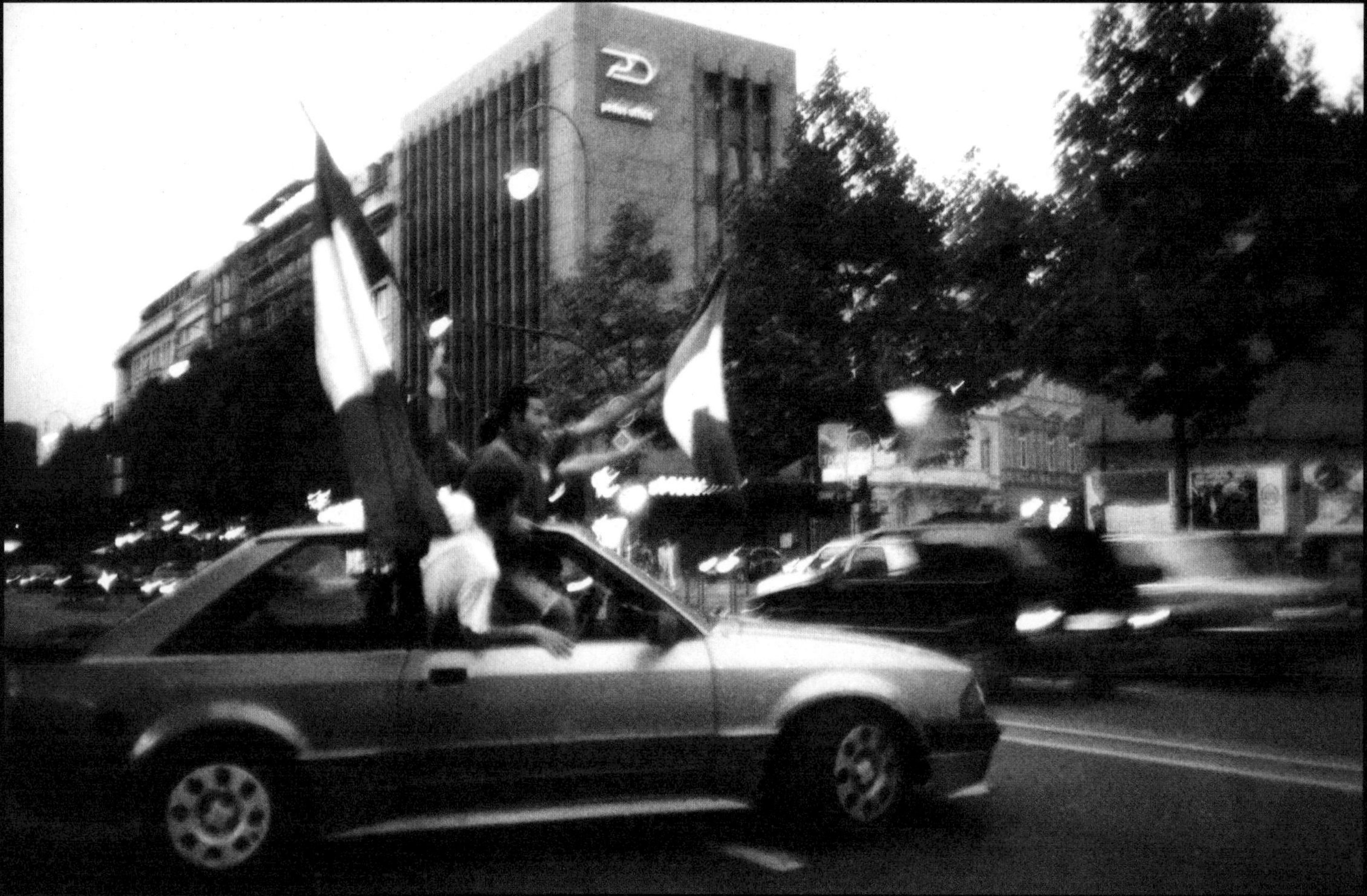

151

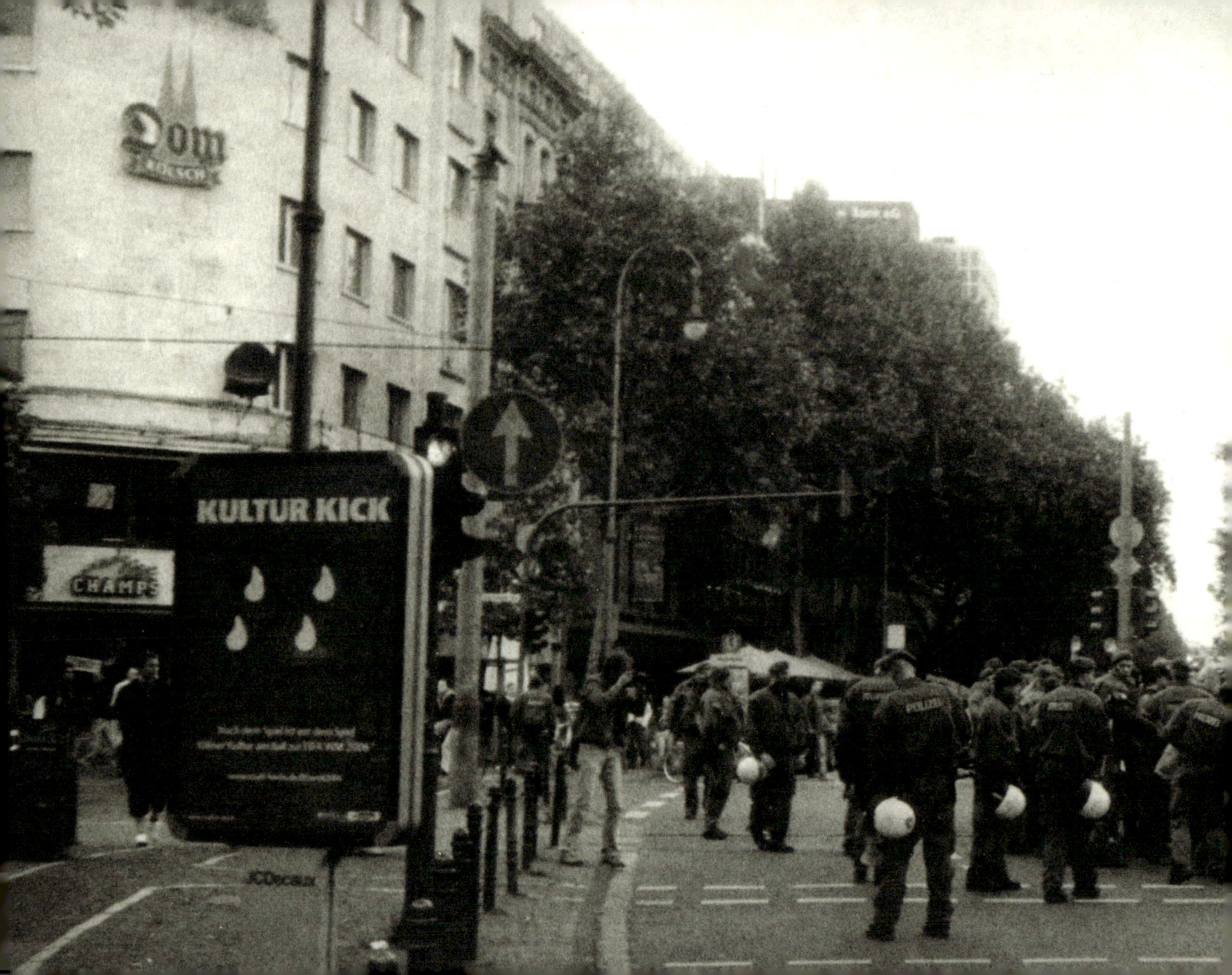
Dom
KULTUR KICK
CHAMPS
POLIZEI
JCDecaux

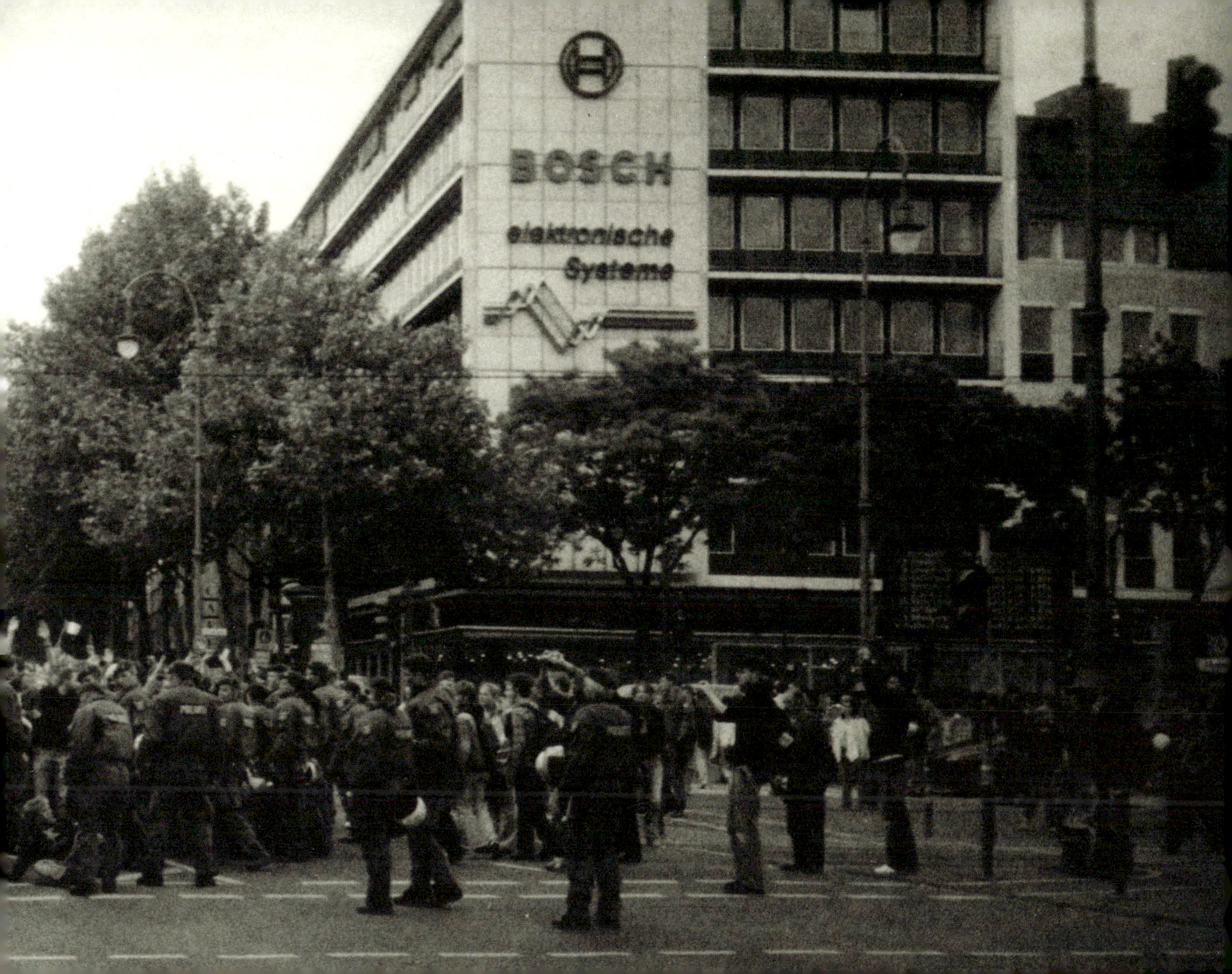
BOSCH
elektronische
Systeme

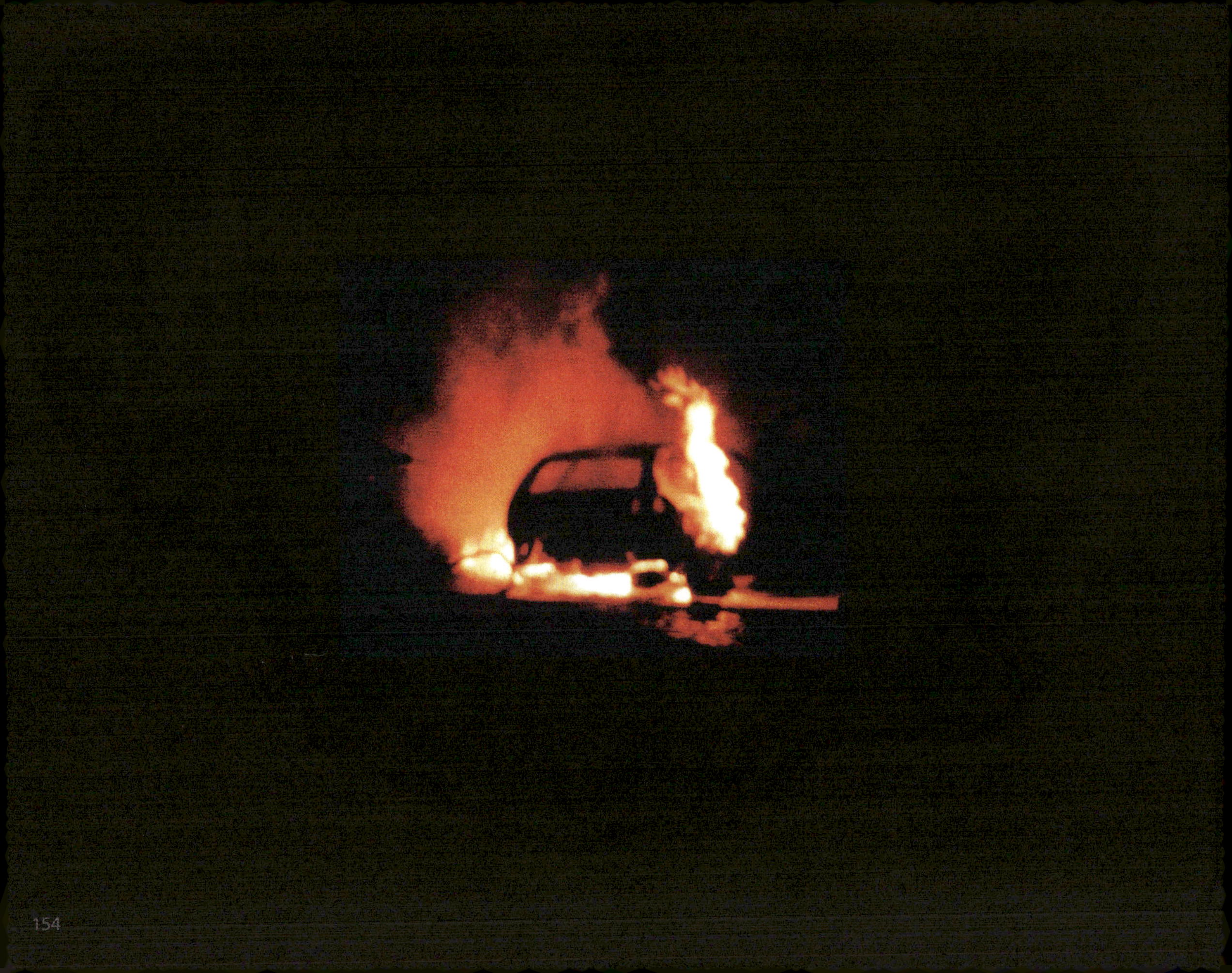

STIMMUNGEN
THE SKY IS CRYING ELMORE JAMES

Sommertheater. Nach einem drückend heißen Tag verdunkelt sich plötzlich der Himmel, Hunde laufen jaulend mit eingezogenen Schwänzen vorbei. Ohne Vorwarnung kommt von oben eine Unmenge Wasser, gepeitscht von kalten Windstößen. Ein Orkan fegt die Stadt ordentlich durch. In Sekundenschnelle verwandeln sich Straßen in Bäche und Flüsse. Die Menschen schmiegen sich in Nischen und anderen Verstecken aneinander, Furcht mischt sich in die Sommerlaune. Der sintflutartige Regen prasselt auf das Blech des Autos, und ich habe das Gefühl, dass das Wasser jede Sekunde eindringt und mich wegschwemmt. Rasch aufeinanderfolgende Blitze beleuchten das Spektakel, es donnert von allen Seiten. Der Himmel weint.

Ich bekomme eine Fahrt, muss aussteigen und klingeln, bin sofort nass, wie aus dem Wasser gezogen. Der Fahrgast kommt, und ich fahre ihn um die Ecke. Die Fahrt endet in gespenstischer Stille. Die Welt hat sich erneuert, die Bäche und Flüsse haben sich zurückgezogen. Ein Hauch von Schlamm bleibt auf den Straßen, die sich wieder mit Autos füllen. Ich reihe mich an dem Halteplatz vor einem Krankenhaus ein und bereite mich auf ein langes Warten vor. Ich fixiere einen Punkt außerhalb des Wagens und starre ihn so lange an, bis die Zeit schwindet und kein Verlangen mehr zu spüren ist.

Der Blues ist zu Ende. Die vibrierende Luft verschmilzt mit der Orgelmusik aus der Krankenhauskapelle und hüllt die kleine Hospitalwelt in eine sakrale Atmosphäre der Unschuld. Dem Rosenbeet vor dem Krankenhaus hat der Regen neue Frische verliehen, die sanfte Melodie beherrscht die Szenerie, aber es ist schnell vorbei: Der Organist hat ausgespielt, die Kranken versinken wieder in ihren Malessen. Alles ist wieder banal. Ein alter Mann, unrasiert, müde, nur im Bademantel, steigt in meine Taxe, und ich bringe ihn zum Ort seiner Verabredung.

Danach drehe ich leere Kreise, fahre langsam, habe alle Fenster und das Dach geöffnet. Mein Blick streift die Häuserwände, sucht zwischen den parkenden Autos nach Bewegung und wird tatsächlich vor eine Kneipe fündig. Jemand winkt mich ran. Ich mache die Musik leiser und bremse.

»Bringst du mich und den Fritz ins Krankenhaus?«, fragt ein bärtiger Kopf durch das offene Schiebedach.
Ich nicke, und er holt Fritz aus der Kneipe. Er trägt ihn wie einen Kartoffelsack, locker und leicht auf der Schulter, und bugsiert ihn hinten in den Wagen.
»Er hat einen Infarkt«, informiert er mich entschuldigend und setzt sich auf den Beifahrersitz.
Auf der Fahrt zum Krankenhaus, wo zuvor der Organist geübt hat, beginnt er, mir seine Lebensgeschichte zu erzählen. Hinten schnappt Fritz nach Luft.
»Solltest du nicht den Fritz versorgen?«, frage ich besorgt.
»Ach, der Fritz kriegt jede Woche einen Infarkt«, entgegnet er, lädt sich den Fritz wieder auf die Schulter und geht langsamen Schrittes, wie ein Bauer, der das Schleppen gewöhnt ist, zum Krankenhauseingang.
Nach kurzer Zeit kommt eine Gestalt heraus und schiebt sich in meine Richtung. Es dauert lange, bis sie bei mir ist; eine alte, in Stofffetzen gehüllte Frau. Zwei unterschiedliche Stöcke dienen ihr als Gehhilfen. Den längeren Stock hat sie ungefähr auf der Hälfte umfasst. Er ist bestimmt zweieinhalb Meter lang, aber gebogen kriege ich ihn ins Auto. Der andere Stock ist wiederum zu kurz. Die Frau trägt einen Rucksack auf ihrem Buckel. Den zahnlosen Mund hat sie weit geöffnet, vielleicht zu einem Lachen. Als sie neben mir sitzt, nehme ich ihren wohltuenden Duft wahr, der in krassem Gegensatz zu ihrer Ausstrahlung steht. Eine Hexe, die aus orthopädischer Behandlung kommt.

Die Halteplätze werden von sonderbaren Energien gesteuert. Aus unerfindlichen Gründen läuft ein Halteplatz an bestimmten Abenden wie geschmiert, die Taxen werden schnell versorgt, während die Kollegen an benachbarten Halteplätzen dösen. Genauso unergründlich endet diese Strähne, und die Fahrer, die gerade noch die Hoffnung hatten, schnell wegzukommen, verharren stundenlang auf der Stelle. Ein Phänomen.
Auch nach zwanzig Jahren Taxifahren gibt es immer noch Halteplätze, an denen ich noch nie gestanden habe. In langen Nächten, wenn schon alles egal ist, fahre ich so einen Halteplatz an, der gerade leer ist, und logge mich ein. Die Neugier wird wach. Wie sind die Leute hier? Wohin

geht die nächste Fahrt? Es ist aufregend, wie beim ersten Mal. Einen Spion würde ich gern fahren, eine Verfolgungsjagd machen, etwas observieren, aufklären, geheime Botschaften überbringen … etwas tun, was ich noch nie getan habe. Aber es endet wie immer: Nach einer halben Stunde fahre ich einen besoffenen Sack um die nächste Ecke nach Hause.
Andere Halteplätze wiederum sind mit traumatischen Erlebnissen besetzt; stundenlanges Warten, dumme Fahrgäste. Es dauert Monate, bis das Trauma eines Halteplatzes weg ist und ich es wage, mich erneut dorthin zu stellen.
Ein Kollege erzählte mir, dass er einmal sieben Stunden am Flughafen stand, bis die nächste Fahrt kam. Sie ging zum benachbarten Ort, ein paar hundert Meter weiter – wie soll man da nicht ausflippen?

»Was kostet es zur Brühler Straße?«
»Zwanzig Euro«, sage ich und fahre so, dass es stimmt.

Ich fahre drei- bis viermal die Woche, und es ist mir in der Zeit nie gelungen, einen einzigen Cent zu sparen. Es ist eher so, dass ich die ganze Zeit mit dem Geld hinter etwas her laufe. Die Miete ist der Hauptgrund des Fahrens, dann kommt der Strom, das Telefon, Versicherung, das Auto und am Ende das Leben. Das Geld verdiene ich cash, und es ist immer zu wenig. Wenn man zwischen den Schichten am Tag einkaufen geht und unterwegs ein Buch, eine CD, ein Hemd oder noch eine Hose kauft, ist das Geld weg, und der nächste Abend fängt wieder bei null an. So gesehen ist das Taxigeld ein Taschengeld, aber kein Verdienst. Und trotzdem mache ich weiter.
Der Vorteil des Taxifahrens ist für mich immer der gleiche: Ich nehme mir frei, wann ich will, und arbeite nach wie vor als Künstler. In dem Taxijob liegt eine Freiheit, die Schicht ausdehnen oder kürzen, verreisen, wenn genug Geld in der Tasche ist … Ich kann anfangen, wann ich will, und die Spielregeln des Jobs sind klar.
Probleme gab es im sozialen Bereich. An Wochenenden und Feiertagen war ich sozial tot. Ich ging in kein Konzert, kein Theater, ich konnte nicht ins Kino gehen oder auf einer Fete das Leben feiern … Ich musste Geld verdienen. Wenn mir einer lieb war, ging ich zu seinem Fest und mach-

te bei ihm meine Taxi-Pause. Ich aß schnell etwas vom Büfett, hörte, was die Gesellschaft berührt, guckte dumm rum, zog an einem Joint, trank einen Liter Wasser und ging dann wieder arbeiten. Wenn es mir nicht gelingen konnte, mit den anderen zu verschmelzen, versuchte ich nicht zu stören. Das war's, der Besuch eines Taxifahrers.

Das meiste Geld verdiente ich, wenn alle feierten. Wochenendnächte sind meinem Verdienst verpflichtet gewesen, und es war eher eine Ausnahme, dass ich freitags oder samstags ausging statt fuhr. Das Taxifahren beschäftigte mich nicht, es war da, und meistens war es lästig. Jedoch quälte mich ständig die Frage, warum ich es nie geschafft habe, mit meiner Arbeit, meiner Kunst das Geld fürs Leben zu verdienen.

Die ganze Zeit verfolgte mich der Gedanke, dass es mit dem Vater zu tun haben muss und dass mir der Beruf des Fahrens früher als das Talent zum Fotografieren in die Wiege gelegt worden war. In früher Kindheit ein Berufswunsch, ja, aber nie war es meine Sehnsucht, Taxifahrer zu werden. Künstler zu werden, danach sehnte ich mich schon als Jugendlicher… Die Faszination der Nacht war das Einzige, was mich während meiner ganzen Taxizeit nie verlassen hat.

Routine in Grautönen. Die erstickende Ruhe der Stadt, wenn es nicht läuft, das Warten an den unsinnigsten Plätzen in der Hoffnung, dass mich gerade dort einer braucht. Ich durchforste die dunkelsten Ecken der Stadt nach Brauchbarem, klaue den Kollegen Fahrten, betrüge, benehme mich wie ein Schwein und werde der Vorstellung gerecht, die das Volk von uns Taxifahrern hat.

159

In einer lauen Sommernacht
in einer bürgerlichen Kneipe
der scheinbar leeren Stadt
tanzten zwei Mädchen
oben ohne
auf den Tischen.
Das laute Singen und Klatschen
der Umstehenden
hallt auf die Straße hinaus.
Kilometerweit
wie ein Schandfleck
auf der Ernsthaftigkeit der Nacht.

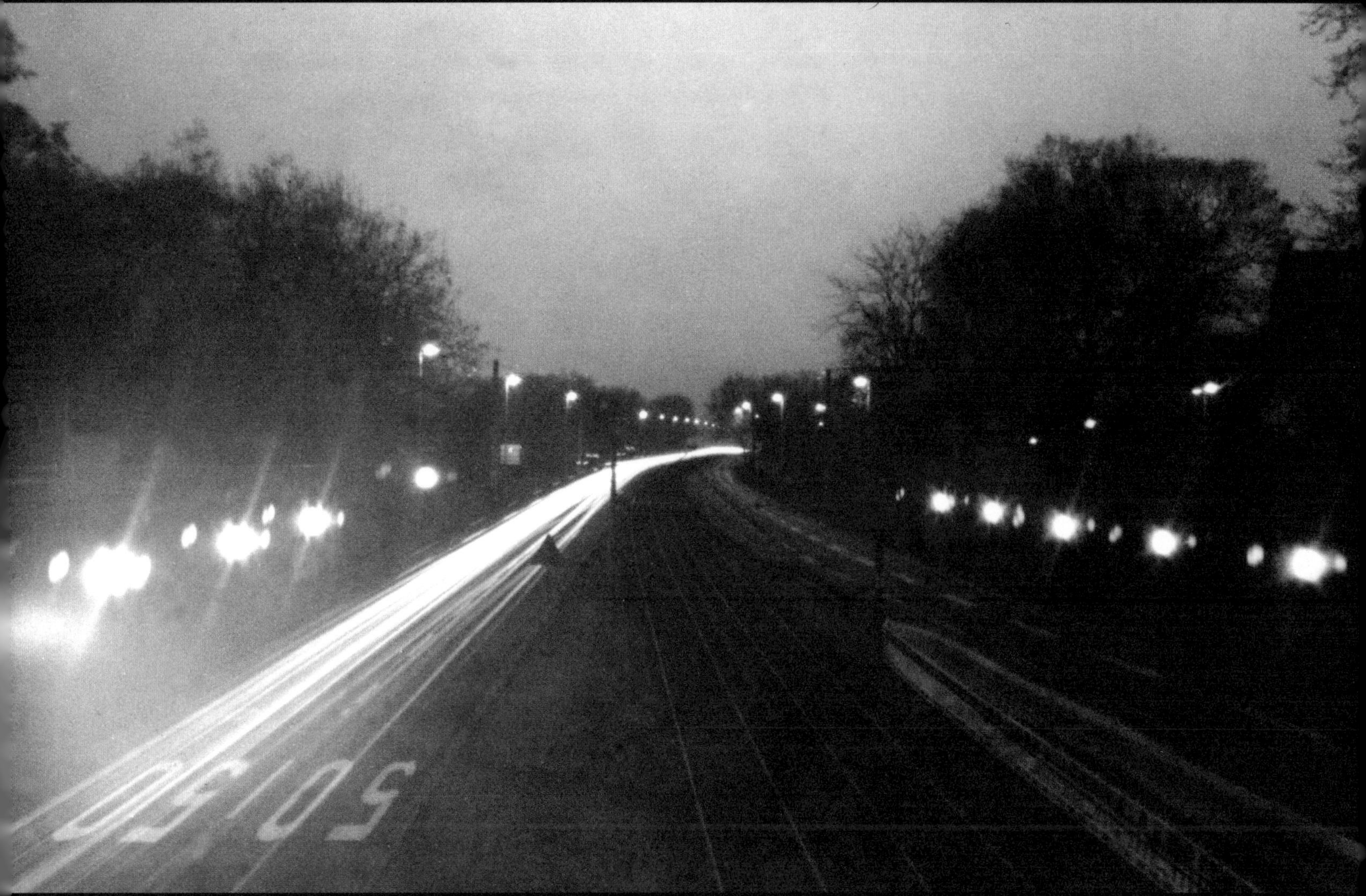

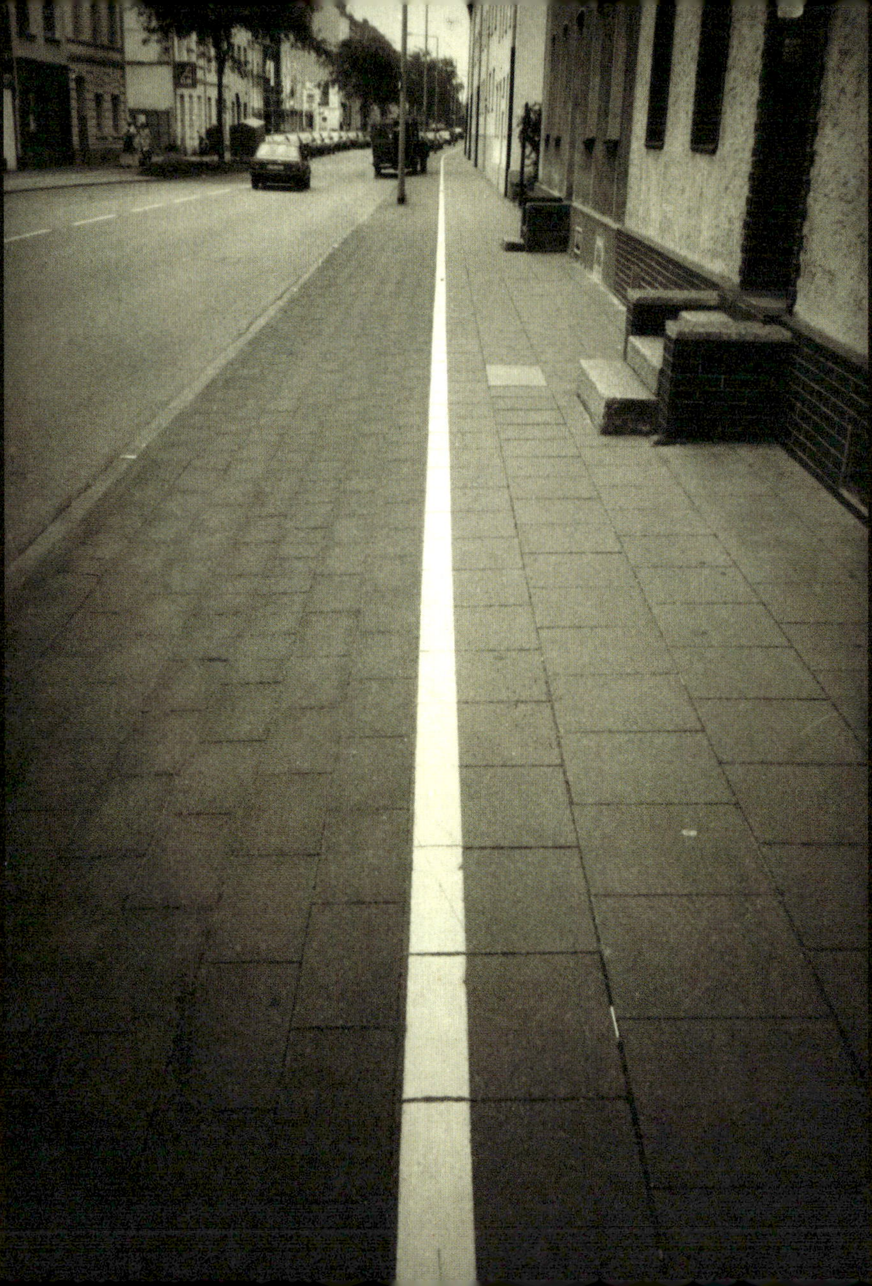

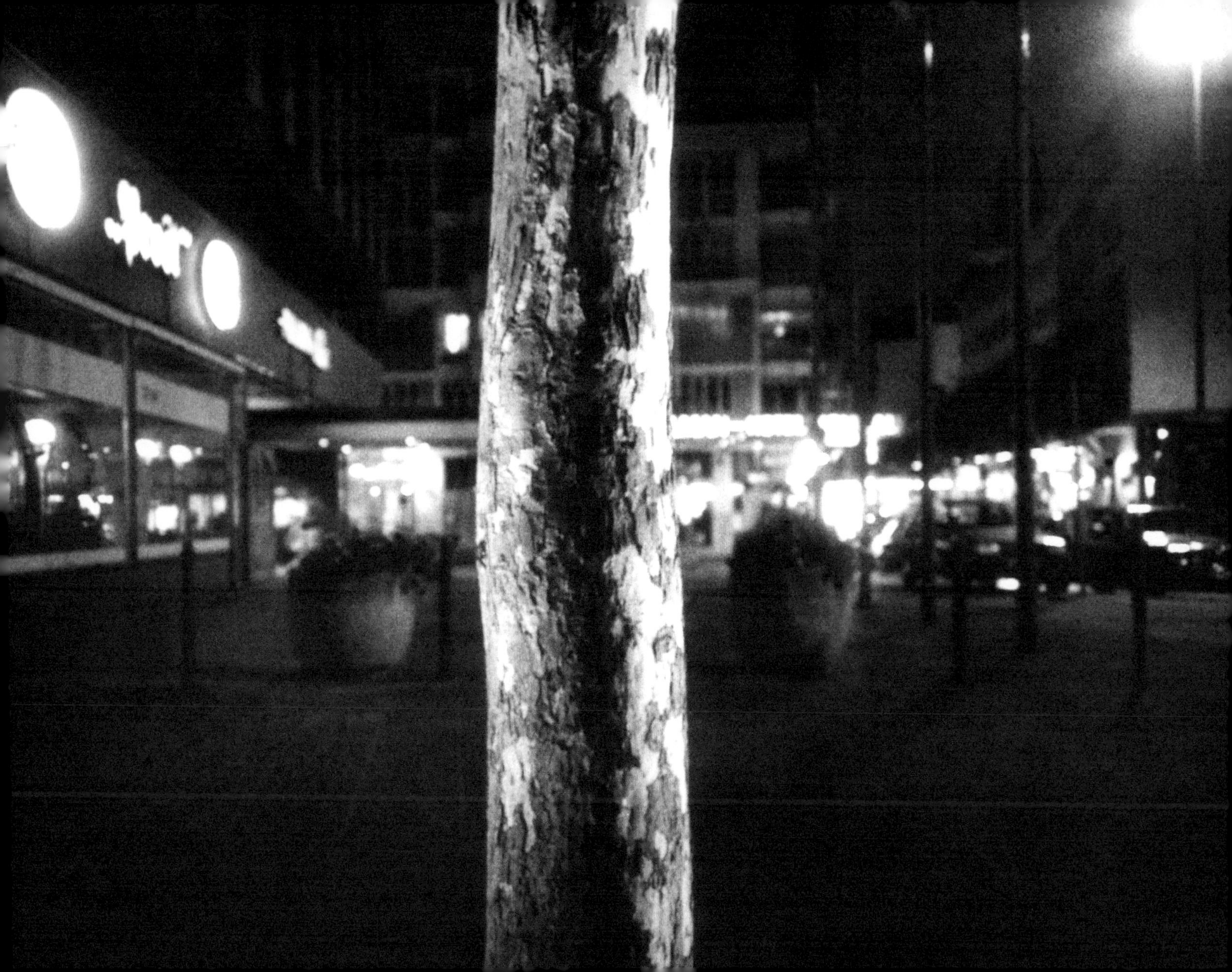

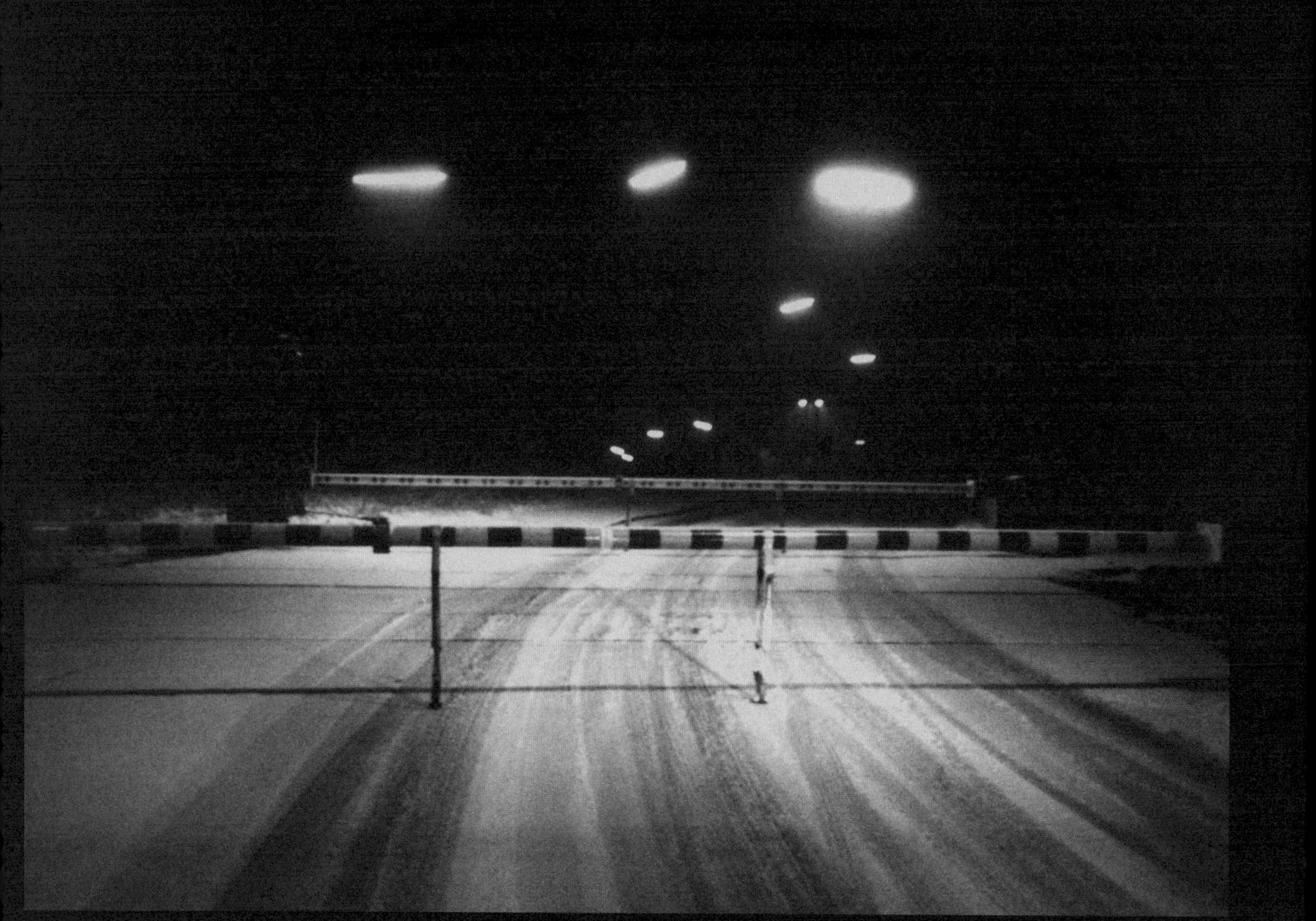

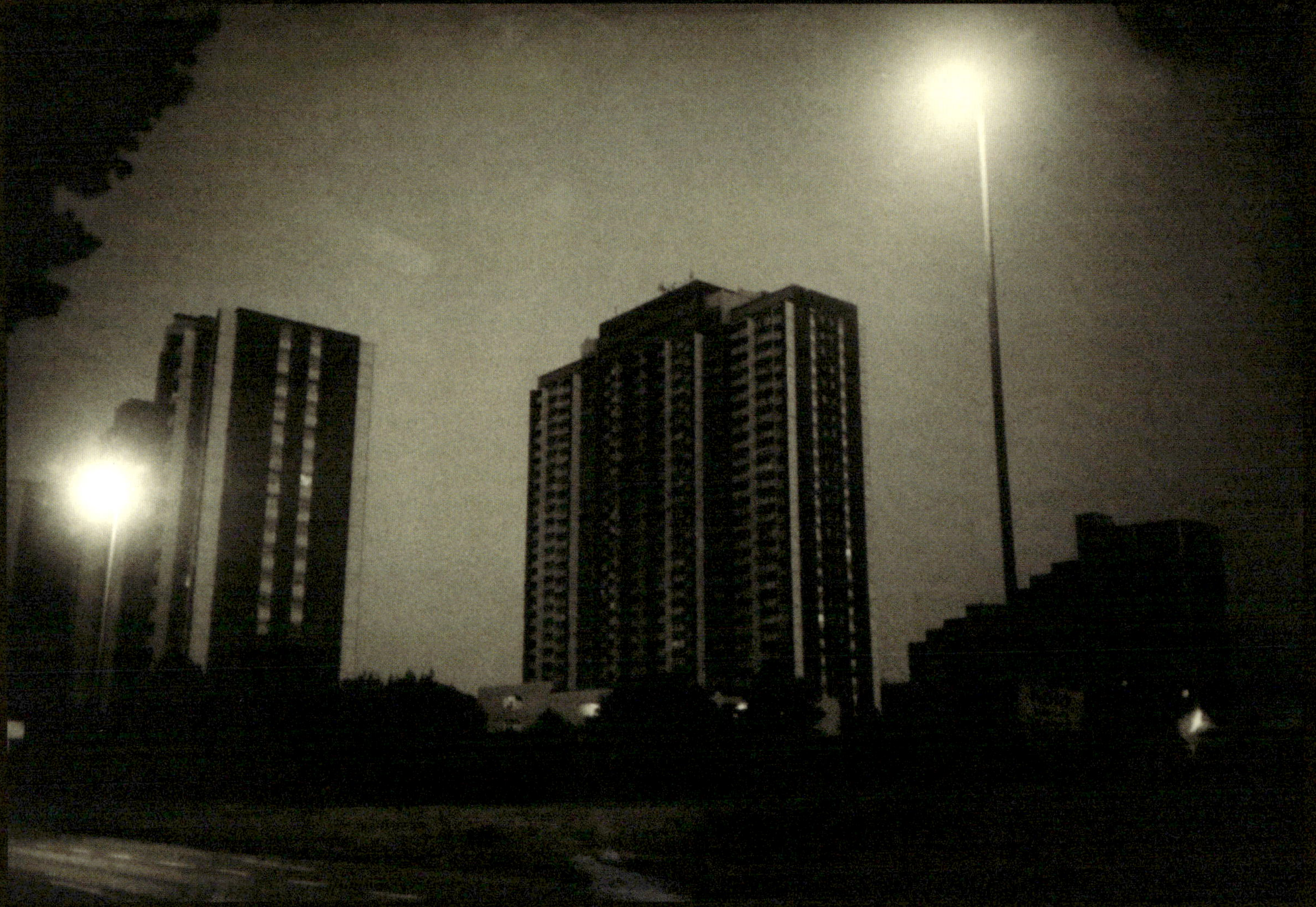

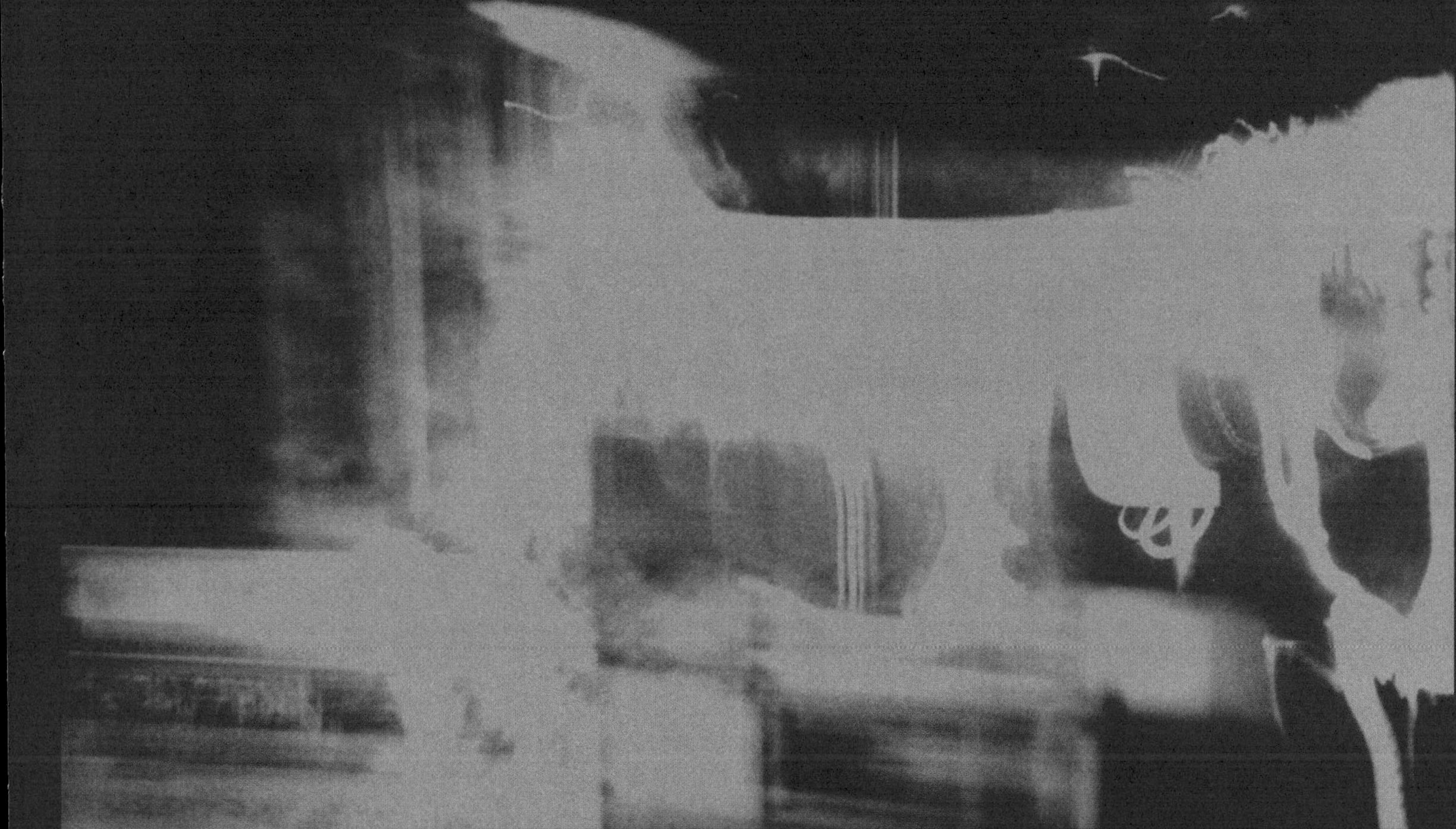

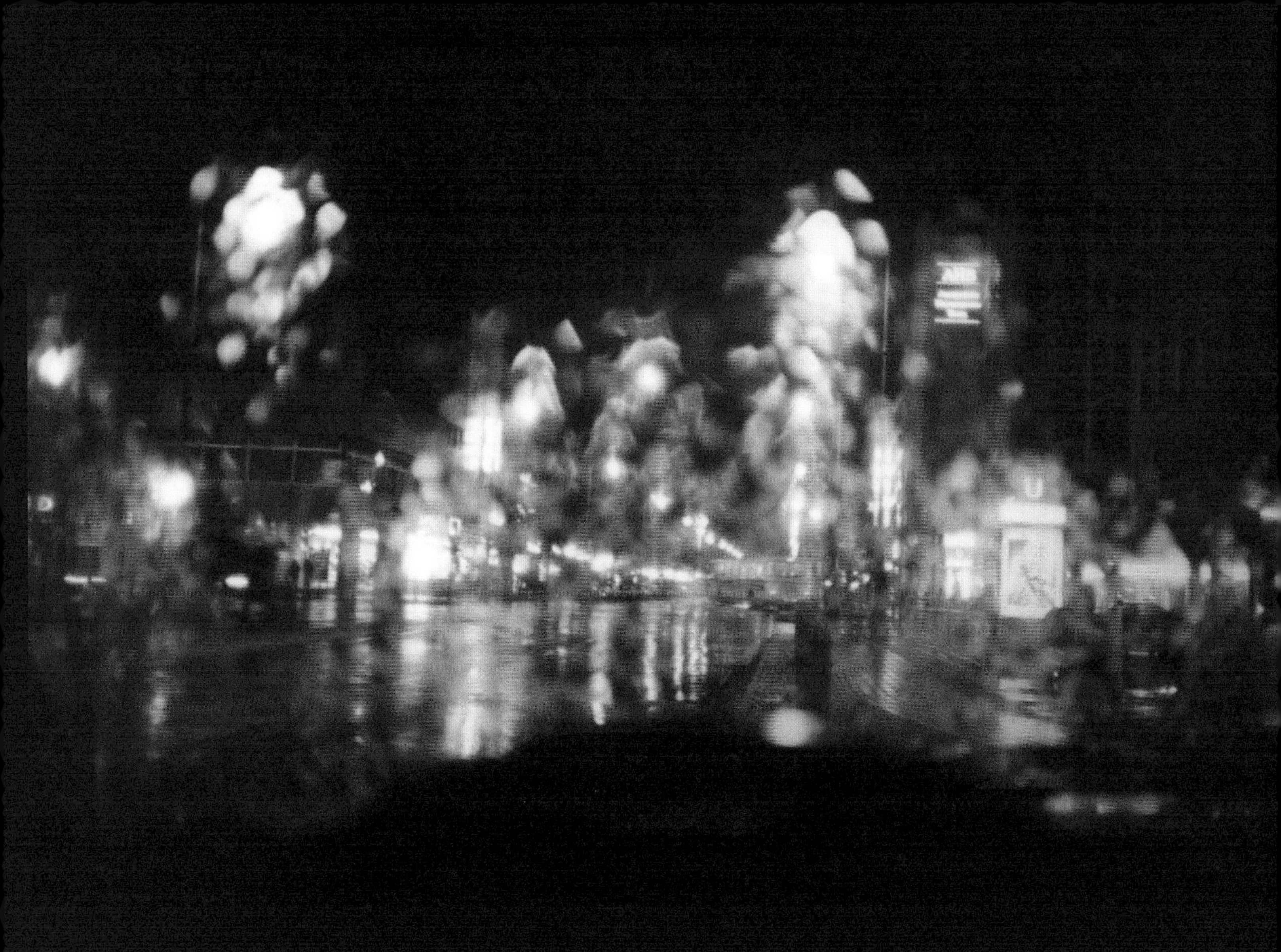

169

170

171

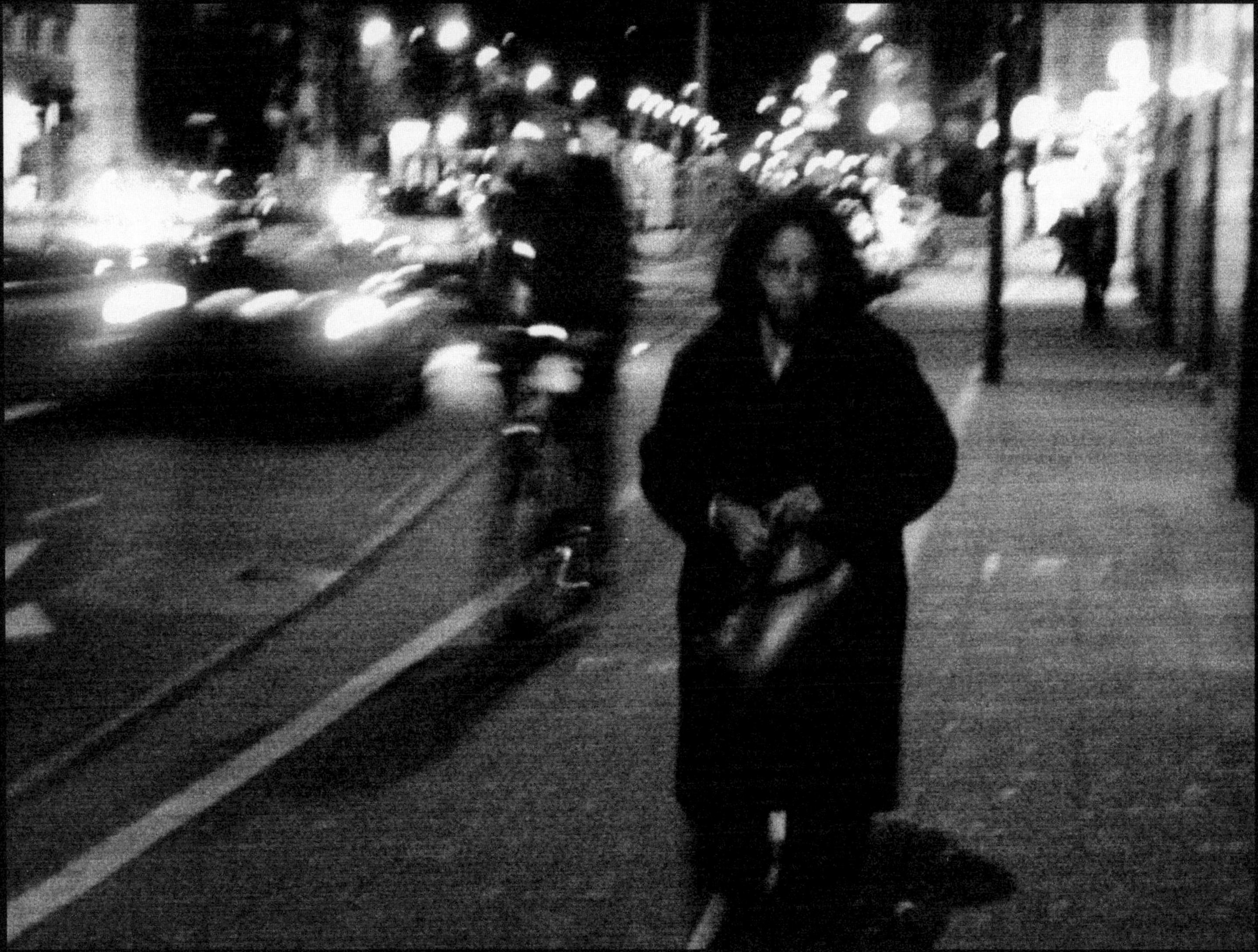

173

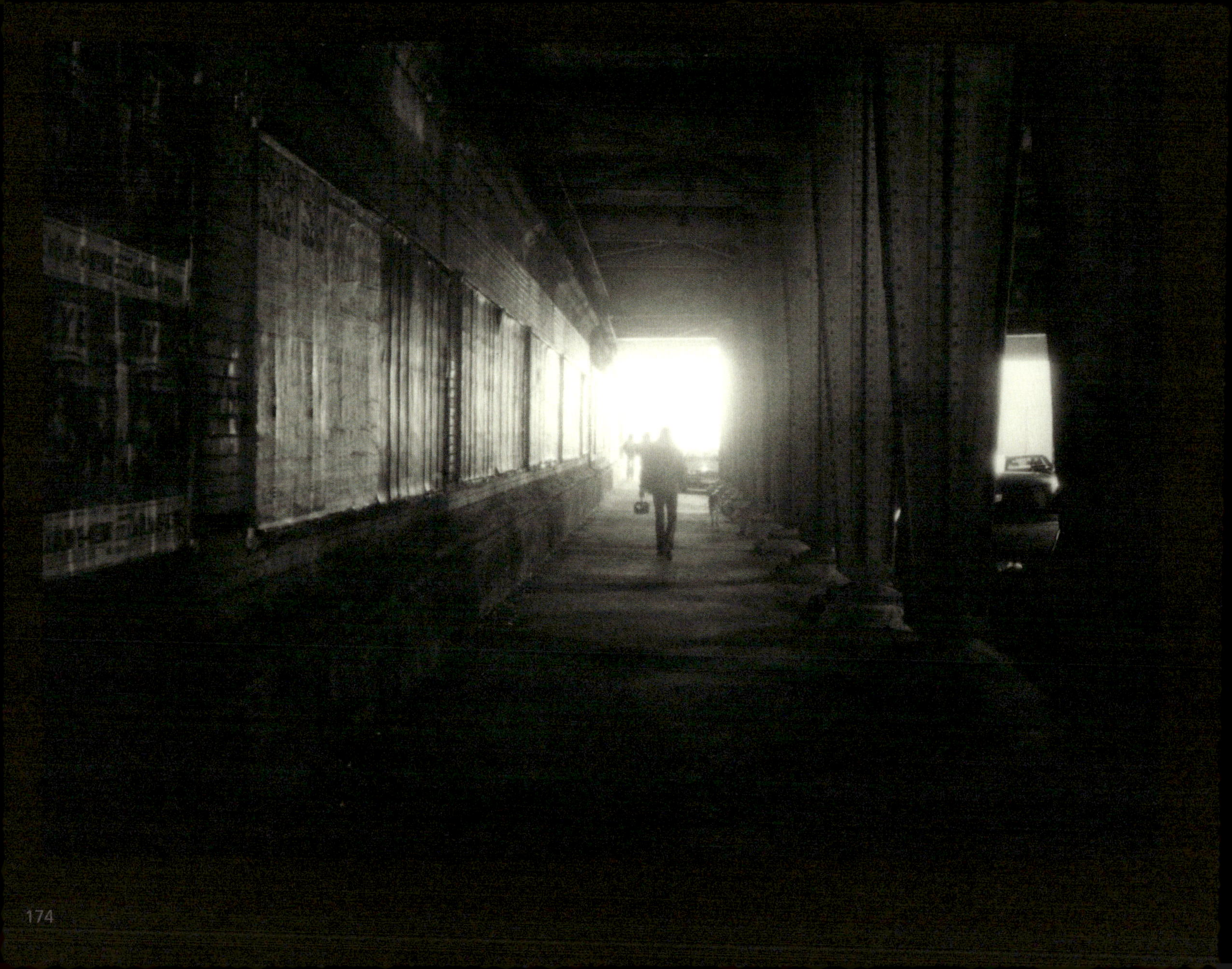

175

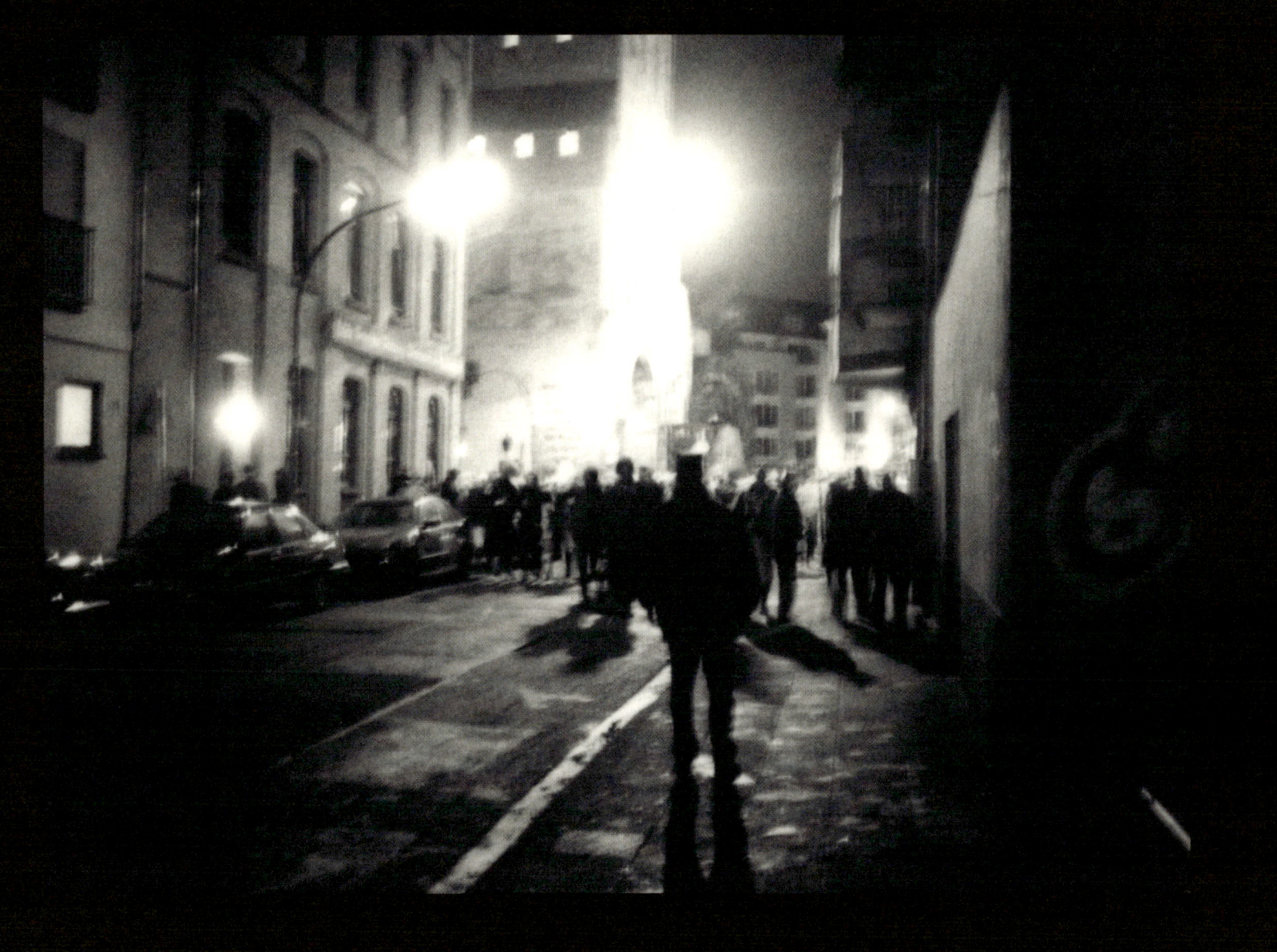

177

Alle Tage misshandelt mich die Materie...
                                    Fernando Pessoa

179

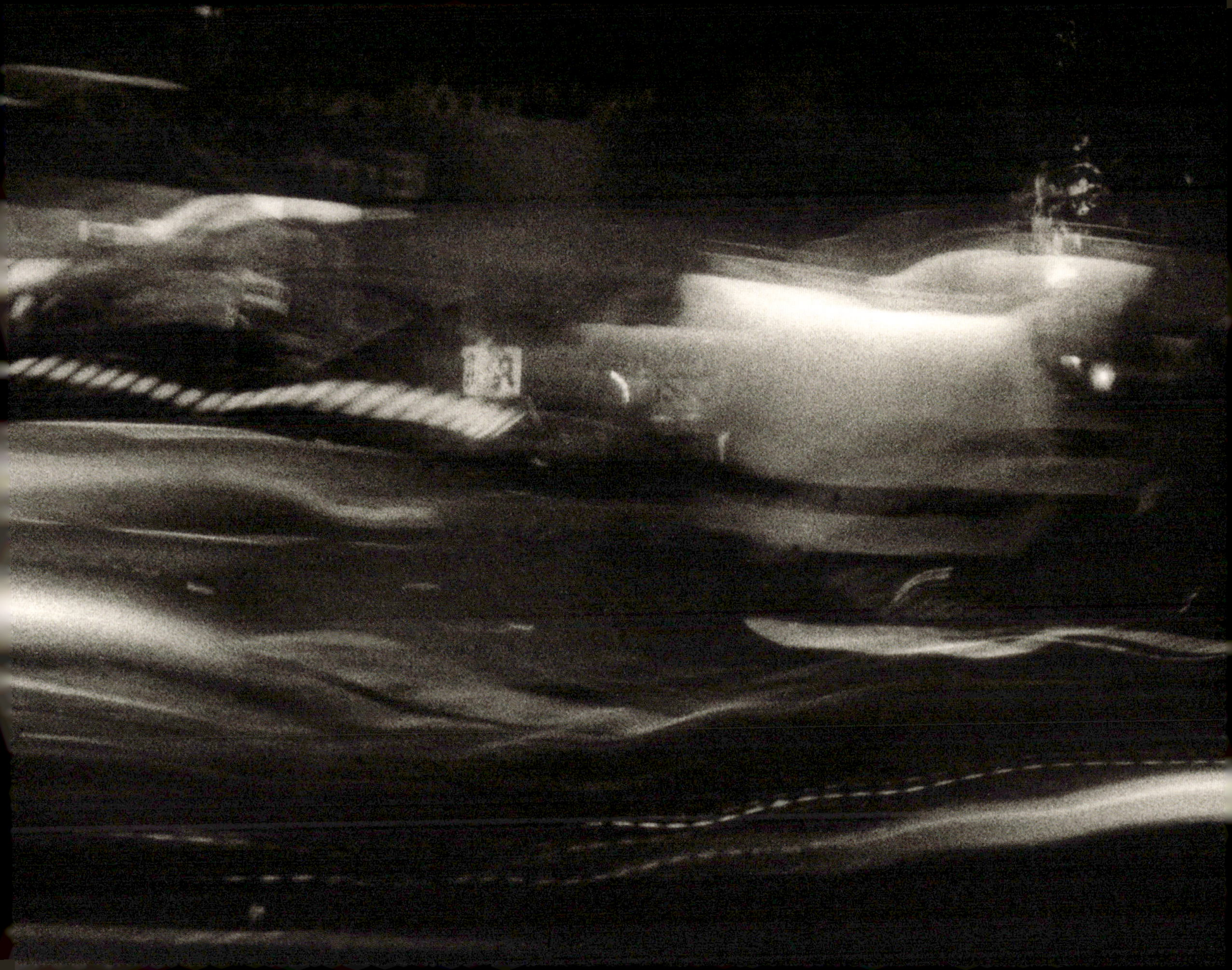

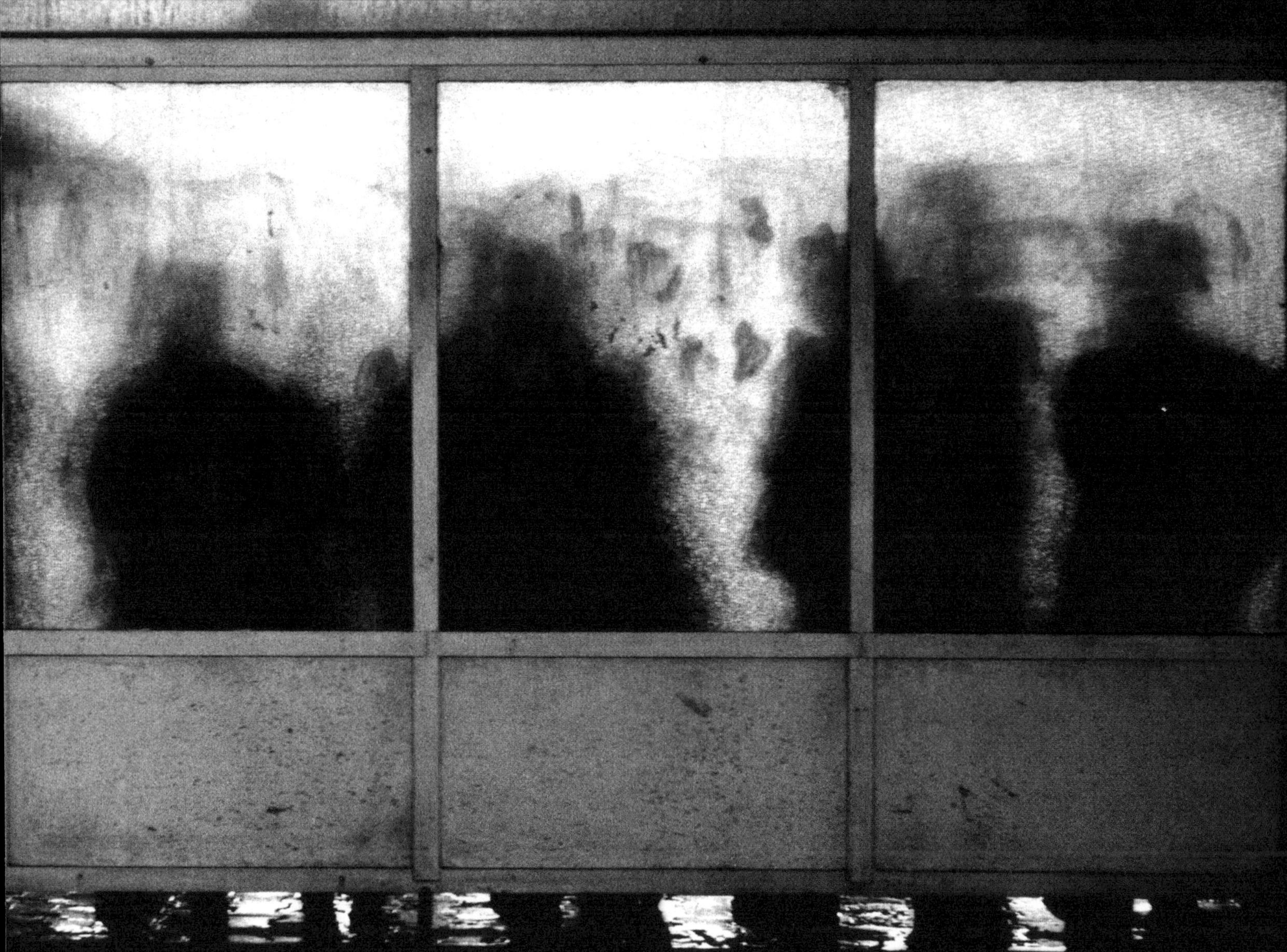

Discover gold

187

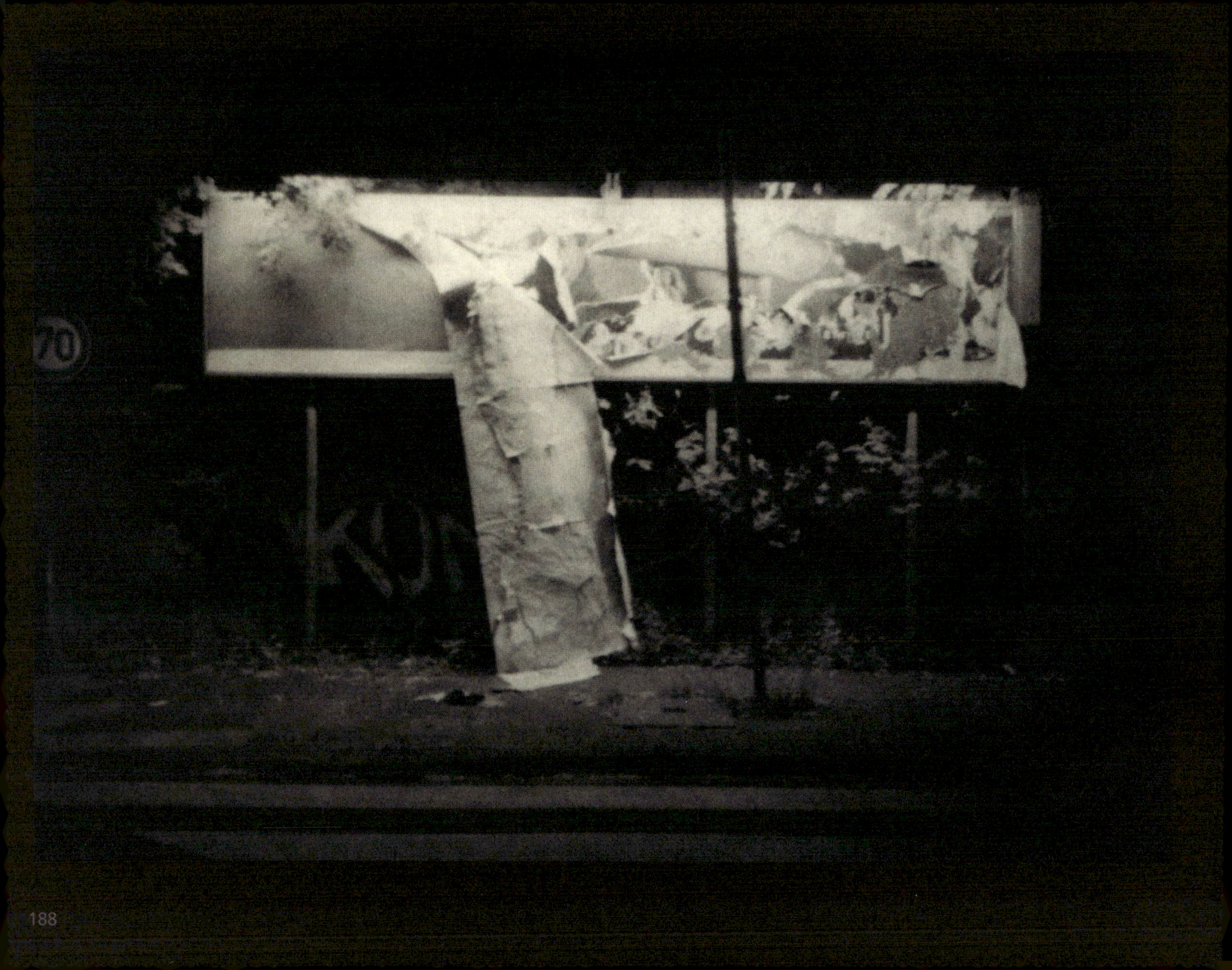
70

IMBISS CANDIA TAVERNA
Essen und trinken wie in Griechenland
BAYER

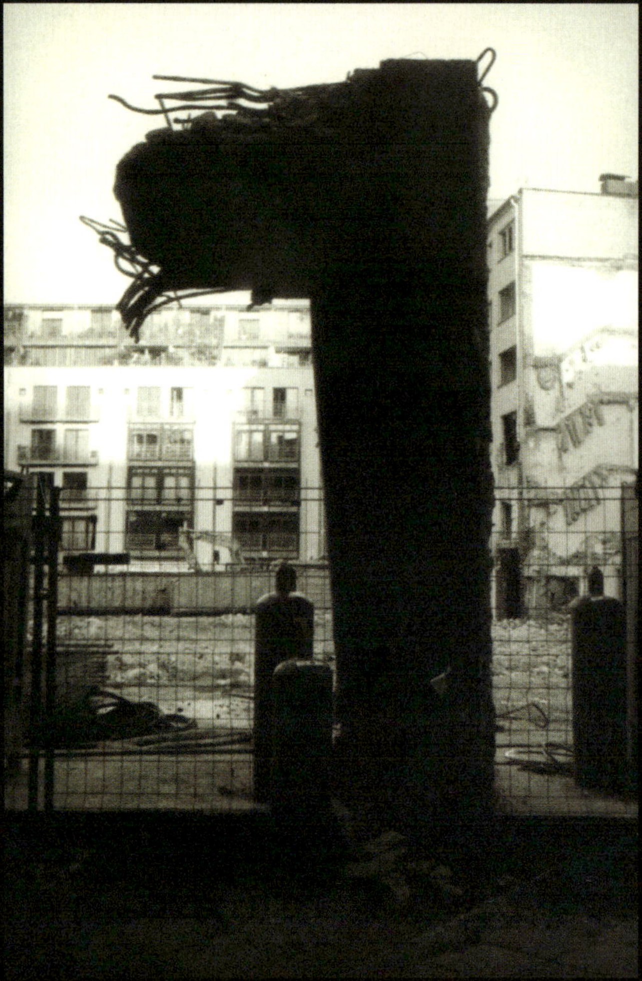

191

192

193

196

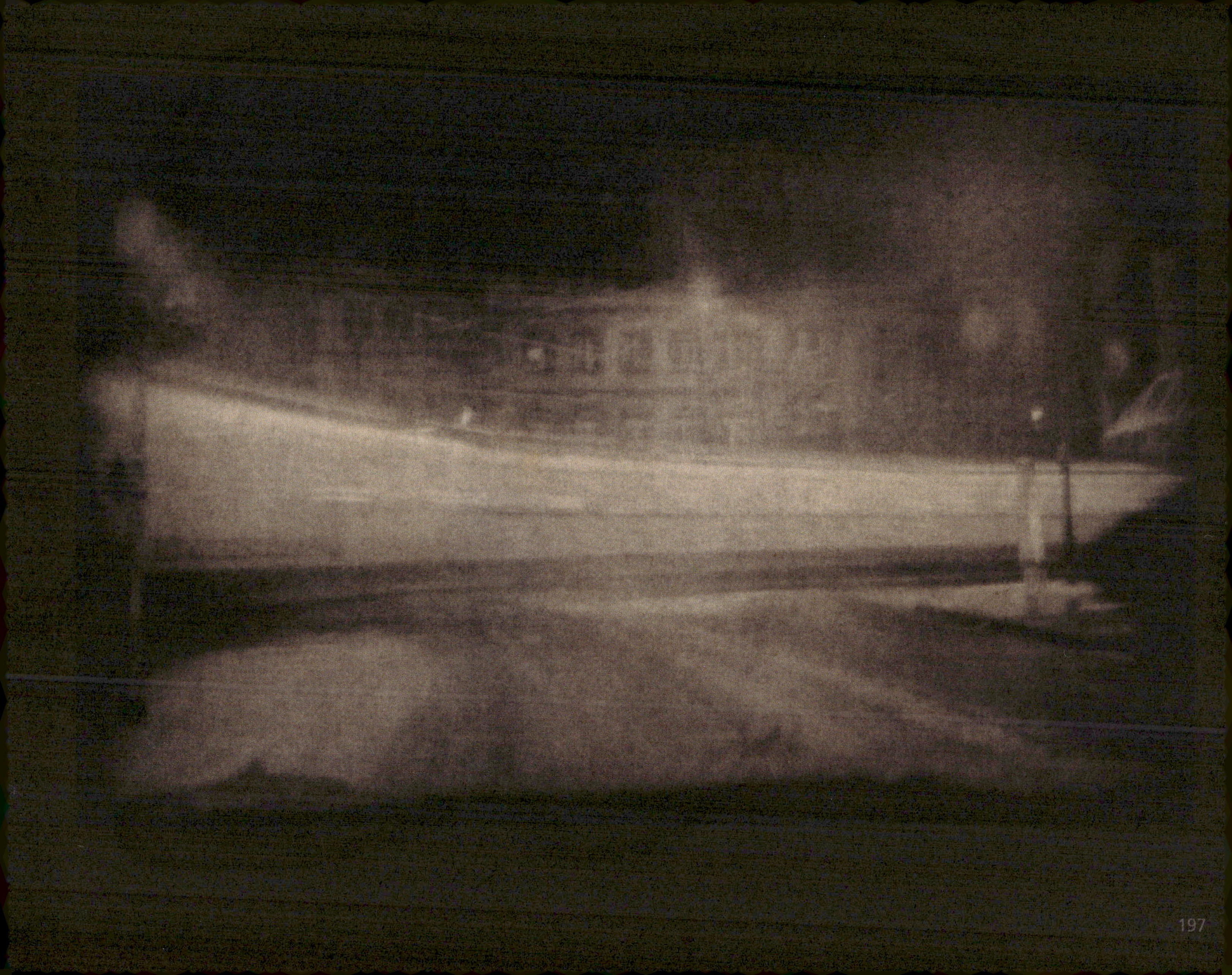

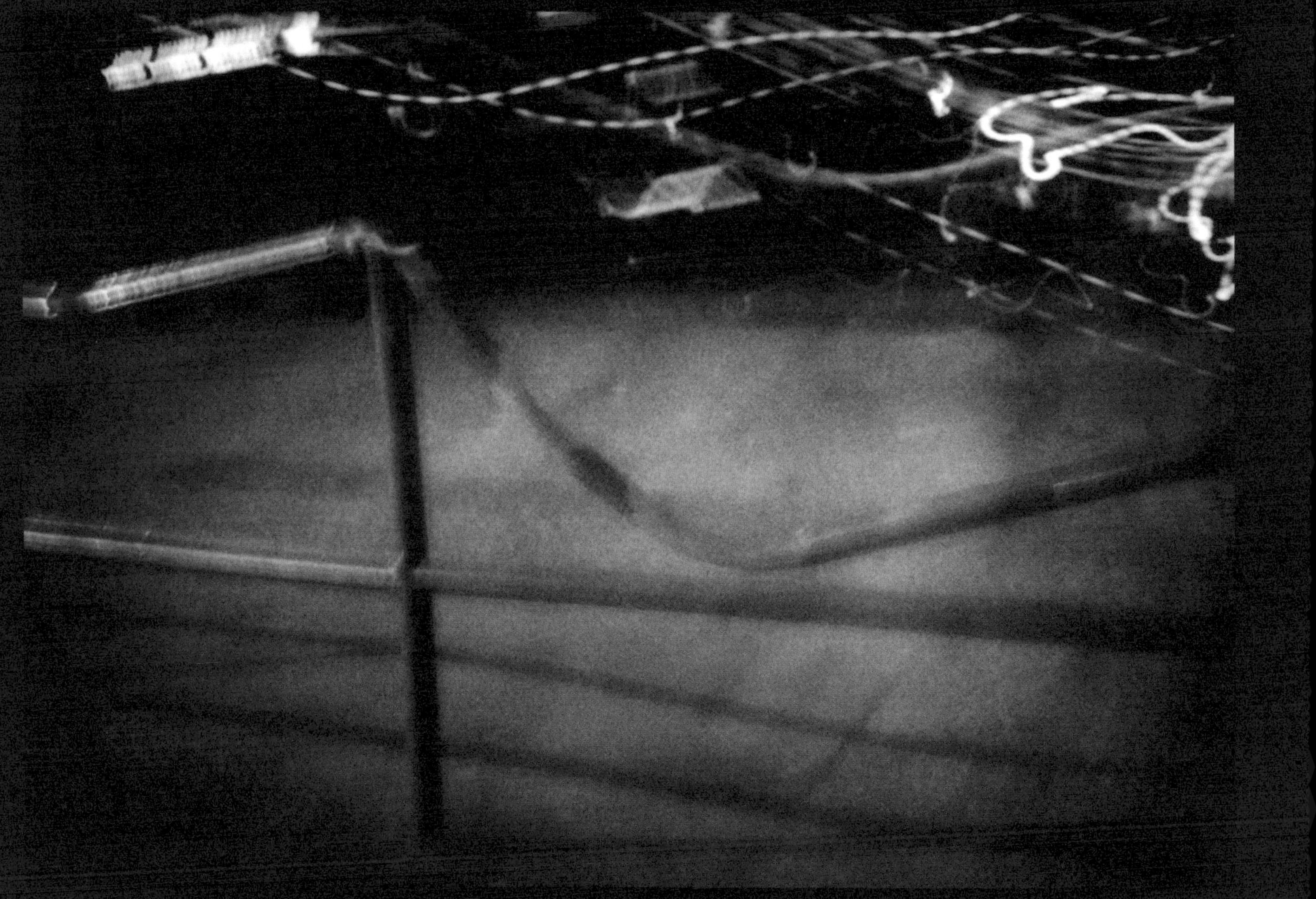

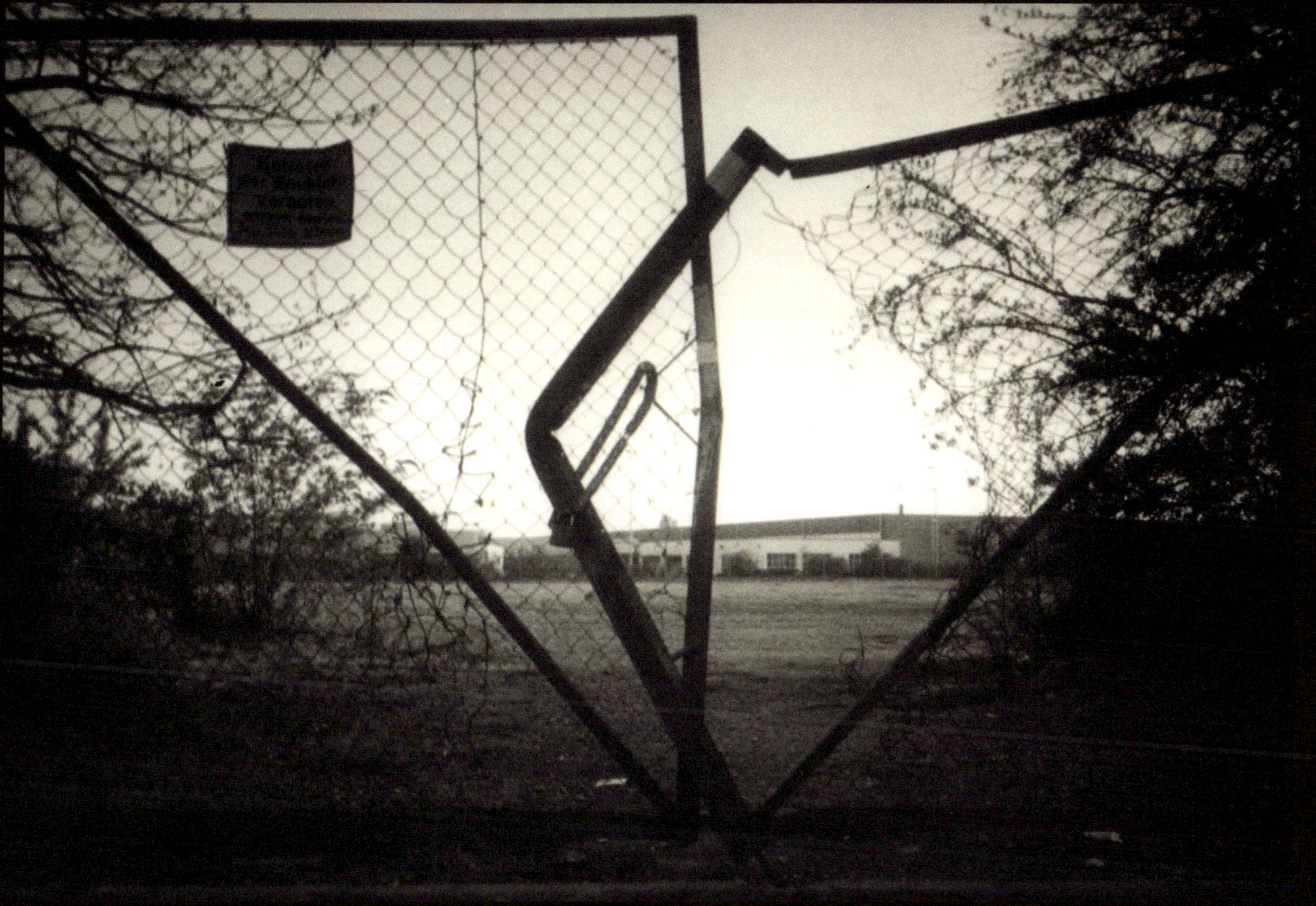

200

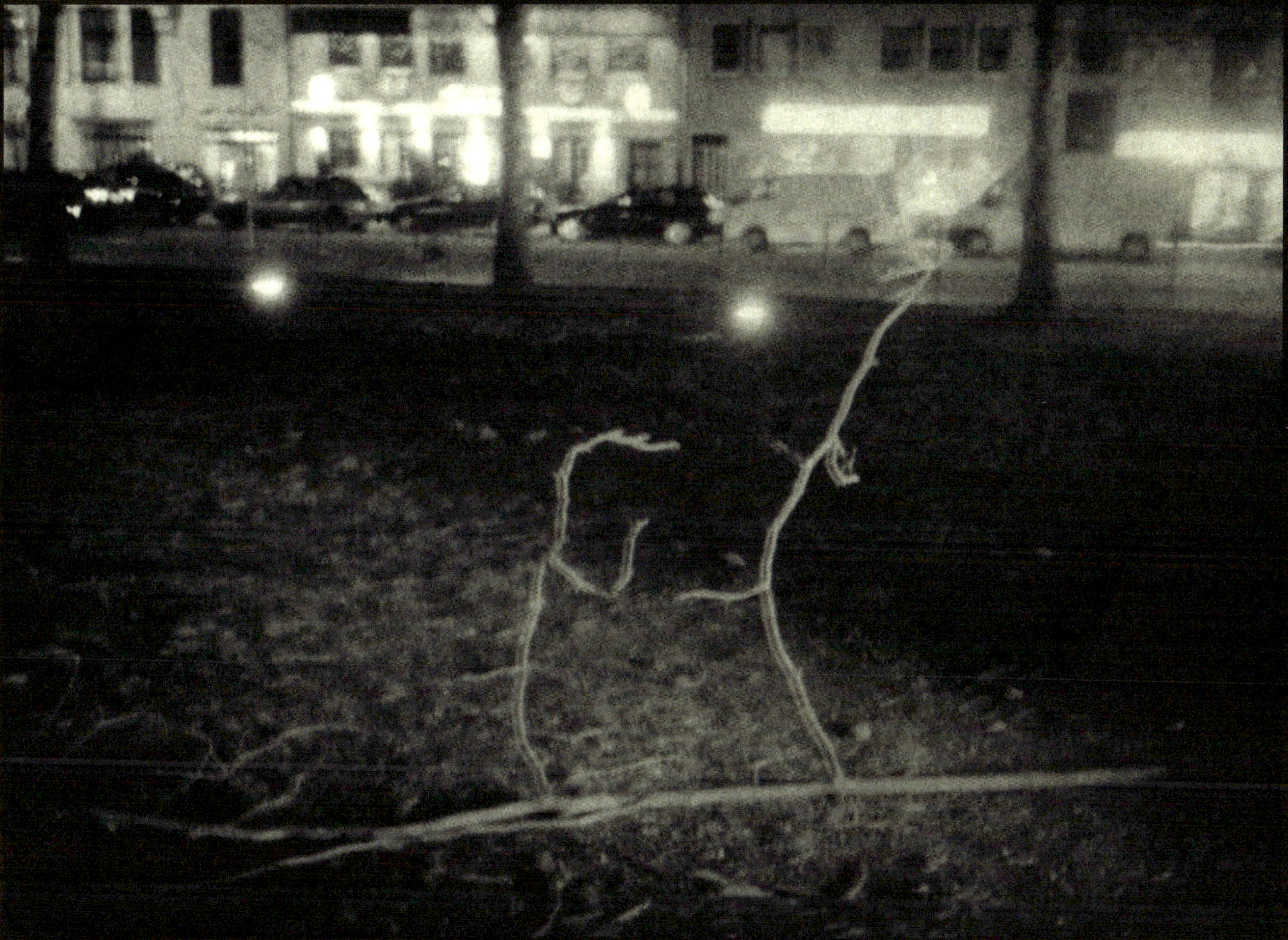

202

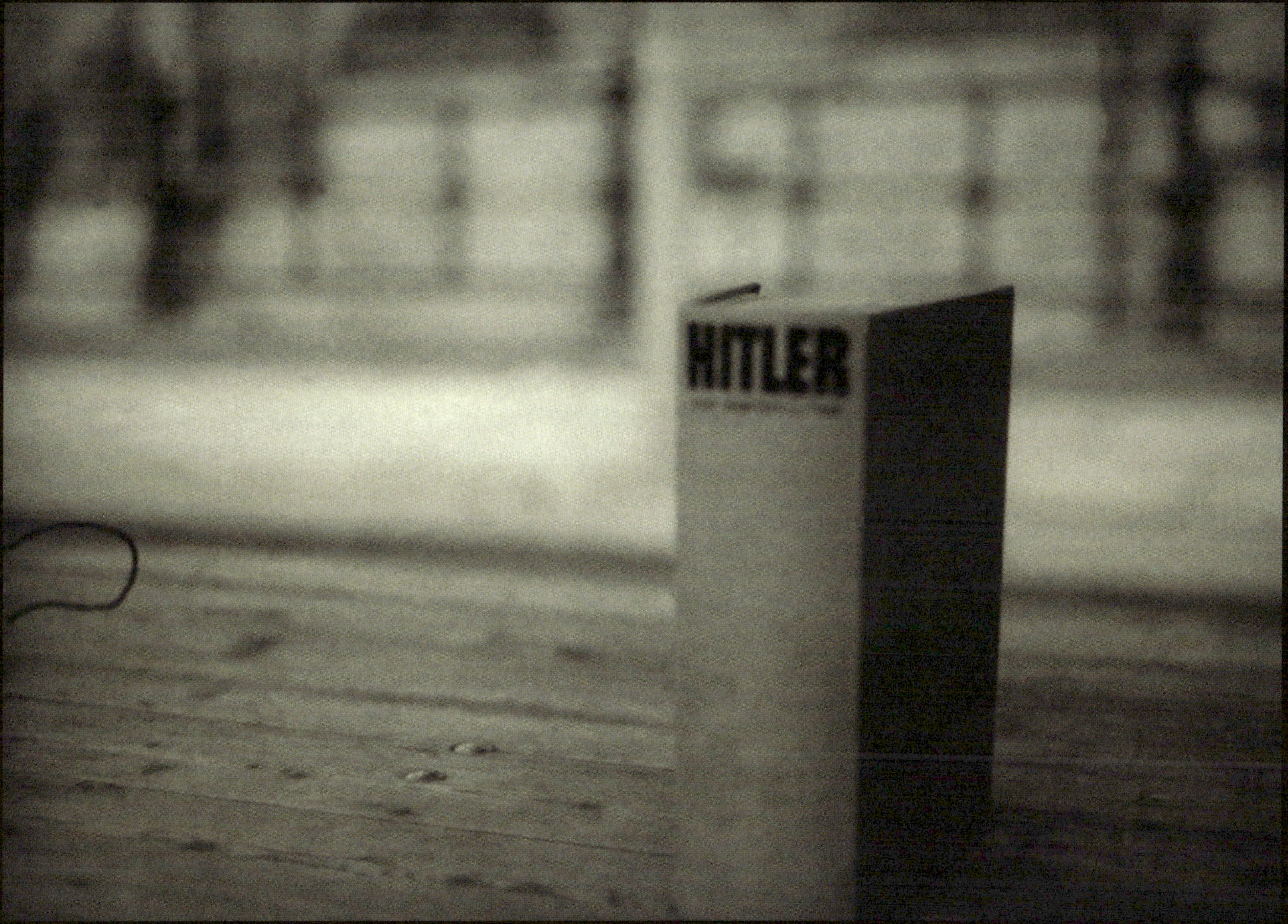
HITLER

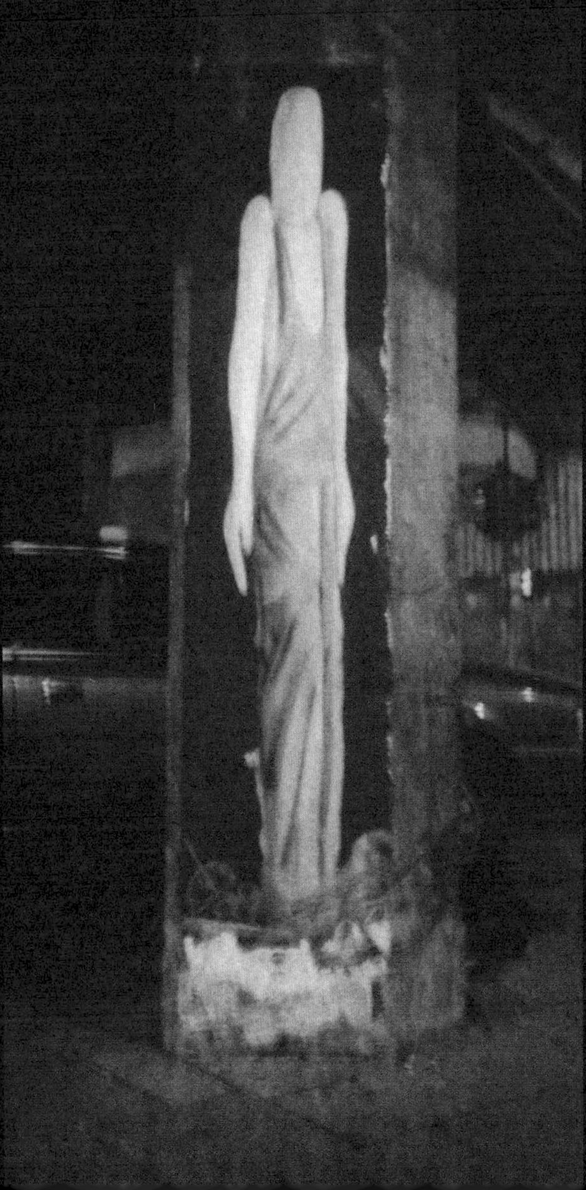

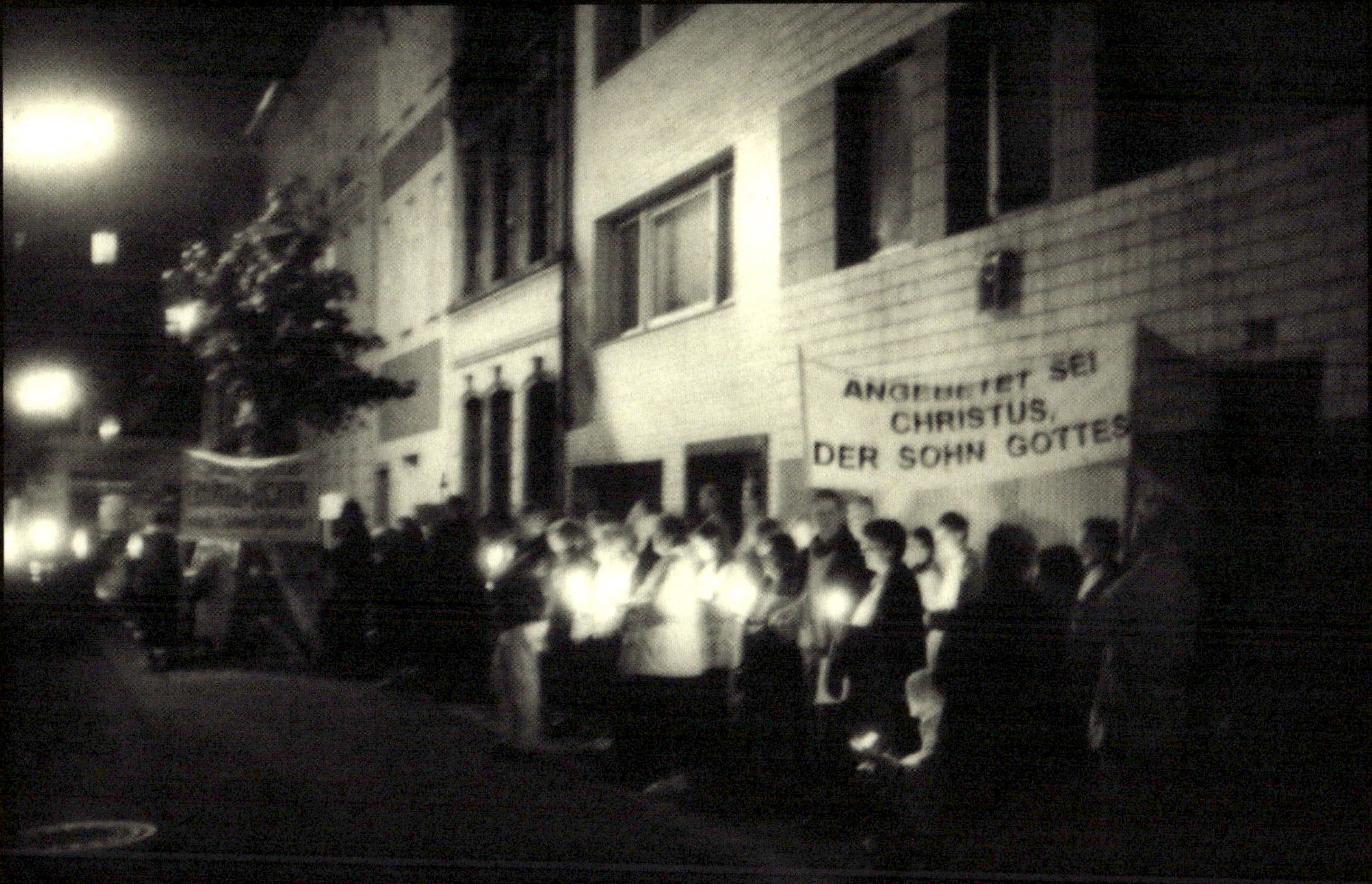
ANGEBETET SEI
CHRISTUS,
DER SOHN GOTTES

SCHICHT
SO TIRED ALBERT COLLINS

Die Nacht geht langsam zu Ende. Müdigkeit schleicht sich ein. Die Schicht ist bald vorbei. Wenn du aufhörst, bist du der einsamste Mensch in der Stadt. Die Töne der Nacht hören in dir nicht auf zu poltern, und der Film im Kopf läuft weiter, immer weiter …
Die anfangs brave Nacht beginnt zwischen zwei und drei Uhr wild zu werden. Sie steigert sich, und nach fünf wird sie roh. Ich fahre aus dem Zentrum nach Ehrenfeld, wo die Partys, Feten und Saufereien langsam zu Ende gehen.
Die Frauen kehren zuerst heim, sie spüren schnell, wenn es nichts mehr wird. Die Männer ergeben sich dem Alk bis zum Schluss. Lallend traurige Mädchen sitzen neben mir und ziehen die Blicke der geilen Männer auf sich. Die Gestik, laut und obszön, wird eindeutig. Ein letzter Versuch, noch was aufzureißen. Die Frauen neben mir ignorieren das. Die Männer in den Nebenautos spornt das nur mehr an. Die Ampel springt um, und die Fahrt geht weiter. Bis zur nächsten Ampel, wo sich das Spiel wiederholt.

Und es wird immer derber. Die immer mal wieder prügelnden Männer schreien animalisch, Gewalt und Blut kommen ins Spiel. Zeit des Abgrunds. Alle sind verstellt, entrückt. Sie torkeln auf der Fahrbahn, kotzen Bürgersteige voll, verpissen die Ecken. Die Geräusche der Stadt erreichen höchste Aggressivität. Krankenwagen, Polizei, Feuerwehr, jedes Horn klingt anders, alle eilen, etwas zu retten. Die Nacht geht mit dem Tempo eines abstürzenden Flugzeugs zu Ende.
Die Stadt zeigt ihre offenen Wunden, und ich fahre den Trauerzug der Gescheiterten nach Hause. Verprügelte Frauen, blutige Männer, erloschene Leute. Die Stinker mit angeschissenen Hosen, fahrige Junkies, dümmste Tussis, die heuchlerischen Versuche von Konversation, die Anmache. Die Aggressiven brüllen, andere können kein Brüllen mehr wahrnehmen.
Auf den Straßen liegen Scherben, verlassene Schuhe und lose Kleidungsstücke, viele Stellen sind glitschig von Bierlachen, Zigaretten, Essensresten, Abfall, Rosen, Präservativen. Furchtbare Gestalten, die bis zum Anschlag die Nacht überlebten. Paare, vergiftet von Alkohol,

begossen mit Bier, erstarrt wie in Glas gegossen stehen sich umarmend oder stützend an den Rändern von Parks, an Häuser gelehnt. Die Wochenend-Performance neigt sich dem Ende zu. Stumme Zeugen, Skulpturen der Nacht, warten sie auf die erste Straßenbahn.

Nach Mitternacht ist der Taxifahrer praktisch an allem schuld. Er fährt grundsätzlich falsch. Weil er auch an allen Baustellen schuld ist, darf er kein Geld für Umwege nehmen. Bei Studenten muss er weniger kassieren, weil er schuld ist, dass sie studieren. Bei Besoffenen ist er schuld, dass sie trinken und deswegen nach zwei Uhr ein Taxi nehmen müssen. Der Taxifahrer macht sich auch dadurch schuldig, dass die Leute ihr Handy, den Schlüsselbund oder ihr Geld verlieren. Er ist schuld, wenn sich Paare streiten und Eheleute sich spontan zur Scheidung entschließen. Er lädt Schuld auf sich, wenn den Leuten der Abend misslingt und sie allein nach Hause müssen. Und schließlich ist er auch am Regen, an der Kälte und am Schneematsch schuld, weil er doch Gott kennt und Einfluss auf ihn hat.
Vor allem aber ist er selbst schuld, wenn er so einen beschissenen Beruf ausübt.

Ich fahre die Innere Kanalstraße hinunter, Richtung Ehrenfeld. Links und rechts neben mir, Woche für Woche ein paar Autos mit voller Besetzung, Frauen übereinander schlafend, die in ihre Dörfer zurückkehren. Nur das Bauernopfer am Lenkrad kämpft noch mit den Geistern der Nacht.

Ich bin so halluzinogen müde, meine Augen sehen winkende Personen an Stellen, wo nur Schatten der Nachtgewächse sind. Ein elektrischer Kasten sieht von Weitem wie ein buckliger dicker Mann aus, ein Abfalleimer wie ein verlaufenes Kind. In den dunklen Bäumen sehe ich winkende Menschen, und wenn ich anhalte, kommt mir nur das Rauschen abfallender Blätter entgegen. Ich stolpere über meinen eigenen Schatten. Wenn die Nacht zu Ende geht, ist sie voller Toter.
Auf einer Wand das Graffiti: NUR NIE NIX.

Sechs Uhr. Die Fahrgäste können nicht mehr gehen, und die Taxifahrer wollen nicht mehr fahren. Müde wie ein Ochse, als ob ich jeden einzelnen auf meinem Rücken nach Hause geschleppt hätte.

208

Eine kleine Atempause.
   Keine Panik,
 nur mal kurz entspannen,
 bevor es weitergeht.
In das Grau der Morgendämmerung,
in die Prosa der Helligkeit.

211

212

213

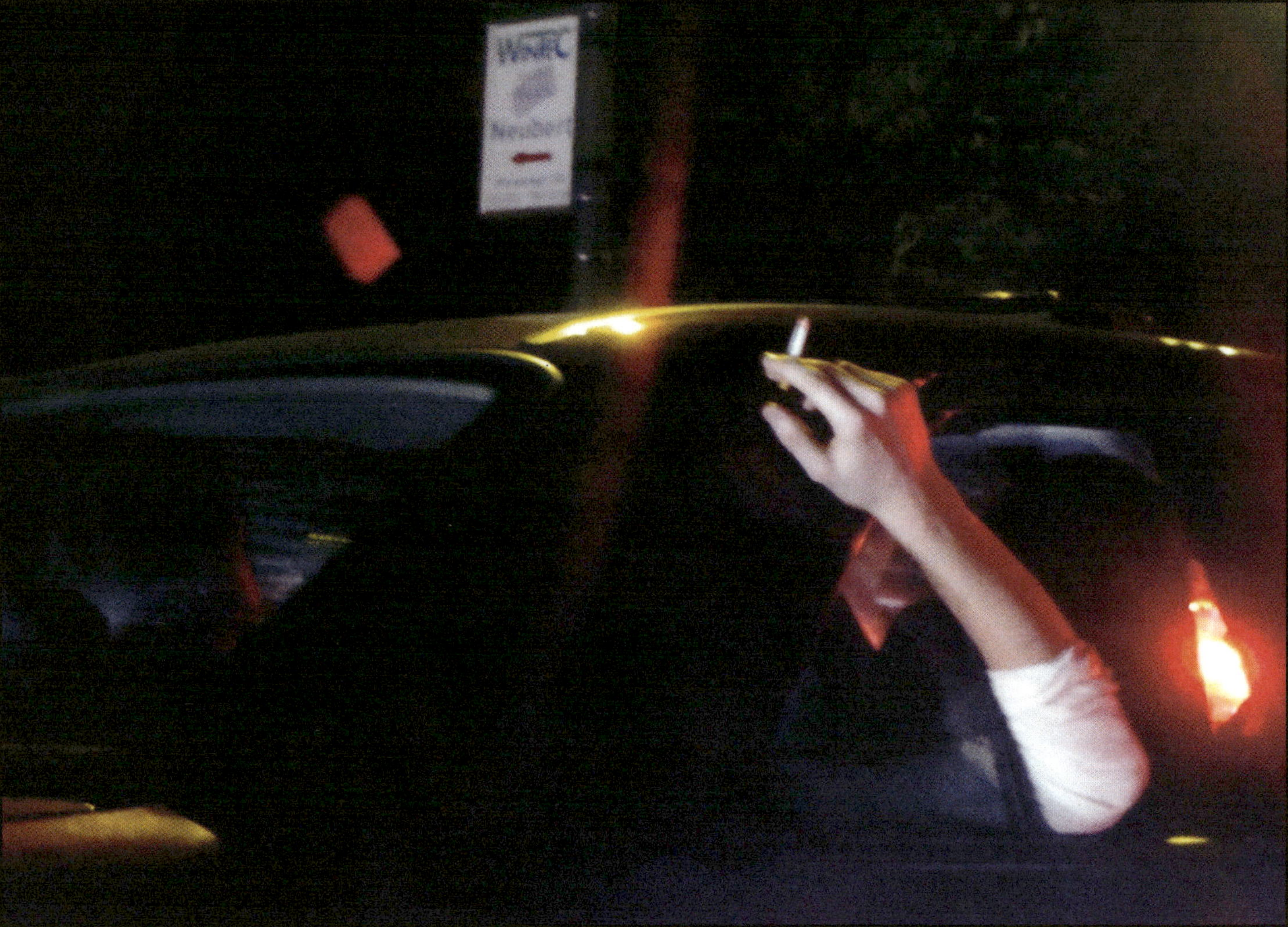

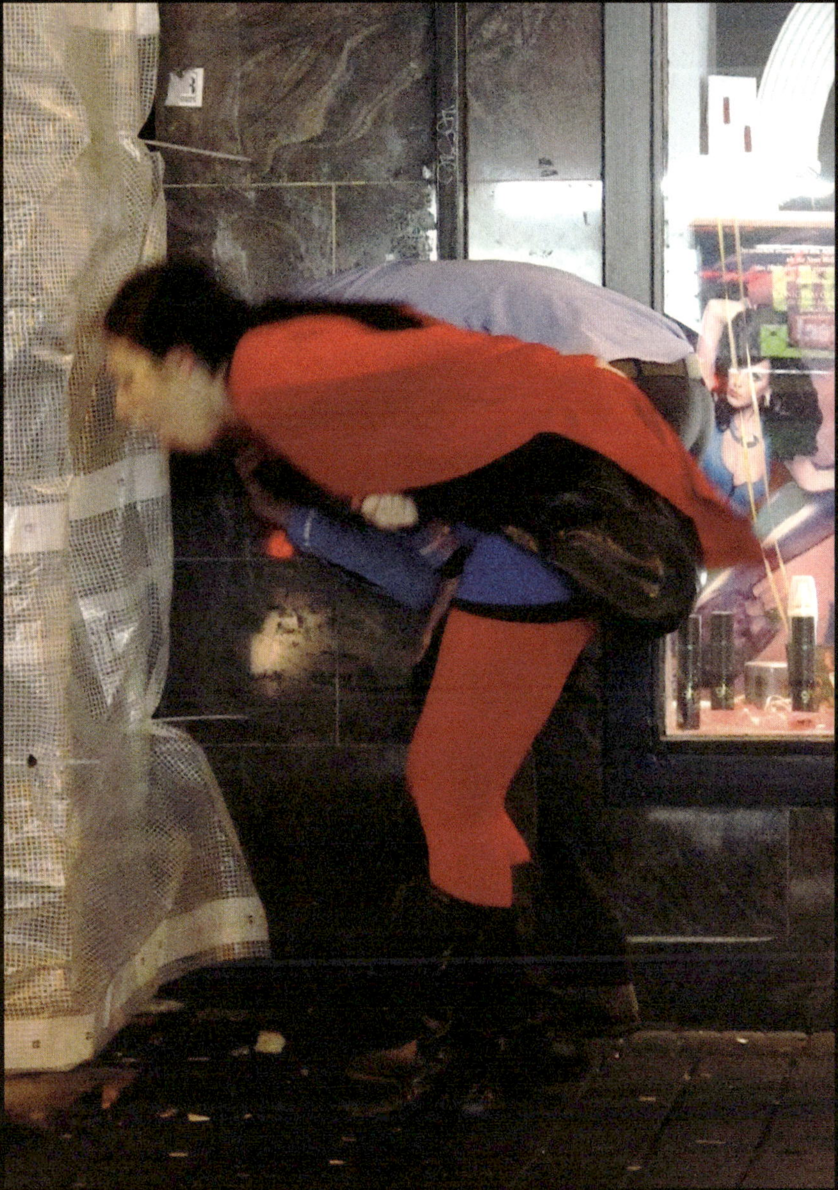

217

218

219

AUFRÄUMEN
FLY TOMORROW JOHN MAYALL & THE BLUESBREAKERS

Die Lust hat längst nachgelassen, aber ich überrede mich zu einer letzten Fahrt. Da steigt ein Häufchen Elend ein, will nach Bonn oder Düsseldorf oder sogar noch weiter. Zu einem Ort, von dem ich nie zuvor gehört habe.
»Liegt in Rheinland-Pfalz«, sagt das Häufchen Elend und schläft ein.
Navigationsgeräte gab es noch nicht, nur Karten und Intuition. Natürlich, es ist Ehrensache, das Dorf »irgendwo in Rheinland-Pfalz« zu finden. Das Geld um fünf Uhr morgens und 100 Kilometer von Köln zu kriegen, ist eine andere Sache. Die Strecke zurück führt direkt in die Garage. Es ist später, als ich will, aber der Verdienst versöhnt mich auch mit der Weite der letzten Fahrt.

Zuerst die Abrechnung machen. Den mehrprozentigen Anteil, 60 zu 40, kriegt der Chef (früher war es 50 zu 50). Ich behalte das Trinkgeld, ab und zu die Bordellprovision oder Schwarzgeld. Meistens ist es mehr, als der Chef bekommt. Sein Geld stecke ich ins Handschuhfach. Das Auto aufräumen, die Fußmatten ausklopfen, die Zelle von den Spuren der Nacht säubern ... Dabei findet man vieles: Handschuhe, Mützen, im Winter Schals, Regenschirme, wenn es nicht regnete, aber sollte. Feste Gegenstände eher in warmen Zeiten. Als die Leute noch nicht an die Handys gewöhnt waren, wurden sie gern vergessen. Später wurden sie wie ein Schlüsselbund oder eine Schachtel Zigaretten liegen gelassen. Oftmals finde ich Geld, Münzen ... eine zusätzliche Freude, wenn es Fünf-, Zehn-, Zwanzig- oder gar Fünfzig-Euro-Scheine sind. Einmal finde ich einen Revolver, den ich dem Chef brav übergebe, ohne ihn auszuprobieren. Etliche Portemonnaies, die ich ohne Geld und anonym zurückschicke, Bücher, die ich gern lese, Blumen und Blumensträuße, die ich verschenke, teure oder billige Brillen und Feuerzeuge, Plüschtiere, Schminkzeug und Maniküre-Gerätchen, benutzte Präservative, angebrochene Schokoladentafeln und angebissene Äpfel, leere Tüten und Bierkorken, Glassplitter, vertrockneter Matsch oder Schlamm. Zum Schluss den Geruch der Hintersitze wegpusten, den Klütten ausmachen und das Auto abschließen.

Das Bäckereicafé am Ehrenfelder Bahnhof macht um halb fünf auf. Ich trinke meinen Kaffee am Stehtisch, esse ein Croissant und beobachte das Panoptikum. Ein Defilee der Gescheiterten; Angetrunkene, die mit ihrem Gleichgewicht kämpfen. Junges Volk mischt sich mit Pennern, die sich hier wärmen, dazwischen Polizisten aus der benachbarten Wache, die sich ihr Frühstück holen. Die meisten stehen brav in der Schlange, Kaffee und Backware in der Hand. Manche aber randalieren oder fallen einfach um, das Gebäck fliegt durch den Raum, Getränke besudeln den Boden, höllisches Lachen hallt aus der Bäckerei in die morgendliche Venloer Straße. Ein Gruftie-Mädchen, gepierst und tätowiert, blutrote Lippen, in tiefes Schwarz mit Nassspuren der Nacht gehüllt, hinter ihr eine großgewachsene Pennerin, die pausenlos eine Litanei vor sich hin spricht, ein paar viel zu laute Jungs. Ich frühstücke und genieße den Höhepunkt meiner Nachtfahrt, eine Vorstellung mit wechselnden Darstellern. Die Vorstellung ist gut, die Darsteller grottenschlecht. Starker Einfluss der verschiedenen Drogen macht sie noch hässlicher. Vor allem die Mädchen, zu dicke stottern gemeinsam mit zu dünnen. Eine kleine Glatzköpfige kräht wie ein Hahn, und drei großärschige Madonnen in der Ecke erinnern an Hennen. Laut wie in der Tierwelt, Statisten in den Hauptrollen.

Das Echo meiner Schritte, meine knackenden Knochen, die sich durch das Gehen nach Hause strecken, die volle Schwere aller Erlebnisse buckelnd. So müde, dass ich schon aufgehört habe zu denken. Unterwegs durch eine lange, dunkle Gasse überhole ich ein betrunkenes Pärchen. »Die Wand ist rechts, falls du dich abstützen willst«, sagt sie zu ihm.

Zu Hause angekommen wasche ich mir zuerst hastig die Hände. Ich lasse das Wasser fließen, bis es heiß wird. Ich stecke die Hände unter den heißen Wasserstrahl und lasse den Schmutz einweichen. Der Schmutz des Geldes, der Leute und des Steuers. Die Hände glänzen, sind leicht klebrig und haben metallenen Geruch; nach Münzen. Eingeweicht und eingeseift und abgespült. Es fühlt sich leicht angeätzt an, wie von Säure, Geldsäure. Immer wenn ich mir meine verklebten und schmutzigen Hände wasche, habe ich das Gefühl, dass mit dem dunklen Wasser auch die oberste Hautschicht abgeht. Dann das Gesicht. Mit heißem Wasser bespritze ich es wieder und wieder, bis keine Gedanken mehr aufkommen.

THE BLUEST BLUES
ALVIN LEE

»Der Blues ist aus der Vereinigung afrikanischer und europäischer Volkskulturen hervorgegangen, gezeugt in der Sklaverei und groß geworden im Mississippidelta. Er hat seine eigene Tonleiter, eigene Regeln und Traditionen und eine eigene Sprache. Für mich triumphiert der Blues über sein widriges Schicksal, er ist voller Humor, Zweideutigkeiten und Ironie und wirkt nur ganz selten, falls überhaupt, deprimierend auf den Hörer. Wenn es eine Musik gibt, die einen Menschen moralisch aufrichten kann, dann ist es der Blues« (Eric Clapton: „Mein Leben"). So definiert ein weißer Bluesgitarrist den Blues. Eric Clapton und andere britische Musiker brachten den Blues als erste ernst zu nehmende Musik in mein Leben. Cream, Fleetwood Mac, John Mayall, Led Zeppelin prägten meinen Weg von der Pubertät zur Reife. Der Blues war das Gefühl, das mein Erwachsenenleben von Anfang an begleitet hat.

Die erste Begegnung war wie ein Blitzschlag. Später erbte ich 250 CD's und es ging richtig los. Außer den alten Recken wie Muddy Waters, Howlin' Wolf, Elmore James, B. B. King und John Lee Hooker habe ich auch Underdogs wie Harmonica Slim & Hosea Leavy, Hound Dog Taylor und Mississippi Fred McDowell in meiner Sammlung. Ja, der weiße Bluesrock der jungen britischen Musiker am Anfang war ein guter Start ins Leben, dynamisch und wild. Aber das richtige Gefühl für diese Musik konnten nur die alten schwarzen Bluesmusiker vermitteln. Sie sind heute schon fast alle tot. Viele starben unter merkwürdigen Umständen, viele saßen lange im Gefängnis. Der Blues ist die Hoffnung, die einen Menschen moralisch aufrichten kann, wie Clapton schreibt. Wenn ich in der Taxe Blues höre, und das tue ich die meiste Zeit, sind die Reaktionen der Leute selten negativ. Die meisten versinken in sich selbst. Die Jungen chillen, die Älteren entspannen. Manchmal amüsiere ich mich über die Kommentare. »Steile Musik, die Sie da hören«, sagt ein junges Mädchen. Ein älterer Messegast aus der Schweiz meint, es sei die ideale Musik zum Käsefondue. Er schreibt sich die Musikrichtung, die ich ihm buchstabieren soll, in sein Notizbuch: B-L-U-E-S ... »Komisch, dass ich das noch nie gehört habe«, wundert er sich. Und ich wundere mich auch.

Eine Dame mittleren Alters meint, der Blues, der gerade spielt, klinge wunderbar esoterisch. Jetzt dreht sich Elmore James zweimal im Grab um, denke ich, freue mich aber, dass die Musik auch andere anspricht, egal in welcher Schublade sie ihre Gefühle aufbewahren.

»Geile Mucke«, sagt der Großteil. Blues ist nicht das Gefühl kurz vor dem Selbstmord, wie viele meinen, vielmehr gibt Blues Gefühl und Hoffnung, ohne die Vergangenheit oder die Gegenwart zu leugnen.

»Blues ist das Beste, was mir nach diesem beschissenen Tag, einem miesen Monat und dem ganzen verfluchten letzten Jahr passieren konnte«, sagt ein Mann im Fond des Wagens erquickt und erleichtert durch die Klänge John Lee Hookers. Blues ist die Lehre aus der Vergangenheit.

Der Blues bestimmt den Rhythmus der Fahrweise; man rast nicht, und die Welt draußen verschmilzt mit der Musik zu einem Gefühl. Blues ist der Soundtrack meiner Nächte. Er nimmt einem die Schmerzen, zieht sie mit jedem Takt aus einem heraus. Manche verlassen das Auto in einem glücklichen Zustand, für den Moment geheilt.

Diese Nachtmusik bringt mir pro Nacht etwa fünf Euro mehr Trinkgeld. Ein richtiger Blues dauert vier bis zehn Minuten, so lang wie eine Fahrt. Live-Aufnahmen können länger und wilder sein, wie auch manche Fahrten turbulenter sein dürfen.

Eisenwarenmesse. Die Männer sind so schwer wie die Säcke voller Schrauben, mit denen sie handeln. Aus dem Radio weint ein Blues aus Chicago, und der schweigsamste Mann von allen, der hinten in der Ecke sitzt, kommentiert ihn mit dem wunderbaren Satz: »Das ist aber eine schöne Striptease-Musik.«

NACHWORT DES HERAUSGEBERS

Mit seiner »Nachtfahrt« entpuppt sich Josef Šnobl als Doppeltalent. Von Haus aus Fotograf hat er hier gleichwertig neben den Fotografien seinen Auftritt als Literat. Dass die Fotografien und Texte in einem Buch das gleiche Gewicht beanspruchen können, das gibt es selten. Meist liegt entweder ein Text vor, der mehr oder weniger interessant illustriert wird, oder es gibt eine Reihe von Fotografien, zu denen irgendein möglichst Prominenter einen sekundären Text liefert. Hier nun beansprucht der Autor beides, Bild und Text. Zu Recht, denn beide Medien stehen für ihre je eigene Qualität, stützen sich gegenseitig, ja verwachsen geradezu zu einem Amalgam.
Šnobls Bildern und Erzählungen aus dem Taxigewerbe ging freilich eine lange »Recherche« voraus. Von 1988 bis 2013, also genau 25 Jahre, verdiente Šnobl seinen Unterhalt als Taxifahrer im nächtlichen Köln. Und auch wenn es dem Autor schwerfällt, die Voraussetzung zu akzeptieren: Sein Resümee, das Ergebnis, dieses Buch, rechtfertigt jedes dieser 25 Jahre. Ohne diese lange, sich tief eingrabende Erfahrung mit all ihren Tiefen und Höhen wäre es sicherlich ärmer und oberflächlicher geworden.

Josef Šnobl und ich kennen uns als Fotokollegen seit 40 Jahren; nicht besonders gut, aber durchweg freundlich gesinnt, wann immer wir uns begegnen. Dass er sein Geld als Taxifahrer verdienen musste, habe ich lange nicht gewusst.
In Šnobls Fotografien sehe ich jedes Mal die tschechische Tradition, weich und anmutig, aber auch abgründig und rätselhaft. Das Ausgangsmaterial dieses Buches sind ungezählte Aufnahmen, die beiläufig während seiner Taxifahrten entstanden. Er fotografiert mit einer kleinen Taschenkamera, die er immer bei sich hat, seit 2006 digital. Allein von analogen Kameras meint er, rund 15 verschlissen zu haben … Das kleine Format, die nächtens unabdingbar hohe Empfindlichkeit des Aufnahmematerials und die dennoch zuweilen unvermeidlich lange Belichtungszeit bedingen grobe Auflösungen und Unschärfen, die Šnobl als studierter Fotograf eine für ihn charakteristische »Unqualität« nennt, die seine Fotografien emotionalisieren.

sie mir passender vorkamen. Zu streichen bat ich einige Füllwörter und
ar Stellen erfragte ich Präzisierungen. Mehr nicht.
ich Josef, nicht wie konventionell die Bilder auf den kompletten Text
ern den Text kapitelweise mit den Abbildungen zu verschachteln. Mögen
erfans mehr Leser finden! Von Anfang an wollte Josef seine Nachtbilder
rund präsentieren. Dann, meinte ich, sollten wir es auch mit dem Text
lag überraschte ihn, »aber ich mag Schwarz«, war er einverstanden. Das
Wagnis sein.

iaker oder Droschke, sie alle sind Vorformen des modernen Taxis, die dazu
ziellen, aber fahrplanunabhängigen individuellen Personentransport auf
Die erste motorisierte Droschke, eine sogenannte Kraftdroschke, soll 1893,
-findung des Automobils, in Dessau gefahren sein. Und schon vier Jahre spä-
se Fahrzeuge mit einem Taxameter auszustatten, der den Preis des Transports
recke (später kombiniert mit Zeit) objektiviert, eine Spezifikation, deren
ff der gesamten Beförderungsart mutierte.
eit in der Fahrzeugkabine definiert eine markante Mischung aus öffentlichem
em Schutzraum, die zu außerordentlichen Fantasien oder Ereignissen anregen
 emotionalen und erotischen. Man denke nur an die verborgene Zusammenkunft
Bovary in einer Kutsche, die zur Irritation der städtischen Öffentlichkeit
n in ziellosen Schleifen durchzog. Dem Kutscher, der als Fahrer heute
er Kabine sitzt, kommt dabei eine heikle Zwitterrolle zu. Er ist bezahlter
eit seiner Fahrgäste, repräsentiert als ihnen Fremder jedoch die
nd kann gleichwohl – einverständig oder nicht – in private Handlungen seiner
ogen werden.
h die Veränderungen des Gewerbes während der Jahre seiner Taxizeit an. Seit
te die zuvor notwendige Ortskenntnis ersetzen, nimmt die Digitalisierung den
e auch vielen anderen Berufen) ihren Stolz auf eine besondre Qualifikation. Das
n den Strudel der Depravation. Nach den Navis sind es Mobiltelefone und Apps,

Die so fixierten Eindrücke münden in ein visuelles ~~~
auf lose Blätter montiert und zu Monatsbüche~
»die Substanz meiner fotografischen Arbeit«.
traf er allein.

»La vue au volant c'est la vie«, die Ermahnung
Fahren auf französischen Autobahnen kann in abg~
Taxifahrers durch die Windschutzscheibe auf das
Schutzraum seiner massiven Taxe schaut Šnobl als
nächtliche Köln. Kaum eine Person wird in ihrer I~
lassen sich wiedererkennen. Die Distanz zum Außen~
Gegenständen und Ereignissen zerfließt; Lichter un~
verheißungsvoll, abweisend oder auch banal.
Im Gegensatz zu den Fotografien richten sich die sc~
Der präzise Text, den Josef mir irgendwann anvertrau~
dem wunderbaren ersten Absatz an und verlor nie meine~
ich nicht von ihm. Seine Schilderungen, sauber in ver~
an überraschenden, erheiternden, beglückenden, aber a~
Begegnungen, fassen die Erlebnisse prosaisch knapp, la~
zugleich reflektiert Šnobl diese Narrative in einem zar~
beherrschen, ohne kitschig zu werden, gelegentlich aber~
vor der eigenen Person und ihren Selbstzweifeln nicht ha~
die Einsichten gar zu poetisch-aphoristischen Wendungen,
Distanz verschieben.

Den Text lektorierte ich auf einer Reise im Dezember 2018 ü~
aus. Die Verabredung war, ich darf alles probieren, aber ni~
Ich vereinheitlichte die Zeiten und Formatierungen, verände~
Wendungen, die mir im Deutschen treffender oder vertrauter s~

Absätze in Kapitel, wo~
wenige Sätze. An ein p~
Für das Buch ermutigte~
folgen zu lassen, sond~
sich so unter den Bild~
auf schwarzem Hinterg~
probieren. Der Vorsch~
zumindest dürfte ein~

Ob Sänfte, Rikscha,
dienen, einen kommer~
Zuruf zu erledigen.
sieben Jahre nach E~
ter begann man, die~
entsprechend der S~
Ableitung zum Begr~
Die Abgeschlossenh~
Verkehr und privat~
kann: kriminellen~
von Léon und Emma~
das taghelle Roue~
ja sogar mit in d~
Hüter der Privatk~
Öffentlichkeit u~
Kunden hineingez~
Šnobl deutet auc~
Navigationsgerä~
Taxifahrern (wi~
Gewerbe gerät i~

die eine Flexibilität und Beschleunigung von der Bestellung bis hin zu Mitfahrgelegenheiten einführten, welche zwar durch gesetzliche Regelungen eingedämmt werden, die aber wiederum einen Schwarzmarkt begründen... Und wenn bald führerlose Taxen per App bestellt vor die Haustür und zum Ziel rollen, wird auch die heroische Verlegenheitstätigkeit des Taxifahrens so obsolet sein wie der Heizer, als Lokomotiven von Dampfkraft auf Diesel oder Elektrik umgestellt wurden.

Aber diese letzten und künftigen Entwicklungen sind nicht mehr Šnobls Taxiwelt. Nüchtern betrachtet ist das Taxigewerbe bis heute ein verdichtetes Bild für die schnelllebige Dienstleistungsgesellschaft, geregelt durch den unausgesprochenen Vertrag von Mensch zu Mensch: Du brauchst eine Fahrt an einen bestimmten Ort, ich fahre dich hin, du bezahlst mich dafür, cash. Doch bei Šnobl lernen wir die Binnenseite des Gewerbes kennen, das, was wir gelegentlichen Taxinutzer schon immer über das Gewerbe ahnten, aber so genau doch lieber nicht wissen wollten. Und Šnobl erzählt die Strategien des Taxifahrers, seine Ereignisse der Nacht in Erlebnisse zu verwandeln: genießen, beobachten, Aufmerksamkeit, Interesse, Empathie, zuhören, mitspielen, ausnutzen, Distanz wahren, Duldung, Überlebenswille, Selbsterhalt... je nach Fahrgast, Situation oder auch Laune – und über allem schwebt der Blues.
Blues, diese Musik der gesellschaftlich Benachteiligten aus Nordamerika, zuweilen derb, aber vor allem melancholisch, er ist so alt wie das motorisierte Taxigewerbe. Seine Texte erzählen meist in Ich-Form von Diskriminierung und Verrat, Arbeitslosigkeit und Verbrechen, finanzieller Not und Neid, vergeblicher Liebe und Einsamkeit. Aus der Binnenperspektive verschafft der Blues den Trost (scheinbar) Gleichgestellter. Von außen betrachtet gibt er den Erniedrigten ohne Karrierechancen eine Stimme – statt Verbesserungen, statt Rechten. Und deren Musik artikuliert Resignation und Schicksalsergebenheit – statt Protest, statt Aufruhr. Wenn der Blues über sein widriges Schicksal triumphiert, wie Šnobl Eric Clapton zitiert, dann ist er ein neues Opiat des Volks, nachdem die Religion ihre halluzinatorische Kraft verloren hat. Josef Šnobl beschreibt die Wirkung des Blues am Ende sehr präzise: »Er nimmt einem die Schmerzen, zieht sie mit jedem Takt aus einem heraus. Manche verlassen das Auto in einem glücklichen Zustand, für den Moment geheilt.« – Und morgen?

Josef Šnobl nennt seine Kunden nicht ein einziges Mal Kunden. Er begegnet seinen Fahrgästen mit weltmännischer Offenheit und freundlicher Skepsis als seinen Mitmenschen, auch mit kritischer Abgeklärtheit und Duldung bis an die Grenze des Zumutbaren – so wie auch er sich gegenüber seinen Fahrgästen mit Eigenheit und Anspruch behaupten möchte. Es ist ein Geben und Nehmen, im Idealfall in innerer Übereinstimmung und auf Augenhöhe. Aber im Dunkel der Nacht ist nichts selbstverständlich, die Ausgeglichenheit muss hergestellt werden, die Kontrolle will erkämpft sein. Schließlich sieht Šnobl seine Kunden tatsächlich auf der Ebene von Gästen, denen er für die kurze Zeit ihrer Fahrt Obhut gewährt; er möchte ihnen nicht in den Niederungen des Dienstleistungsgewerbes begegnen. Das allerdings ist nur selten zu realisieren, denn Šnobls ›Gäste‹ sind Nachtschwärmer, Outcasts, Protze und Schattengestalten, vom Leben Enttäuschte und nach Respekt Heischende, Erlebnishungrige, Sexsüchtige, Brutalos... und allzu häufig haben sie zu viel Unverträgliches im Blut, viel zu viel.
»It takes one of all to make a world«, brachte mein Englisch lehrender Vater mir bei. Tatsächlich stammt dieser weltoffene Gedanke offenbar aus dem Spanischen. »De todos ha de haber en el mundo«, heißt es ausgerechnet in Cervantes Don Quijote. – Nachtfahrer: Angewiesen auf all ihre möglichen und unmöglichen Fahrgäste, schwankend zwischen Wohlwollen und Vermessenheit, zwischen Selbstbetrug und Selbstbehauptung, fordern sie nicht im täglichen Kampf die Fluten der nächtlichen Begehren heraus? Suchen sie nicht auf all ihren Fahrten recht vergeblich eine verbürgerlichte Ritterlichkeit als Geschäftsgrundlage zu wahren? Ja doch, Taxifahrer sind die Don Quijotes der Moderne. Wer weiß, wie lange es sie noch gibt? Josef Šnobl hat ihnen jedenfalls ein Denkmal gesetzt.

Reinhard Matz

Bilderverzeichnis

6 J. Š. 4-jährig 1958 in Prag
9 Breslauer Platz 4.6.05
11 Warten 18.7.05
13 Friesenplatz 12.3.07
13 Hansaring 22.2.94
16 Taxi »593« 22.5.08
17 Taxischein
18 Klütten 28.2.00
19 Reparatur 3.9.07
20 Am Bahnhof 19.7.90
21 Abschied 10.4.04
22 Regen 16.11.82
23 Messe 11.6.88
25 Dom 10.9.04
28 Kollege 8.10.10
29 Dom 16.2.00
32 Francois Villon 14.4.00
35 Ehrenfeldgürtel 2.8.89
36 Liebigstraße 22.9.88
37 Deutsche Welle 10.9.88
38 Turm 2.2.06
38 Taxisäule 16.10.04
39 Renzo Piano 6.12.04
40 DKV Vers. 4.1.05
41 DKV Vers. 9.2.09
42 Chlodwigplatz 8.2.02
43 Habsburgerring 8.1.99
47 Scheinesammlerin 15.8.96
48 Subbelrather Straße 29.2.88
49 Brücke 6.6.88
50 Knapsack 29.8.90
51 Lichtblume 23.4.88
52 Karussell 23.11.88
53 Bahnhofsbüdchen 21.2.96
55 Zigeuner 13.5.88
58 Heumarkt 5.12.04
61 Autobahn 28.8.88
62 Nach Aachen 10.3.06
63 Regen 16.6.01
64 Autobahn 3.1.86
65 Mülheimer Brücke 3.4.85
66 Der Vater, Anfang 50er Jahre
68 Motorrad 1.5.01
69 Motorrad 1.5.01
70 Kuss 19.1.90
71 Furz 1.5.90
72 Traumauto 23.10.98
77 Zwei 18.8.06
78 Ebertplatz 28.7.94
79 Chlodwigplatz 6.4.89
80 Melaten 31.3.12
81 Tunnel nach Longerich 12.10.05
85 Wissmannstraße 31.1.99
86 31.12.97
87 28.12.04
88 Refrath 26.11.88

89	Brühl 19.2.05	148	Expressverkäufer 15.1.95
90	Lichtstraße 27.1.01	149	Nachtarbeit 18.10.94
91	Nocturno 23.5.00	150	Italiener 5.7.94
94	Ehrenfeldgürtel 1.3.88	151	Crash 12.10.90
97	Der Tod 3.9.97	152	Polizei 24.5.06
102	Legionär 8.2.05	154	Inferno 15.9.07
103	Fußnote 16.7.05	159	Kirmes 3.11.01
104	Jakobsleiter 12.3.02	161	Morgendämmerung 17.4.05
105	Nachtsbaum 21.11.00	162	f.Robert Frank 21.6.98
106	Weihnachtsbäume 7.12.06	163	6.5.92
109	Zunge 28.3.93	164	Bocklemünd 22.2.94
115	HerzPimmel 19.2.16	165	Bocklemünd 10.12.09
117	Winkend 28.3.93	166	Kölnberg 1.7.99
118	Nachtsbaum 9.11.06	167	18.8.89
119	Habsburgerring 8.1.99	168	Ring 3.6.90
120	2 Schlitten 20.2.04	169	Ring 20.1.90
121	11.7.05	170	Ossendorf 5.7.89
122	Wesseling 17.3.01	172	Venloer Straße 8.2.08
124	Ringo 6.12.04	173	9.4.99
126	Rocky 30.7.97	174	Maybachstraße 23.2.03
128	Stadtschwein 9.4.16	175	Einbeinig 11.12.88
135	Komiker 31.7.94	176	Karneval 7.2.02
136	Klarastraße.28.2.05	177	Klein Köln 30.3.02
137	Friesenstraße 27.7.05	179	Müder 28.2.07
138	Helioswall 9.4.00	180	Urbanlichter 1.9.01
139	Milli 2.7.88	182	2 Frauen 4.11.89
141	Klütten 9.2.09	183	Haltestelle 16.11.82
143	Kollege 17.9.06	184	Bus Stop 1.5.01
146	Kollege Martin 19.9.06	185	Bus Stop 3.11.01

186 Haltestelle 4.11.88
187 2.7.02
188 Innere Kanalstraße 16.7.05
189 Candia 7.6.02
190 One (Friesenplatz) 22.9.98
191 One (Longerich) 6.11.05
192 26.1.99
193 24.11.06
194 20.2.04
195 6.9.90
196 12.6.01
197 3.2.01
198 30.4.90
199 21.4.97
200 Schiebdach 18.7.93
201 Skulptur 10.12.06
202 7.2.97
203 Hitler 23.2.08

204 Figura 18.8.89
205 Klarastraße 4.10.01
209 Nachtlichter 24.11.88
211 Film Noir 2.10.08
212 Feierlaune 18.9.93
213 Feierlaune II. 18.9.93
214 Zigarette 25.11.11
215 Parallel kotzen 18.2.12
217 Kotzende 15.5.99
218 Schlafende 30.4.88
219 Schlafender 6.11.99
220 Rudolfplatz 22.12.01
221 Schlafender 11.11.01
224 Nach Hause 10.8.05
227 Blues in Ignis 3.5.02
237 Old Shoes Blues 17.9.06
238 Der kleine Prinz 14.11.05

emons:
Cäcilienstraße 48 · 50667 Köln
Tel. 0221/569 77-0 · Fax 0221/569 77-190
info@emons-verlag.de · www.emons-verlag.de

JOSEF SNOBL
− 2. Dez. 2020
FOTOGRAF

237

Die Verlierer
sind unsere
Doppelgänger